AF542486

LA CONQVESTE DV grand Charlemaigne, Roy de France & des Espaignes:

Auec les faicts & gestes des douze Pairs de France, & du grand Fierabras, & le combat faict par luy contre le Petit Oliuier, qui le vainquit.

Et des trois freres qui firent les neuf espees: dont Fierabras en auoit trois pour combattre contre ses ennemis, comme vous pourrez voir cy apres.

A PARIS,

Par Nicolas Bonfons, rue Neufue nostre Dame, à l'Enseigne Sainct Nicolas.

PROLOGVE.

SAINCT Paul, Docteur de verité, nous dit que toutes choses reduites par escrit sont à nostre doctrine escrites. Et Boece fait mention, que diuersement le salut d'vn chacun procede: puis qu'ainsi est que la Foy Chrestienne est assez par les Docteurs de saincte Eglise corroboree. Neantmoins les choses passees diuersement, à memoires reduites, nous engendrent correction de vie illicite: car les ouurages des Anciens sont pour nous reduire à viure en opperation digne de salut en ensuiuant les bons, & euitant les mauuais. Et aussi en racontant hautaines histoires, l'entendement commun est mieux content à retenir pour l'imagination locale, à laquelle il est submis. Ie dy cecy volontiers: car souuentesfois i'ay esté excité de la part de venerable homme, Messire Henry Boulonnier, Chanoine de Lozane, pour reduire à son plaisir aucunes Histoires, tant en Latin qu'en François: comme Romans & autres façons escrites: c'est à sçauoir de celuy trespuissant, Vertueux, & Noble, Charles le Grand, Roy de France, & Empereur de Rome, Fils du grand Roy Pepin: & de ses Princes & Barons: comme Roland, Oliuier, Guy de Bourgongne, Richard de Normandie, & autres, tant touchant aucunes œuures hautaines par leur grand force & tresardant courage, faictes à l'exaltation de la Foy Chrestienne, & à la confusion des Sarrazins & mescreans qui ont œuure contemplatiue à bien viure. Et pource que ledit Messire Henry Bolonnier a veu ceste matiere desioincte sans grande ordonnance, à sa requeste & selon la capacité de mon petit entendement: & la matiere que i'en ay peu trouuer i'ay ordonné cestuy Liure, & peut estre que si i'eusse esté bien informé à plein, que i'eusse mieux faict: car ie n'ay intention deduire la matiere que ie n'en aye esté informé premierement, tant par vn liure autentique, qui se dit Mirouer historial: comme par les Chroniques & aucuns autres liures qui font mention de l'œuure suyuant: & à fin que ie puisse auoir vn peu de fondement honnorable, ie toucheray du premier Roy de France Chrestien, car communement cestuy Liure est du tout comprins à l'honneur des François, & au profit d'vn chacun, & selon le desir du liseur, & de l'escouteur, on trouuera assez à plein la matiere de laquelle on aura grand desir d'escouter & ouyr, sans grande acediation au plaisir de Dieu, auquel ie submets tout mon intention, de non escrire chose qui se doiue blasmer, & qui ne soit à vn chacun adiutoire de son sauuement.

LA PREMIERE PARTIE du premier liure contient cinq chapitres, & traicte du commencement de Frãce, & du Roy Clouis.

N lit és Histoires des Troyẽs que apres la destruction de Troye, il y eut vn Roy fort notable, qui se nommoit Frãcus, & estoit compagnon d'Eneas, lequel quand il partit de Troye vint en la region de France, & commença à regner en prosperité, & pour la grande felicité de son nom il fit vne Cité, en laquelle il mit le nom de France: & apres toute la region fut ainsi appellee. Quãd France fut exaucee en maiesté Royale, Priamus fut le premier lequel regna sur les Frãçois cinq ans. Le secõd Marcurius trente deux ans. Le tiers Pharamõd vnze ans. Le quart Clodion dixhuict ans. Le quint Merouee dix ans. Le sixiesme Childeric vingtsix ans Et le septiesme fut Clouis, premier Roy Chrestien: lequel regna sur les François apres l'incarnation de nostre Seigneur, quatre cẽs quatre vingts & quatre ans, duquel i'entens faire vn peu de mention sur sa conuersion miraculeuse.

Comme le Roy Clouis eut à femme Clotilde fille du Roy de Bourgongne.

CHAP. I.

PEndant ce temps estoit vn Roy de Bourgõgne, nommé Guydengus, lequel auoit quatre fils, lesquels estoient aagez. Le premier auoit nom Agabondus, qui succeda au Royaume, & occist d'vn glaiue vn de ses freres nõmé Hilpericus, qui auoit deux filles, & fit noyer sa femme, & l'ancienne fille, qui auoit nom Trosne, fit bannir de son pays, & l'enuoya en habit dissimulé, l'autre auoit nom Clotildis, & la retint auec luy pour sa beauté. Durant cecy le Roy Clouis qui croyoit, auec ses subiets, aux idoles, souuentesfois enuoyoit ses messagers en Bourgongne, lesquels messagers voyãt la grand prudẽce, beauté

& discretion de Clotildis, en ficent le recit au Roy Clouis: lequel estant bien informé de la grand beauté & sagesse d'icelle pucelle Chrestienne, fut curieux de transmettre ses heraux à Agabondus, oncle de Clotildis, pour l'auoir en mariage. En ce temps le Roy Clouis auoit auec luy vn subtil homme, nommé Aurelien: lequel par le commendement du Roy vint où estoit celle fille, & se mit en habit pauure & dissimulé, & ses bons habits il laissa à ses compagnons au boys, & vint pauurement deuant la maistresse Eglise de celuy lieu le iour d'vne bonne feste, & se mit au milieu des pauures pour l'aumosne receuoir. Quand l'office fut accomplie, ceste fille Clotilde (selõ qu'elle auoit de coustume) au partir de l'Eglise elle cõmença à dõner l'aumosne aux pauures gens. Quand elle vint à Aurelien luy donna en sa main vne piece d'or, & luy comme bien content baisa la main de la Dame. Quand elle fut en sa chambre, si commença à penser à ce pauure qui luy auoit baisé la main, & le fit aller querir par sa seruante quand il le sçeut, il vint à elle, portant en sa main l'anneau du Roy Clouis, estant là arriué, il se tint humainement deuant elle. Si luy dit la fille, Dy moy pourquoy tu dissimules les pauures. Aurelien luy respondit, ma Dame sachez que ie suis le messager de Clouis Roy de France, qui m'enuoye vers vous, lequel informé de vostre beauté & sagesse vous veut auoir à femme pour estre Royne, & luy presenta l'anneau du Roy Clouis. Laquelle le print & le mist au thresor d'Agabondus son oncle, & dit au messager qu'elle rendoit salut au Roy, en luy disant qu'il n'estoit pas chose licite à vn Payen d'auoir à femme vne Chrestienne: toutesfois il la pria que de tout cecy elle ne dist mot, & qu'elle ne vousist faire sinon cõme le Roy vouloit. Et sur ce point Aurelien le vint denoncer au Roy: parquoy le roy Clouis l'an ensuyuãt enuoya son messager Aurelien à Agabondus, oncle de Clotilde, pour l'auoir à femme. Et quand Agabondus sceut l'intention du Roy Clouis, il respondit au messager, Dy hardiment à ton Sire qu'il perd sa peine de vouloir auoir ma niepce à femme: mais les Bourguignons, sages conseillers redoutans fort la puissance du Roy Clouis, par bon conseil deliberé ils chercherent es thresors d'Agabondus leur Roy, & vont trouuer l'anneau du roy Clouis lequel Clotilde y auoit mis, & estoit escript & pourtraict en son image. Si conclurent à parfaire la volonté du Roy Clouis. Lors Agabondus furieux & plein d'yre deliura Clotilde à Aurelien & la mena auec ses gens en grand ioye au Roy Clouis lequel eut grand plaisir de veoir celle belle fille, & à grand solennité, par maniere Royalle, l'espousa selon la loy.

Comme le Roy Clouis fut admonesté de Clotilde qu'il deust croire en la foy Chrestienne, & autres matieres.

CHAP. II.

LA nuict des nopces lors que le Roy & la royne deuoient dormir ensemble: Clotilde embrasee de l'amour de Dieu par vne grand cognoissance de nostre Seigneur Iesus, dit au roy Clouis, mon cher Seigneur, ie te requiers qu'il te plaise de moy octroyer vne demande deuant que i'entre au lict auec toy. Le Roy dit demande ce que tu voudras, & ie le t'accorderay. Lors Clotilde dit, Premierement ie te demande & admoneste que tu vueilles croire au Dieu du ciel, pere tout puissant, lequel fit le ciel & la terre, & qui t'a crée, & en Iesus-Christ son Filz le Roy des Roys, qui par sa passion t'a rachepté, & au sainct Esprit confirmateur & illuminateur de toutes bonnes operations, procedant du pere & du fils deuant dit: & en la saincte Trinité vne seule essence, à qui on doit honneur & toute creance: Croy en celle saincte Eglise, & delaisse les idoles faites des hommes, folle chose & vaine & pense de restaurer les sainctes Eglises que tu as faict brusler.

Secondement ie requiers que tu vueilles demander ma part & portion des biens de mon feu pere & de ma mere à Agabondus mõ oncle: lesquels il fit mourir, & sans nulle occasion: mais la vengeance ie laisse à Dieu. Quand elle eut ce dit, le Roy respondit. Tu m'as demandé vn point, qui m'est trop difficile à toy octroyer, que ie doiue relinquer mes Dieux, par lesquelz ie me gouuerne, pour adorer ton seul Dieu duquel tu m'as parlé. Demãde moy autre chose de bõ cœur ie le feray. Clotilde respondit. Tant qu'il m'est possible de requerir ie te supplie que tu vueille adorer le Dieu du ciel formateur de tout, à qui seul on doit adoration. Le Roy n'en fit autre responce: mais transmit Aurelien, son facteur, à Agabondus, pour auoir les biens de la Royne Clotilde. Quand Aurelien eut fait son message, Agabondus respondit au messager, qu'il auroit aussi tost son royaume, que ie tiens de luy. Pour ceste cause Aureliẽ luy dit Le Roy Clouis mon maistre, te mande de par moy que tu luy faces respõce sur ma demãde, ou autremẽt il en sera mal content. Adonc les Bourguignons tindrent le conseil, & dirẽt à Agabondus leur Roy, Sire roy donnez à vostre niepce de voz biens selon que raison veut, car il est droit, & cognoissons qu'ainsi le deuez faire, & prenez plaisir d'auoir bonne alliance auec Clouis Roy de France, & auec tous ses gens, à fin qu'ils ne nous courent sus. Car celuy peuple est furieux, & qui pis est sans auoir cognoissance de Dieu. Et sur ce point Agabondus cõtrainct au conseil des Bourguignons donna grand partie de son thresor à Aurelien, messager du roy Clouis. Et peu de temps apres le roy Clouis en visitant son royaume, sa femme Clotilde fut enseincte d'enfant, eut vn fils lequel elle vouloit baptiser requerant le roy qu'il voulsist croire cõme dessus est dit: mais il n'en vouloit ouir parler Quant cestuy fils fut baptisé, tãtost apres il mourut, dõt le Roy fut mal contẽt, & dit à la royne, Si tu l'eusses dedié à mes Dieux, il fut vif. La royne respõdit, pour ceste cause ie ne suis rien perturbée en mon courage mais en tres grace à dieu mon createur quand il m'a fait si digne qu'il luy à pleu de prẽdre en son royaume le premier fruict de mon ventre. Apres l'an ensuyuant elle eut de rechef vn autre fils nommé Lodomirus, lequel quant il fut baptisé, il fut malade si fort que on cuidoit qu'il d'eust mourir. et quãt le roy le vit ainsi languir il fut mal cõtant, & dit à la royne. Et comment il ne sera autrement de cestuy que de son frere: car contre mon vouloir tu les faits baptiser. Lors la royne, pour la crainƈte du roy pria à Dieu deuotement pour la santé de son enfant, & tantost fut guery.

Cõme le roy Clouis fut victorieux dessus ses ennemis pource qu'il crut en Iesus Christ.

CHAP. III.

APres aucun temps le Roy Clouis commença à faire guerre mortelle cõtre les Allemans. Si aduint que les Allemans eurent grand victoire sur les François, tellement que plusieurs furent tuez & occis. Quand Aurelien vit le definement des gens du roy il regarda son seigneur & luy dit Sire roy vous voyez deuãt voz yeux le definement mortel de vostre peuple. Ie vous prie croyez en Dieu tout puissant, qui a faict le ciel & la terre, celuy que madame adore & presche à croire. Quand le roy ouyt Aureliẽ ainsi parler en grand affection, il leua les yeux vers le ciel, & commença à plorer, en disant, O Iesus Christ fils du vray Dieu tout puissant auquel ma femme croit lequel de tout son cueur elle presche & notifie estre celuy qui suruient es tribulations, & donne remede à celuy qui à esperance en toy, par deuot cueur ie te requiers ton ayde tellement que ie sois victorieux de mes ennemis par experience presente. Ie croy en toy, & en ton nom me baptiseray. I'ay demandé mes Dieux pour m'ayder & subuenir mais ils ne m'ont de rien aydé ainsi qu'ils n'ont point de puissance. Ne qu'ils ne sont de nul confort rempl s quand ils ne sçauent subuenir à ceux qui le requierent. Parquoy comme vray Dieu & Seigneur ie te requiers comme ie desire croire en toy, que ie sois deliuré de mes aduersaires. Et ces parolles finées, les Allemans, comme vaincus, commencerent à fuir: tellement que leur Roy fut tué: parquoy ceux qui demourerent se rendirent à Clouis & furent ses subiects. Apres ceste victoire, par la puissance de Dieu, obtenue il vint en France & racompta à la Royne sa femme par inuocation diuine, & de Dieu tout puissant, il auoit obtenu victoire de ses ennemis.

Comme le Roy fut baptisé par Sainct Remy, & miraculeusement fut apportée la saincte Ampolle, par l'Ange de Paradis, dont apres les Roys de France sont oingts en leur consecration à Reims.

CHAP. IIII.

ET apres que la royne eut ouy que le Roy estoit cõuerty à la foy Chrestienne pour la victoire qu'il auoit eue, elle en eut fort grand ioye. Parquoy tantost manda à Sainct Remy qui estoit Euesque de Reims, lequel vint pour prescher le Roy de son sauuement & la maniere de la foy Chrestienne. Et quand il fut venu & apres qu'il eut informé & bien apprins le Roy, il commença fort à admõnester le peuple de France de croire en la Loy de nostre Sauueur & redempteur Iesus-Christ, dont le peuple ne fut pas contredisant, & en cognoissant l'erreur des idoles, ils commencerent à croire en luy & dirent, Sire Roy glorieux nous delaissons les idoles, pour adorer le Roy immortel, lequel la royne adore & presche, & de ce faire nous sommes bien contens. Incontinent c'este chose fut denoncee à Sainct Remy, dont il fut grandement ioyeux, & vint à eux diligemment, comme le bon pasteur lequel prend grand peine de garder ses brebis de son aduersaire, & grand desir deuoit auoir d'y venir: Car son aduenement & son preschement fut cause d'vn grand bien, & faire renaistre tout le peuple par le sainct Baptesme, sans lequel nul ne peut entrer au royaume de Paradis. Pourquoy le Roy, illuminé de grace, fit venir affectueusement monseigneur Sainct Remy. Car il pensoit bien que quant le Roy seroit baptisé, & qu'il croyroit en nostre Seigneur Iesus, & à ses commandemens que tout le peuple à luy suiect seroit pareillement ainsi. Et quant monseigneur sainct Remy fut venu, & qu'il eut communiqué auec le Roy en parolles de salut, il fit ordonner le lieu pour baptiser. Puis apres il fit paindre histoires, selon aucuns poincts de nostre foy Chrestienne, & les places reparer honnestement, & fit fonder Eglises richement & faires baptisoires. Tout cecy fait, le roy fut prest de reçeuoir le sainct sacrement de baptesme, auquel le bon amy de Dieu Sainct Remy commença à dire en ceste maniere, Sire roy, il est heure que vous deuez de pure intentiõ relinquer les Dieux auquel auttesfois tresfois vous auez donné creance, qui sont pleins de vanité & ne sont sinon excercite de damnation, & de cueur humblemẽt vous deuez croire en vn seul Dieu tout puissant, le pere, le fils & le sainct Esprit, vne seule & pure essence, lequel à cree le Ciel & la terre: à qui seul on doit creance. Et en Iesus-Christ son Fils, qui pour la saluation d'humaine nature voulut prendre humanité conuenable pour reparer l'inobedience de nostre premier pere Adam, qui fut conçeu au ventre de la vierge Marie, par l'œuure du sainct Esprit, qui fut apres mis en la Croix, souffrit mort doulonreuse pour nous tous racheter, enseuely & resuscité: puis il monta en Paradis, à la dextre de Dieu son pere, lequel viendra vne fois iuger les vifs & les morts Aussi il faut croire en la saincte Eglise Catholique nostre mere, à son ordonnance. Et quand monseigneur sainct Remy eut assez informé & enseigné le roy, & le peuple de nostre creance, il les baptisa au nom du Pere & du fils & du benoist Sainct Esprit. Apres quand il vint à les oindre selon la coustume, du sainct Cresme sans ce que nul l'appoꝛtast: incontinent par le plaisir de Dieu & demonstrance miraculeuse, tous estans en ce passage: d'vn moment & subitement du ciel va descendre vne colombe resplendissant: & estoit enuoillee en l'air laquelle portoit en son bec la saincte Ampolle, & la laissa presentement, laquelle estoit de Cresme, dont le roy Clouis fut premierement oingts, en grand deuotion par monseigneur sainct Remy, laquelle est de present à la ville de Reims, Et du sainct chresme qui est dedãs, sont oingts les roys de France vne fois seulement en consecration. En ce temps que le roy fut baptisé, les seurs du roy & bien trois mil hommes de son exercite furent baptisez. Et puis ensuyuant plus le peuple de France en grand ioye & exaltation de gloire & honneur.

LA SECONDE PARtie du premier Liure, laquelle contient cinq chapitres, & parle au commencement du roy Pepin, & de Charlemaigne son fils.

Comme Pepin fut esleu Roy de France, par sa prudence, quand la lignee du Roy Clouis deffaillit en succession.

CHAP. I.

LE liure precedent fait mention du roy Clouis premier roy chrestien, & des Seigneurs de France, dont la lignee succeda de hoir en hoir iusques au vingt & quatriesme roy, qui fut le roy Pepin d'vne autre lignee: & le roy qui fut vingttroisiesme estoit nommé Childeric, lequel estant deuotieux, sans cure d'excercer œuure royalle, se mit en religion pour mener vie solitaire. En ce temps regnoit Pepin noble Prince, duquel tous les rois de France de lignee luy ont succedé, & specialement Charlemaigne son fils, sur lequel ceste œuure est comprinse. Ie veux icy commencer à dire la maniere de laquelle i'entens superficiellement parler. Et ainsi que le liure nommé le miroüer histo-rial ou il est d'escript que Pepin Prince enuoya ses messagers au Pape Zacharie, pour auoir responce sur vne demande. C'est à sçauoir, lequel est mieux digne d'estre Roy, ou estre dit roy celuy qui pour la paix & vnion prend grand peine, ou celuy qui est abandonné à nonchalance & paresse lequel est seulement content de nom estre dit roy. Quand le Pape ouyt la demande il demanda à Pepin que celuy par la raison se doit appeller roy lequel gouuerne & deduit fort bien

son œuure publique, & qui la fait continuelle. Apres ceste responce les François par conseil considerant cõme Childeric leurdit Roy estoit du tout dedié en vn monastere, & en vie solitaire, nonobstant qu'on ne doit riẽ inferer contre ceux qui viuẽt solitairement, & selon Dieu, mais n'appartient pas à vn Roy d'estre solitaire ? car tel comme est le Roy, tel est le royaume. Comme Salomon dit, que la ou le Prince est negligent le peuple ne sçait que faire, & benoiste est la terre à qu. le prince est noble. Les François estant bien aduertis de toutes les conditions appartenantes à vn roy, selon vn autheur qui dit ainsi. Le Prince quand il est ordonné ne doit auoir aucuns cheuaux superflus, ne faire son peuple plus subiect qu'il doit ne prendre seruiteurs propice sans superfluité: sans grand nourrissons de chiens, ne d'autres bestes inutiles: mais prendre le tout par mesure. Multiplication de menestriers, tabourins femmes illicite, homme iureurs euitera & rappellera à ses subiets : il ne corrompra point par exemple il n'aura plusieurs femmes, & volontiers lirà bons liures, & aura gens plains de lettres, & viuera sans faire à nul nuisance & deuant toutes choses il adorera nostre Seigneur Iesus-Christ & bien le seruira, & ne prendra volontiers dons, & ne doit charger ses officiers. Tout cecy bien veu entre eux pour la conseruation du peuple à l'encontre des mescreans qui estoient pour lors, allerent eslire roy de France ce noble Pepin. Et de ce temps le lignage de Clouis ne regna plus sur les François, & fut consacré le roy Pepin par Boniface, & par l'auctorité Apostolique par Sainct Estienne, auec ses deux fils Charlemaigne, & Karloman, & ordonnerent les roys de France à deuoir succeder de ligne en ligne plus prochains. Et donna aussi ledict Pape grand malediction à tous les opposans aux choses dessusdites, dont apres cestuy roy Pepin fit grande guerre aux Anglois. Et selon la coustume de l'Eglise Romaine il ordonna les seruices és Eglises Galicannes & Françoises, auec plusieurs autres matieres merueilleuses, dont l'honneur luy fut attribué à bon droit par victoire obtenue, & fut enseuely & inhumé en l'Eglise de sainct Denis en France, laissa ses deux fils qu'il auoit euz de la royne Berthe, fille du grand Herclin Cezar dont le lignage des Romains, des Germains, & des Grecs a concurence. Parquoy à bon droit au temps ensuyuant le noble & vaillant roy Charles fut esleu Empereur de Rome: regna ledict roy Pepin dixhuict ans en grande prosperité digne de saluation. Et apres que le frere dudict Charles eut regné en sa patrie du royaume deux ans, il mourut & fut tout le gouuernemẽt du noble royaume de France à Charles le grãd mout puissant & vertueux en ses faits comme plus à plain sera demonstré.

Comme le Roy Charles apres qu'il eut faict beaucoup de constitutions auec le Pape Adrian il fut faict Empereur de Rome.

CHAP. III.

Cestuy Charlemaigne autrement dict Charles le Grand lequel pour la grandeur de son corps puissance & operations vertueuses par merite est appellé le Grand, comme i'ay dit qu'apres la mort de son frere, il fut seul roy de France. Peu de temps apres que le Pape Adrian regnoit, & qu'il faisoit grande diligence de corroborer la foy Chrestienne annichillant les heresies, & en constituant Images pour represantation des sainctes Eglises & plusieurs autres labeurs meritoires & adioins es seruices de Dieu & de saincte Eglise, le roy Charles ne se tournoit point contre les mescreãs pour les confondre lesquels eurent plusieurs victoires: toutesfois Adrian Pape, qui estoit bien informé que cestuy Charles estoit vne ferme couronne de la foy: & protecteur de saincte Eglise: il luy demanda qu'il vint à Rome. Si se mit à chemin: & quand il fut à Pauie il y mit le siege, ou il seiourna vn peu, & puis s'en departit auec petite compagnie, & vint à Rome, auquel lieu il fut reçeu affectueusement, & visita plusieurs lieux, & quand il retourna, il print Pauie, & en fit à son plaisir, puis retourna à Rome auec le Pape Adrian, & la appellerent plusieurs Euesques & Abbez, tant qu'ilz furent en nombre cent cinquante trois: & firent plusieurs constitutions sur le fait de l'Eglise, en celle sinode, pour la grãde sainctеté de Charles, le Pape & tous les assistans donnerent pouuoir d'ordonner Euesques & Archeuesques en toutes prouinces & cela fait par ledit Charles à celuy qui contredisoit & les rebelles il les anatematisoit & les confisquoit. Cestuy Roy Charles & ses deux fils Pepin & Loys, & aussi les douze Pairs de France auoient tous promis fidelité l'vn à l'autre, & de mourir tous pour le zele de la saincte foy Chrestienne. Et en ce temps furent plusieurs guerres mortelles & tant durant la vie du roy Pepin pere du Roy Charles comme apres le roy-

aume de Lombardie fut destruit & deliuré des mescreans, laquelle chose ne fit pas sans grand trauail de venir de France en Lombardie, à cause des payens dangereux. Quand tout fut bien determiné à son plaisir. Et toute Italie reduite dessoubz le tribut du royaume de France. Tellemẽt que quand Italie fut destruite, il s'en alla à Rome rendre louanges à Dieu deuotement pour la prosperité de son intention mises sur les ennemis de la foy à execution, & la auec le Pape Adrian fit beaucoup de constitutions, qui par droit equité se doiuent obseruer, & apres qu'il se trouua à Rome, ainsi victorieux, son fils Pepin fut ordonné & consacré roy des Italies, & son fils Loys fut ordonné & consacré roy d'Aquitaine. Cela fait les Romains, qui d'ancienneté furent de grand portement, apres que l'Empereur fut par eux mis à mort. Puis Constantin son fils vouloit regner pour Empereur, & ne fut pas au gré des Senateurs, & autres Romains: Lesquels estant en ce point apres ce qu'ils eurent deliberation de grand conseil vtile allerent comprendre par effect la valeur du roy Charles, qui estoit si parfait en noblesse, hardiesse, prudence, & autres vertus, comme i'en toucheray icy apres tout aplain par tel endroit, que du consentemẽt de chacun il fut esleu Empereur de Rome, à grand ioye. Et par le Pape Leon il fut couronné à tous honneurs, qui se peuuent comprendre,

& tous par vne voix luy donnerent louange, & l'appelloient Cesar Auguste par vne similitude de valeur, en contemplãt le plaisir qu'il leur auoit faict és Italies.

De la corpulence du noble Roy Charles, & de sa maniere de viure.

CHAP. III.

APres que Charlemaigne fut Empereur, il fit plusieurs œuures merueilleuses, & regna Empereur treize ans, & auoit ia regné sur les Frãçois vingt & trois ans, au pays de Rome, il edifia plusieurs citez, & restaura aucunes bonnes villes, & autres choses qu'on ne pourroit racompter à cause de la prolixité de ses œuures merueilleuses : Toutesfois pour sçauoir quel homme il estoit, ses œuures le demõstrent, qui donnẽt l'exercice de sa noble personne. Turpin, Archeuesque de Reims, qui regnoit pour lors : lequel estoit souuent en la cõpagnie de Charles, dit qu'il estoit homme bien prins de corps, & grand de personne, & auoit le regard fier & valeureux : la longueur de sa personne contenoit huict pieds à la mesure de ses pieds, lesquels estoient longs à merueilles, gros & massif estoit des espaules, & des reins sans auoir le vẽtre que biẽ à point. Les bras & les cuisses il auoit biẽ amples. Cheualier estoit subtil & tressage actif & moult fier, & de tous ses mẽbres estoit resolu en grãd force la face auoit deduite en lõgueur, & si portoit barbe d'vn pied de lõg, le nez auoit au bout sur rotõdité. Beau rencontre portoit cestuy homme, car il auoit la face d'vn pied de large, les yeux auoit comme vn Lyon par furieux regard scintillans cõme escarboucle, les sorcilles cõme demy paille. Si tost qu'il regardoit quelqu'vn par yre, on auoit de luy paour, en ouurant les yeux, & la ceinture dequoy il estoit ceint estoit de la longueur de huict pieds, sans ce qu'il pendoit en bas. Et quand il prenoit son repas de peu de pain il estoit assez contẽt : mais quant à la pitance il mangeoit en vn repas la quarte partie d'vn moutõ, ou deux gelines, ou vne grosse oye, vne iambe de pourceau, ou vn paon, ou vne grue, ou vn lieure tout entier, sobremẽt beuuoit le vin à vn petit d'eau dedans. De sa force n'estoit pas peu de fait, car il fendoit depuis le haut de la teste iusques au bas, d'vn coup d'espee vn Cheualier armé sur son cheual & s'il tenoit quatre fers de cheual venãs de la forge sans esprouuer gueres sa force, il les estendoit & mettoit en pieces : & à vne seule main il prenoit vn Cheualier tout armé, luy estant haut iusques à l'endroit de la teste le tenoit legeremẽt, & auoit en luy trois choses fort honnorables. Premierement en dons il estoit fort large, & à l'exemple de l'Empereur Titus, fils de Vespasien, lequel estoit si prodigue qu'il n'estoit point tousiours à luy possible de donner ce qu'il promettoit. Et quãd on luy disoit pourquoy il promettoit chose qu'il ne pouuoit incontinent donner. Et il respondit que nul ne doit partir desolé deuant la face d'vn Prince, & sans quelque chose obtenir. Secondemẽt Charles estoit si seur en iugement, que personne ne le pouuoit reprẽdre, & aussi il estoit pieux & misericordieux aux Chrestiens selon la qualité des personnes & l'occasion du delict. Et tiercement, en parolles il estoit bien aduisé, & quand il parloit il pensoit fort ce qu'il disoit, & quand on parloit à luy, fort pensoit à la maniere pour cõprendre l'intention du parlant.

A quoy le roy Charlemaigne & ses fils & filles estoient deliquez.

CHAP. IIII.

DAme Berthe, mere du Roy Charlemaigne, pleine de grand science, en grãd prosperité de vie & hõneur enuieillit & finit ses iours: elle ordonna les liures pour exercer les sept arts liberaux. Dont le Roy Charlemaigne prenoit peine d'estudier. Au temps d'enfance il faisoit apprendre ses fils & filles en la creance. Il les faisoit aussi estudier és sept arts liberaux. Et quand ses fils estoient en aage pour monter à cheual en la maniere Françoise il leur faisoit porter armes, & iouster pour les exercer en guerre, quand besoing estoit, & quand ils ne faisoient ce, il les faisoit chasser aux bestes sauuages, & autres esbatemẽs de Cheualiers. Et ses filles faisoit dediquer continuellemẽt à filler, & autres œuures hõnorables, à fin que par paresse & faute d'occupation elles n'eussent occasion de cheoir en pensement desordonné pour auoir inclination à vice. Et quãd il estoit occupé en matiere pondereuse, il mettoit son tẽps à escrire quelque chose nouuellement, à fin qu'il ne fust trouué oyseux, selõ l'escriture de sainct Paul, lequel nous admonneste de tousiours faire quelque bien, à fin que nostre ennemy ne nous tienne en son oysiueté, pour faire exercer ses intentions damnables. En son palais en Aix en Allemaigne il fit faire vne belle Eglise de nostre Dame fort biẽ ouuree & en grand hauteur exaucee en signe de parfaict Chrestien, car selon qu'on est dõné à luy on faict les œuures desirant esmouuoir les autres pour faire au Seigneur cõme luy, & tellemẽt perseuera à l'amplificatiõ de son pays qu'apres la mort de son pere Pepin, il doubla par sa puissance le Royaume de France.

De l'estude du roy Charles: & de son viure, & de ses œuures charitables & autres matieres. CHAP. V.

APres que Charles fut instruit en Grãmaire & autres sciences moralles & speculatiues, & tousiours cõtinuoit en icelles, par ardant desir il frequentoit les bons liures cõposez sur la foy Chrestiẽne, pour estre protecteur des Chrestiens, & defenseur de l'Eglise, laquelle il visitoit au matin, au vespre & la nuit souuentesfois, & selon les bonnes festes il ne failloit à faire son deuoir és sacrifices & oblations introduites sur le fait de donner pour l'amour de Dieu, & pour subuenir aux pauures, & pource estoit mout ample chose, car seulemẽt il ne ſubuenoit pas à ceux de ſon païs, mais en pluſieurs lieux outre mer, il tranſmettoit or & argent & des viures, ſelon la neceſſité du lieu comme en Surie, en Egypte, Ieruſalē & autres pays, & comme celuy qui diſoit l'or & l'argent n'eſt point mien. A chacū il vouloit amitié de corps, & eſtoit ample & fort robuſte d'vne ſtature bien apparoiſſante. Le bout de la teſte auoit en rotondité. Les cheueux auoit en reuerēce, & auoit la face belle & ioyeuſe, & la voix claire & de grand force, & ſi ne mangeoit pour le plus à ſon ſoupper que de quatre mets, ſinon de la venaiſon roſtie, laquelle ſur toutes autres chairs il aymoit & frequētoit. A l'heure de ſuopper il auoit liſeurs, pour lire Croniques ou autres choſes contemplatiues, cōme celuy qui veut auſſi bien repaiſtre l'ame, qui eſt perpetuelle, de viandes ſpirituelles, pour la maintenir en vniō de graces enuers ſon Createur, comme de refectiōner le corps pour conſeruer la vie. Et entre les autres Liures il ſe delectoit és Liures de monſeigneur S. Auguſtin, & ſpecialement en celuy qui ſe dit *De ciuitate Dei*. Et ne beuuoit point en trop ſouuēt: car au ſoupper il ne beuuoit point plus de trois fois. Au tēps d'eſté volontairement apres my-iour il mangeoit vn peu de fruict & beuuoit vne fois ſeulement, & puis tout nud ſe repoſoit, dormant au lict deux heures ou trois. Et la nuict il rompoit quatre ou cinq fois ſon dormir, & allant parmy ſa chambre, ainſi le noble Empereur Charles perſeueroit en felicité Royalle. Il enuoyoit parmy ſon Empire ſes meſſagers & ſes grands Conſeillers, pour viſiter les Prouinces & bonnes villes, pour eſtre informé des Gouuerneurs d'icelles, pour faire par tout iuſtice & raiſon à chacun, & pluſieurs conſtitutions & loix ſelon les lieux, & fit commandement de les obſeruer & garder, ſur peine eſtablie. Semblablement ledit Charles enuoya par tout le monde pour ſçauoir le gouuernement de toutes choſes. C'eſt à ſçauoir pour cognoiſtre les faicts merueilleux qui ſe faiſoient par le monde. Et auſſi pour apprendre la vie des Saincts & Sainctes deſquels on faict feſtes, & en fit faire Liures pour en eſtre memoire eternelle, & chacun mettoit en eſcrit ſelon qu'il faiſoit. Et en telle maniere, que ſelon l'eſcrit, pour lors ſe trouuerent plus de trois cens feſtes deux fois l'an. Parquoy luy exerceant ces œuures ſpirituelles il eſtoit aymé de chacun. Et en ce temps Aaron Roy de Perſe pour la magnificēce de Charles luy enuoya vn Elephant merueilleux pour vn don ſingulier, & pluſieurs autres choſes precieuſes. Ceſtuy Charles, pour ſa grande ſaincteté & nobleſſe eſtoit en telle renōmee d'honneur & de vertu pour lors. Entre les autres dons que le Roy Aaron de Perſe tranſmit au noble Empereur Charles, il luy enuoya les corps ſainct Cypriē, & ſainct Separatus, & le chef ſainct Pantaleon Martyr.

LA TIERCE PARTIE DV premier Liure contient trois chapitres, & traite comme Charles deliura Ieruſalem des meſcreans.

Comme le Patriarche de Ierusalem manda à Charles qu'il luy donnast secours apres qu'il eut esté deietté par les Turcs. CHAP. I.

ON lit que pour le téps que Charles fut Empereur de Rome le Patriarche de Ierusalem fut si fort pressé des Payés par mortelle guerre, qu'à grãd peine se pouuoit sauuer, & ainsi il ne sçauoit plus que faire; il eut en memoire le noble Roy Charles, de luy informer de la Chrestienté. Et pour benedictiõ luy enuoya la clef du saint Sepulcre de Iesus du lieu de Caluaire & de la Cité. Et auec ce, luy enuoya l'estẽdart de la foy, cõme la couronne de Chrestiẽté, & defenseur de la saincte Eglise. Apres ce le Patriarche vint à Constantinople, & son fils Leon, & amena auec luy Iean de Naples, Prestre, & vn autre nõmé Dauid, Archeprestre: lesquels Constãtin enuoya à Charles, & auec ces deux autres qui estoiẽt Hebrieux l'vn auoit nom Isaac & l'autre Samuel, & leur donna vne lettre escrite de sa propre main, pour porter au Roy Charles, & auoit escrit ledit Constãtin en vne partie de la lettre ainsi. Vne nuit me fut aduis que ie voyois deuant moy vne ieune femme qui se tenoit droit, & doucement me toucha en disant, Constãtin, quand tu as sçeu l'affaire des Payés qui tiennẽt la terre saincte, par grand affection tu as prié Dieu pour auoir aide, voicy que tu feras, pourchasse que tu puisse auoir Charles le Grand, Roy des Gaulois, lequel est protecteur de Chrestiẽté, & defenseur de saincte Eglise, & puis me monstra celle Dame vn Cheualier armé de tout son corps & d'esperõs, lequel auoit son escu rouge & son espee qui auoit le manche de pourpre, & tenoit vne lance de fer, & souuent iettoit en l'air grãd flambe de feu, & si tenoit en la main vn bassinet d'or reluisant, bien formé de mẽbres, & luy cõmençoit à blanchir la barbe, puis apres auoit escrit. O toy Auguste

qui iamais

qui iamais ne refusas pour obeyr aux commãdemens de Dieu resiouys toy en Iesus, & en ta memoire luy rends graces, sois enclos en iustice cõme en honneur tu as esté reclamé, Iesus te doint perseuerer, & tiens les commã- demens de Dieu, dont on doit fondamentalement & selon l'Escriture. L'Empereur Constãtin, en son temps auoit sept fois deietté les Payens de la ville de Ierusalem, pourquoy quãd il n'ẽ peut plus il enuoya ses messagers au Roy Charles qui estoit à Paris. Et quãd les messagers eurẽt presenté les lettres, & il les eut veuë, commença à plourer, en contemplant la pitié du sainct Sepulcre de nostre Sauueur Iesus Christ, ainsi detenu des mescreãs. Apres ce, il manda l'Archeuesque Turpin, & luy fit publiquement prescher les piteuses nouuelles qui estoiẽt venues, lesquelles estãt ouyes tout le peuple y voulut aller.

Comme le roy Charles auec grand cõpagnie alla conquester la terre saincte, & plusieurs autres matieres.

CHAP. II.

OR le Roy fit faire vn edict & crier par son pays, que tout homme qui pourroit porter armes fust prest d'aller auec luy contre les Payens, & celuy qui n'y viendroit seroit obligé à vne somme d'argent pour soldoyer ceux qui yroient. Et ce faict iamais, pour si peu de temps on ne vit tant de gens que pour lors furent trouuez, & quand ils furẽt partis au nom de Dieu pleins d'vne grand foy en esperance de victoire obtenir sous la cõduite de celuy Capitaine de la foy Charlemaigne. Quand ils eurẽt beaucoup cheuauché, ils se trouuerent en vn bois, qu'on ne pouuoit passer à moins de deux iours, & Charles le pẽsoit passer en vn iour, pourquoy luy & son exercite entrent dedans ce bois, qui estoit plein de diuerses bestes sauuages, cõme griffons, ours lyõs, tigres & autres bestes. Quand ils furent en ce bois la nuict suruint, & ils ne scauoiẽt le chemin qu'ils deuoient tenir, dont ils furent esbahis, & commãda Charlemaigne qu'on regardast si on pourroit trouuer habitation mais ils en estoiẽt bien loing & hors de la droite voye, & fut force de leur disposer de dormir en tel estat. Quand ils furent tous appaisez le Roy Charles estant en dormitoire, se confierẽt en l'aide de Dieu commença à dire le psautier, & quãd ce vint qu'il deuoit dire le verset, *Deduc me Domine in semita mandatorũ tuorũ quia ipsam volui.* Il vint vn oyseau pres son oreille, qui en la presence de tous luy dit, ton oraison est escoutee, dont ceux qui estoient presens furent perturbez. Ce nonobstant le Roy continua iusques *Educ de custodia animã meã*, & comme il disoit, l'oyseau cõmença plus fort à crier & dire. O François que dis tu, ô François que dis tu. Et apres ce, le Roy & la compagnie suyuirent celuy oyseau, & il es conduit iusques au sentier qu'ils auoiẽt perdu le iour de deuant, & dient aucũs pelerins que depuis en icelle contree ses oyseaux sont venuz ainsi faisans, mais quand Charles & sa puissance furent pres de leurs ennemis ils furent perturbez, & les Seigneurs Chrestiens resiouis de sa venue, car sans cesser aucunemét ne s'arresta iusques à ce qu'il eut recouuert le pays des Chrestiens, & expulsé tous les Payens, qui luy redonda à grand honneur. Et en retournant il demanda à l'Empereur de Cõstantinople licéce, aux autres Patriarches & Archeuesques deuant qu'il en partir, l'Empereur Constantin fut receu pour naturel. Et le lendemain, pour l'honneur du Roy Charles, il fit ordonner plusieurs bestes de diuerses manieres & couleurs, & grand quãtité d'or & d'argent, pierres precieuses tout à l'abãdon, à fin qu'il en vousist prendre pour aucunes remunerations du grãd bié & plaisir qu'il auoit fait en leur pays. Mais quand Charles sçeut tout le faict, il print cõseil auec ses gés pour sçauoir qu'il deuoit faire de prendre de ses dons precieux & riches, ou retourner en Frãce sans prédre rien, & sur ce il eust conseil qu'il ne print rien pour son labeur, car il n'auoit rien fait sinon pour l'amour de Dieu, & luy contét de ceste respõce, il commãda sur peine mout grande que nul ne print rien des ioyaux dessus apprestez.

Des Reliques que l'Empereur Charles apporta de Constantinople, & de la Terre Saincte, & des miracles qui y furent faicts.

CHAP. III.

QVand l'Empereur de Constãtinople & le Patriarche de Ierusalem sçeurent que Charles ne prendroit rien des biens dessusdits, ils le prierét fort qu'il print quelque chose d'eux. Et quand il fut ainsi contraint il supplia que pour l'amour de Dieu on luy dõnast quelque chose des Reliques de nostre Seigneur & de sa sainte Passiõ: si fut cõmãdé à ieusner par trois iours chacũ, pour estre plus enclin à deuotion, & pour visiter les sainctes reliques, & estoient ordõnez douze personnes de Grece, qui deuoient traiter des reliques. Quãd vint au tiers iour Charles se confessa à l'Archeuesque Ebron, par grand contrition, puis ils commencerent à chanter la Letanie auec aucuns Psalmes du Psautier, & là fut le Prelat de Naples nõmé Daniel, lequel ouurit le coffre où estoit la couronne de nostre Seigneur, d'icelle sortit mout grand odeur. Lors Charles se mit à genoux, & pria nostre Seigneur que par la gloire de son nom il renouuellast les miracles de sa saincte Passion & resurrection, & aussi tost qu'il eut prié, la couronne commeça à florir, & de ses fleurs yssit vn odeur delicieux que chacun pensoit que ses vestemens fussent partis de Paradis. Lors ledit Daniel print vn cousteau pour trencher de ladite couronne, & en trenchant elle florissoit tousiours de plus en plus, & en iettoit l'odeur plus longuement, & de ses fleurs le Roy Charles en mit à part en repositoire: & vn autre coffre auoit pour mettre les espines de ladite couronne & plouroit si abondamment, que quand il cuida donner des fleurs à l'Archeuesque Ebron il retira sa main pensant que ledit Ebron les eust en sa main, & miraculeusement se tindrét à par elles l'espace d'vne heure. Et quand il voulut donner en garde les espines audit Ebron, il veit le coffre en l'air, qui estoit plein d'odeurs: lequel se tenoit tout seul. Puis apres en vegetant fleurs, furent tantost couuertes de manne, & ainsi sont elles à sainct Denys en France. Et a esté l'opinion de plusieurs que ce fut celle manne que Dieu enuoya au desert à son peuple. Pour lors furent faictes œuures miraculeuses, car tous les malades qui furent là presens, furent guaris de toutes maladies par l'odeur des fleurs, & le peuple qui entroit dedans l'Eglise par grand violence, cria, Auiourd'huy est vn iour de salut & de resurrection, car pour l'odeur de ses fleurs, toute la cité est remplie de grace, car trois cens & vn furent sains & guaris: & entre les autres y auoit vn malade de vingt quatre ans & trois iours qui estoit aueugle, sourd & muet. Mais pendant qu'on tira l'espine de la couronne de nostre Seigneur, il print la veuë. Quand on la posa, il recouura l'ouye, & en florissant, il recouura la parolle. Apres ce, ledit Daniel print vn des cloux desquels le corps de nostre Seigneur Iesus Christ auoit esté percé en sa Passion, & en grand reuerence le mit en vn beau reliquaire d'alebastre, en le prenant fut guary vn ieune enfant, qui de la partie senestre estoit sec impotent: & courut en l'Eglise, & dit que luy estant en estase fut guary, & comta la maniere comme outre les choses dessusdictes on donna audict Empereur Charles vn morceau de la croix, & le sainct Suaire, auec ce l'vne des chemises nostre Dame, & le drap où nostre Seigneur fut enuelopé, & aussi les bras sainct Symon, & tout reueremment en reliquaire precieux, & en passant deuant vn chasteau il y auoit vn enfant mort de nouueau, le noble Charles le toucha des reliques qu'il portoit, & tantost fut resuscité. Et quand il vint à Aix en Allemaigne, il auoit faict faire son Palais beau & riche, & vne deuotieuse & saincte Chappelle en l'honneur de nostre Dame, là où il fut enseuely. Dernierement y furent guaris aueugles & muets sans nombre, & douze demoniacles, aussi auoit huict ladres, des paralitiques seize, des boiteux quatorze, de noyez trente ressuscitez des bossus cinquante deux, des caducs soixante cinq, des gouteux plusieurs, de ceux du lieu, & des voisins & autres. Et puis fut ordonné que tous les ans au mois de Iuin l'on viendroit en la cité de Aix, pour visiter les reliques que le Roy Charles auoit apportees de Ierusalem & de Constantinople: & outre plus fut esbahi qu'vn iour de la semaine du ieusne des quatre temps, & au moys de Iuin se fist ceste demonstrance & notification. Et en ceste constitution fut le Pape Leon, l'Archeuesque Turpin, Achiles d'Alexandrie, Euesque, & Theophile d'Antioche & plusieurs autres Euesques & Abbez. Si fut la chose parfaicte, qui fut œuure vertueuse & pleine de salut.

CY COMMENCE LE SECOND Liure de l'œuure presente, qui contient trois parties par chapitres suyuamment declarez.

LA PREMIERE PARTIE du second liure contiẽt quinze chapitres, & parle de la bataille faicte par Oliuier & Fierabras le Geant.

Comme en vn lieu nõmé Normandie, Charles se tenoit suyuant la guerre contre les Payens, apres vn peu de prologue.

CHAP. I.

I'Ay parlé au premier Liure superficiellement du premier Roy de Frãce baptisé, descendant selon mon propos iusques au Roy Charlemaigne, duquel on ne sçauroit bonnement raconter la vaillance de luy & de ses Barons qui se dient Pairs de France. Desquels à leur endroit ie feray mention selon que ie pourray receuoir la verité. Mais ce que i'ay dessus escrit, ie l'ay prins en vn liure qui se nomme Miroir historial, & aussi dans les Croniques anciennes. Et l'ay seulement translaté de Latin en François. Et la matiere suyuante, qui sera le second liure est d'vn Romant, fait de l'anciẽne façon, sans grand ordonnance: dõt i'ay esté incité à le reduire en prose par chapitres ordonnez. Et se dit celuy liure Fierabras à cause que celuy Fierabras estoit merueilleux, il fut combatu & vaincu par Oliuier, & en la fin il se fit Chrestien, & fut baptisé, & est sainct en Paradis. Et parle en effect de ceste bataille, & des reliques qui furent conquestees, lesquelles auoient esté prinses à Rome, & estoient en la puissance de l'Admiral, pere dudit Fierabras. Parquoy en ce liure ensuyuant, ie n'entends sinon seulemẽt reduire la rithme ancienne en prose, & diuiser la maniere par ce qu'il me sera possible de faire, sans y adiouster chose que ie ne trouue audit liure, & ainsi que ie troue, pareillement reduiray. Et cestuy liure est appliqué à l'honneur de Oliuier en partie: nonobstant qu'il y a plusieurs autres matieres: car i'entends que chacun des principaux de l'Empereur Charles, qui se dient communement en nombre de douze ou treize Pairs de France, qui estoient Capitaines de l'exercite mout forts & vaillans & estoient grãds Seigneurs, Capitaines vaillans, il y en auoit plus de treize selon que ie trouue. Premierement estoit Roland Comte de Cenonia, fils de Millõ, & de Dame Berthe, sœur du Roy Charlemaigne: Oliuier fils de Regnier, Comte de Gennes, lequel estoit aussi à l'exercite de Charlemaigne, Richard, Duc de Normandie, Guerin, Duc de Lorraine, Geoffroy, Seigneur de Bourdelois, Hoel, Comte de Nantes, Oger le Dannois, de Asie, Lambert, Prince de Brucelles, Thierry Dardaine, Basin de Geneuois, Guy de Bourgongne, Geoffroy, Roy de Frise, & le traistre Ganelon, qui fist la trahison à Ronceuaux, comme il appert au tiers liure, Sanson duc de Bourgongne, Riol du Mans, Allory, & Guillaume de Lestoc, Naymes de Bauieres, & plusieurs autres qui estoiẽt subiects à Charles. Ce nonobstant que ceux que i'ay nommez ne fussẽt pas tousiours auec luy, si estoient ils prests à faire son commandement, & aussi la plus part des dessus nommez estoient auec luy continuellement.

De Fierabras, comme il vint exciter l'exercite du Roy Charlemaigne.

CHAP. II.

L'Admiral Baland d'Espaigne fort puissant de corps & de gens auoit vn fils nommé Fierabras, le plus grand Geant qui iamais fut, n'y de mere nay: car de grosseur & grandeur de son corps, aussi de force, il estoit le nompareil, & estoit Roy d'Alexandrie. Il tenoit sous luy fort grand pays, & commandoit par tout Babylonne, iusques à la mer rouge, & si estoit Seigneur de Rosie, & de Calingue, & sous luy estoit Ierusalem, & detenoit le sainct sepulchre de nostre Seigneur Iesus Christ, & par sa puissance entra vne fois à Rome, ou il fit beaucoup de mal, & emporta la couronne de Iesus, & les cloux, & autres reliques, dont ce liure fait en la fin mention, comme elles furent recouuertes, & se faisoit appeller Fierabras d'Alexandrie, lequel apres plusieurs batailles faites en Aquitaine entre les payens à l'exercite du roy Charles. Cestuy Fierabras vint cheuauchant pour trouuer quelque chrestien pour batailler contre luy, & vint iusques aux lices du Roy Charles tout armé pour batailler & bien fourny de glaiue, & estoit mal content de ce qu'il ne trouuoit nul à qui il peust combatre, & des lices il vit les armes de l'Empereur Charlemaigne, lesquelles estoient l'Aigle d'or reluysant, & iura Mahom son Dieu & sa puissance que iamais ne partiroit qu'il n'eust fait guerre à quelque Chrestien, & voyant que nul ne venoit, il commença à crier. O Roy de Paris, couart sans hardiesse enuoye iouster aucuns de tes Barons de France les plus fors & hardis, comme Roland, Oliuier Tierry, Richard de Normandie, ou Oger le Dannois, & ie iure mon Dieu Mahom que ie ne feray refus iusques à cinq ou six qu'ilz ne soient par moy soustenus, & si me fais refus de ce ie te promets que deuant qu'il soit nuict tu seras par moy desconfit, & si te couperay la teste comme meschant sans presse, & emmeneray auec moy Roland & Oliuier malheureux & chetifs: car outrageusement comme mauuais vieillard les habandonne de venir en ce pays dont auras cause de briefuement partir. Cecy dit Fierabras s'en alla gesir à l'ombre d'vn arbre, & se desarma, & attacha son escu à l'arbre. Et quand il fut mis ainsi à son aise, il cria à haute voix, O Charlemaigne, Roy de Paris, ou es tu maintenant? qui t'ay auiourd'huy appellé sans plus grande dilation, enuoye auiourd'huy iouster Oliuier contre moy duquel tu fais tant de conte, ou Roland ton neueu cheualeureux, ou Oger que i'ay tant ouy louer ou Richard de Normandie: si d'auenture l'vn de ceux n'ose venir seul, viennent hardiment les deux, ou les trois, ou les quatre des plus hardis qui soyent courageux & hardis & bien armez, & si ces quatre ne sont hardis viennent cinq: car iusques à six des plus cheualeureux de ton exercite, ie ne refuseray point, & ne m'en pense retourner qu'ils ne soint confus & destruits par moy: car sois seur qu'il ne me sera ia reproché que ie sois fugitif pour François viuant. I'ay desia mis à mort par la valeur de ma personne dix roys de grande puissance, lesquelz n'ont sçeu resister contre ma force.

Comme Richard de Normandie dit à Charles quel homme estoit Fierabras.

CHAP. III.

Si tost que Fierabras eut finé sa parolle, le Roy qui bien l'auoit escouté, fut esmerueillé de son langage & demanda, à Richard de Normandie qui estoit ce Turc qui auoit ainsi crié: car i'ay entendu comme il à dit qu'il ne refuseroit point iusqus à six, des plus cheualeureux de mon ost. Sire Roy dit le Duc de Normandie, cest homme est fort riche, & vn des forts qui oncques fut nay de mere, & si est sarrazin, & de si grand fiereté qu'il ne prise Roy ne Conte n'y autre personne du monde. Quand le roy l'entendit, il commença à hocher la teste, & iura sainct Denis de France qu'il ne beuroit ne mangeroit que l'vn des Pairs de France n'eust iousté à luy, & demanda comme ledit payen se nommoit. Sire Empereur, dit le duc de Normandie, il se nomme Fierabras, & est fort redouté, & à faict beaucoup de maux, il à occis plusieurs Chrestiens pendus Abbez, Moynes, & nonnains, & viole plusieurs Eglises, c'est celuy qui desrobba la couronne de nostre Saueur Iesus Christ, & plusieurs autres reliques dont vous auez prins grand peine, aussi il tient Ierusalem & le sainct Sepulchre ou Dieu fut mis en grand subiection. Ie suis courroucé de ce que tu dis, dit l'Empereur, mais sache que iamais n'auray ioye & ne sera mon desir accomply, iusques à ce qu'il soit vaincu. De ce mot furent tous les François fort esmus, & n'y eut celuy qui se presentast pour y aller. Et quand Charlemaigne vit que personne ne s'offroit d'aller cōbatre ce Geāt Fierabras, il dit à Roland. Mon tres-cher neueu, ie te prie que tu te dispose pour assaillir celuy Turc, & que tu faces ton deuoir.

La responce faicte par Roland à l'Empereur son oncle trop subite & ce qu'il en fut.

CHAP. IIII.

QVand l'Empereur eut parlé ainsi gratieusement à son neueu le Conte Roland: il luy respondit follement en disant. Mon oncle ne m'en parlez plus car i'aymerois mieux que vous fussiez confus & desmembré que ie prinsses armes ne cheuaux pour iouster comme vous dites: car le dernier iour que nous fusmes sur les payens de si pres tenus, nous autres Cheualiers y fismes grand portement, & soustinsmes maints coups mortels, mon loyal & fidelle compagnon Oliuier est quasi mort, car s'il n'eust eu secours de nous, il eust esté tué. Et quand nous fusmes en nostre logis pour prendre repos, le soir quand tu fus bien yure tu te ventas que les anciens Cheualiers que tu auois amenez auec nous pour nous faire ayde & secours s'estoient beaucoup mieux porté en leurs faictz d'armes & forte bataille, que les ieunes Cheualiers chacun sçait bien, comme le soir ie fus lassé du trauail que i'auois prins celuy iour: mais par l'ame de mon pere ce fut mal dit & mal parlé à vous, & à present on cognoistra comme les anciens vieillards se porteront bien, car par celuy Dieu à qui chacun doit subiection, il n'y a homme ieune en ma compagnie que iamais de moy soit aymé s'il prend le peril d'aller iouster contre celuy infidelle payen. Quand le Duc Roland eut finé sa parolle, le Roy Charlemaigne moult indigné contre luy par grand yre & courroux luy donna au trauers du visage, & l'attaignit tellement sur le nez que le sang en sortit en grand abondance. Adonc le Duc Roland par grand fureur mist la main à l'espee quand il vit son sang il eust frappé son oncle s'il ne se fust reculé. Et quand le roy Charles vit l'intention de Roland, il fut esbahy & dit. O Dieu de Paradis, qui eust iamais pensé que de Roland mon neueu ie fusse vergongné, qui nous sommes mis ensemble tout d'vne foy contre noz aduersaires les payens & Sarrazins, & il me vient courir sus d'affection mortelle luy qui est le plus prochain en lignage enuers moy qui soit de present, & qui plus est me deust ayder & secourir plus que nul autre. Or pleust à celuy Dieu en qui ie croy, & qui souffrit mort & passion, qu'en ce iour prenne la fin dont il peut estre digne. Ce dit par grand fureur manda les François, & leur dict: despechez vous & le prenez: car ie ne mangeray huy qu'il ne soit liuré à mort. Quand les François entendirent la parolle du roy pour deuoir accomplir son commandement tous se regarderent l'vn l'autre, sçauoir qui mettroit le premier la main sur luy. Quand Roland vit le fait, il se tira à part & tenant l'espee à la main cria à haute voix : Si vous estes sages tenez vous coy : car ie fay bon veu à Dieu que s'il y à homme qui bouge pour venir vers moy, que ie feray de sa teste deux parties, parquoy il n'y eust si hardy qui osast aller contre luy & estoient mal contens de leurs debat. Lors Oger vint à Roland, & luy dit Sire Roland il me semble que vous auez grand tort d'auoir ainsi courroucé vostre oncle, lequel vous deuez entre les autres aimer, defendre & supporter. Roland estant ia refroidy de son yre, luy respondit, Oger ie vous promets que pour bien peu de faict i'ay determiné vn grand outrage dont ie suis mal content.

Comment Charles & Roland sont reprins par l'Autheur, & excusez aucunement, sur le debat deuant dit.

CHAP. V.

SVr le debat de l'Empereur Charlemaigne & de Roland son nepueu ie me veux vn peu arrester & parler premierement à toy Charles qui as esté instruict des ton enfance à toutes meurs si bonnes & dignes de remuneratiõ, qui sçauois la coustume des Anciens, & la mutabilité des bonnes gẽs pourquoy disois tu le iour que les anciens Cheualiers s'estoiẽt mieux portez à la guerre du iour que les ieunes Cheualiers : & sauois bien que le noble Oliuier estoit tresgrandemẽt nauré par sa vaillance, & tellement qu'il estoit au lict? Et puis Rolãd ton neueu auoit faict si grand portement. Et si aucunement il à parlé follement, tu pouuois biẽ porter son premier mouuement, qui n'est pas en la puissance de l'homme. Si tu eusses bien prins à ton aduis au prouerbe qui dit *Vindictam differt donec pertanseat furor*. On doit differer la vengeance iusques à tant que la furenr de l'yre soit passee. Si tu eusses frappé Roland, puis qu'il auoit mal dit, & aussi comme sans aduis & indiscretion tu le frappas. Semblablement sans aduis, il tira son espee contre toy, & si tu l'eusses fait tu auois assez de temps pour le prendre tu as l'Ecclesiastique qui dit au second chapitre, *Nihil agas oribus iniuriæ*. Quãd on reçoit iniure il n'est pas bon de faire ce qu'on pourroit bien faire, ainsi est quand vne personne à tresbien fait son deuoir, & que celuy duquel il doit honnoré & recompensé, il est blasmé, tant plus est il mal content : car son faict est reputé pour neant, & ainsi fut de Roland qui pẽsoit plustost estre loué pour le grãd deuoir qu'il auoit faict, & l'Empereur dit que les anciens auoient mieux faict que les ieunes. Mais ie veux retourner à toy, O Roland, qui as esté si noble, dont vient à toy celle audace de parler contre ton oncle qui as tousiours si bien faict que ses œuures sont dignes d'estre remembrees

brees à ce luy qui estoit Empereur, Roy de Frãce & Seigneur & de si grãd crainte & à ton oncle as prins debat & respondu outrageusement ? N'estoit il pas raison que tu deusses endurer de luy, & non pas luy de toy? s'il t'a frappé de son gand par maniere de correction, deuois-tu tirer ton espee sur luy? Tu n'auois en memoire l'obeissance que Isaac eut à son pere tu n'auois pas aduisé ce que dit l'Apostre. *Iuuenes seruate amicos admodùmque timorem.* Vous autres ieunes gardez & refraignez vostre courage & la fureur d'iceluy sans le mettre à executiõ. Si l'Empereur pour esbatemẽt auoit loué les anciens, il ne disoit pas pourtant que tu n'eusses fait bon portement. Et Sainct Paul dit en l'Epistre qu'on ne doit redarguer celuy qui est plus ancien que soy : mais le doit on entretenir & comporter comme son pere: mais le faict est tel que personne ne repute iniure à soy dicte estre petite, & nul ne se blesse qui ne soit patient, pourquoy il est bon à penser la chose auant qu'elle se die, & volontiers il n'en viendra que bien.

Comme Oliuier fut deliberé de combatre Fierabras, nonobstant qu'il fut nauré.

CHAP. VI.

BIen courroucé estoit le roy Charles de Roland & : dit à ses Pairs, Seigneurs, ie suis en grand pensement de mon neueu qui m'a voulu faire iniure, auquel i'auois beaucoup plus de fiance qu'en nul homme qui soit viuant: ie ne sçay lequel plus parfaitement ie dois aymer n'aussi lequel ie dois hayr & plus outre, ie n'ay personne qui se soit presenté à iouster contre ce payen qui m'a demandé. Deuant luy vint Naymes de Bauieres, qui dit Sire Empereur, ie vous prie deportez vous, tout viendra à bien, vn autre iouster contre le Sarrazin : mais toutesfois le Roy Charles estoit en grand pensement : car nul n'y vouloit aller. Les nouuelles de Charles & de Roland furent portees incontinent à Oliuier, qui estoit en vn autre lieu malade, & sceut comme est venu Fierabras, & que nul ne s'estoit presenté au Roy pour aller iouster contre luy. Lors tout remply de noble courage, se leua du lict & estandit ses bras pour sentir s'il pourroit porter armes, & en ce faisant ses playes s'ouurierent, & sortit le sang de destresse. Ce nonobstant, comme ce luy à qui il ne luy en chaut gueres, pour l'amour du roy fit lier toutes ses playes au mieux qu'il peut, & dist à Guerin son Escuyer, qu'il luy fist apporter ses armes : car il se vouloit armer pour aller iouster contre ce maudit Payen. Sire Oliuier dit Guerin, en l'honneur de Dieu prenez pitié de vostre personne : il me semble que volontairement vous voulez occire. Oliuier luy respondit, Fais mon commandement, nul ne doit targer à cercher son honneur & auancement au nom de Seigneur : ie ne me puis trop employer à seruir mon Prince & Seigneur, & puis que ie voy que nul des François ne s'auance, ie n'y faudray point car on dit vn prouerbe cõmunement, qu'au besoin on cognoist son amy. Or apportez moy mes armes sans plus seiourner, on les luy apporta. Et se fit armer par ledit Guerin, lequel luy chaussa ses chausses, & mit son hauberion, heaume, & tous ses harnois necessaires. Et quand il fut bien forny & armé, il print & ceignit son espee nommee Hauteclere laquelle il aymoit moult. Guerin luy amena son bon cheual, entre les autres special qu'on nommoit Ferrand d'Espaigne. Et quand il fut deuant luy tout selé & bridé, il saillit en la selle sans mettre le pied en l'estrief, & print son escu, mit en sa main vn espieu bien esmoulu & aigu, que Guerin son Escuyer luy bailla lequel estoit attaché à dix cloux de fin or : puis frappa son cheual des esperons, si rudement que du sault qu'il fit le cheual ploya dessoubs luy, & faisoit moult beau veoir Oliuier à cheual. Et tous ceux qui estoient la present faisoient requeste à nostre Sauueur Iesus-christ qu'il l'eust en sa garde : car à ce iour deuoit batailler contre le plus fort & fier homme Payen qui iamais nasquit de mere, & ne viuoit en tout le monde son pareil, c'estoit Fierabras d'Alexandrie, fils de l'Admiral Baland d'Espaigne, dont nous verrons au plaisir de Dieu la determination. Apres qu'il fut ainsi à cheual sur son visage & sur son corps il fit le signe de la croix au nom du doux Iesus, & se recommandant au vouloir de Dieu que il luy fust celuy iour en aide, selon sa bonne intention : & de tous fut bien cogneu qu'il auoit le cueur au ventre, pour faire grand portement. Apres ce Oliuier cheuaucha droit aux lices du roy Charles, auec lequel estoit le duc Naimes, Guillaume de l'Estoc, Girard de Mondidier, Oger le Dannois, & plusieurs autres Barons Et aussi y estoit Roland fort dolent des parolles qu'il auoit euës au Roy son oncle : car volontiers eust faict la bataille si ne fust la contredite qu'il auoit faict au Roy, quand il l'en auoit requis. Quand Oliuier fut venu deuant le Roy Charles, il mit bas son heaume, & regarda au vis du roy lequel il salua, & luy dit, Noble Empereur puissant & redouté, & mon singulier Seigneur, vueille moy escouter. Vous sçauez qu'il y trois ans que ie suis à vostre seruice, & n'ay eu de vous aucune remuneration ne gage, ie vous supplie que maintenant vn don me soit guerdonné. Lors le Roy luy respondit, Oliuier noble conte ie vous iure ma foy que ie le feray de bon vouloir & si tost que nous serons en France ou en Bourgongne, chasteau ne Cité, que voudrez auoir ne autre chose à moy possible ne vous sera contredit. Sire dit Oliuier, ie ne suis à vous demander cela, mais ie vous requiers bataille contre ce pay en desmesuré, & de ceste heure ie vous octroye tous mes biens & seruices & pource don soient quittes. Quand les François ouirent Oliuier, ils furent esbahis de sa prouesse, & se regarderent l'vn l'autre, en disant Saincte vierge Marie qu'a trouué Oliuier qui est quasi n'auré à mort, & si veut batailler? Adonc luy respondit Charles Oliuier as tu perdu le sens, car tu cognois bien que d'vn fer agu & quarré tu as esté nauré mortellement, & tu te veux abandonner à vn grand dāger mortel parquoy pense de t'en retourner reposer à ton gré car ne pense pas que ie t'y laisse aller, veu que tu n'es pas en santé de ton corps. Lors se leuerent Ganelon & Andrieu traistres lesquelz firent la trahison, comme le dernier liure en fera mention, & dit Ganelon. Sire Roy vous auez ordonné en France que celuy qui par deux de nous sera iugé se doit tenir, & ainsi nous deux iugeons, & ordonnons, qu'Oliuier aille faire la bataille Et le Roy plein de maltalent, en muant la couleur, luy respondit, Ganelon, tu és de mauuaise contree, sans parler qui soit honnorable: puis que ainsi est, il fera la bataille, & ne peut estre qu'il ne soit mort: mais ie iure maloyauté que s'il est prins ou mis à mort, tout l'or du monde ne te rachetera que de male mort ne te face mourir, & destruiray ton lignage. Sire Empereur, dit, Ganelon, Dieu m'en vueil le garder. Et puis il dit tout bas, Et à Dieu ne plaise qne iamais Oliuier puisse retourner qu'il n'ait la teste couppee. Quand l'Empereur vit qu'il ne sçauoit contredire qu'Oliuier n'allast pour batailler contre Fierabras il dit ie prie à Dieu qu'il te doient bien besongner, & tellement que tu puisses retourner à ioye, & print son gand, & le ietta à Oliuier: lequel le receut bien volontairement, en le remerciant.

Comme Oliuier fut detenu de son pere Regnier: qu'il n'allast combatre le Geant requerant Charles qu'ainsi ne fust: dont force luy fut qu'Oliuier y allast.

CHAP VII.

LOrs quand Oliuier eut congé pour aller combattre Fierabras, son pere Regnier de Gannes par grande compasion se mist aux pieds du roy & dit

Sire roy ie vous crie mercy. Prenez pitié de mon fils, & de moy : Ie vous dy de moy : car vous me voulez du tout desconforter, quand ie voy que mon enfant va à perdition veu le danger de sa personne ou il est. Ie vous dis aussi que vous ayez pitié de son iouuant presumptueux, & de son grand desir conuoyteux & de son corps nauré moult dangereusement. Vous sçauez bien que c'est d'vn hom me nauré ainsi dangereusemẽt. Vous scauez bien qu'il à perdu son sang, & ne peut encores endurer bataille: mais Regnier y perdoit sa peine : car le roy luy auoit donné son gand en signe de licence. Et nonobstant ces parolles, Oliuier ne doutoit rien qu'il ne fist son deuoir grandement. Et derechef Regnier requist au Roy en l'honneur de celuy qui en la croix fut pendu pour nous tous ne permets point que mon fils aille iouster. Helas, quand i'auray perdu mon fils en quel lieu pouray-ie aller ? vous pourrez biẽ autre trouuer pour faire ceste bataille. Lors l'Empereur respondit. Regnier vous scauez bien que ie ne puis contredire, car en signe de licence ie luy ay ietté mon gand deuant les pieds. Dont Oliuier fut content, & dict a haute voix : Sire roy deuant tous vous autres Barons vn don par vous me soit donné que ie vous requiers: C'est que si i'ay mesprins n'en faict n'en parolle, au nom de Dieu qu'il me soit pardõné. Quant les François l'ouyrent ils plorerent tous. Et ainsi en prenant chemin son estandart leué, le Roy le benist en faisant le signe de la Croix, & le recommanda en la garde du Pere & du fils, & du sainct Esprit.

Comme Oliuier parla premierement à Fierabras qu'il ne tenoit conte de luy auec autres disputations.

CHAP. VIII.

OLiuier se mist en chemin & ne s'arresta iusques à ce qu'il fut deuers Fierabras, lequel tout desarmé, estoit couché à l'ombre, & quand Oliuier leut bien arraisonné, le payen tourna la teste contre luy & ne le daigna regarder tant peu tenoit compte de luy : car il estoit beaucoup plus moindre que luy. Lors Oliuier luy dist. Reueille toy : tu m'as aiourd'huy tant appellé que ie suis venu ie te prie que tu me die ton nom. Par Mahom a qui ie doy tout honneur, ie suis le plus riche qui soit au monde. Fierabras d'Alexandrie me fais nommer, ie suis celuy qui fit d'estruire rome vostre Cité, & fis occire l'Apostre, & des autres plusieurs, & emportay tous les reliques que ie peuz trouuer, dont vous prenez grand peine à les recouurer, outre plus ie tiens Ierusalem ceste belle cité, & le sepulchre ou vostre Dieu fut mis. Adonc Oliuier luy respondit : Ie t'ay bien voulu escouter parler, s'il est vray comme tu l'as recité, saches que tu te peux dolent, & mal'heureux reputer : Or ça despesche toy sois armé voyla les Fraçois qui nous regardent, ou si tu ne t'armes ie te frapperay durement.

Quand Fierabras ouyt qu'il parloit si hardiment, il se print à rire, & dist. Ie suis esbahy d'où vient en toy la presomptiō de parler ainsi hardimēt, mais ie ne bougeray d'icy si ie ne sçay qui tu es, & quand tu m'auras dit ton nom & de quel lignage tu es party, tu me verras armer. Oliuier respondit: Payen, auant qu'il soit nuict tu sçauras quel ie suis. L'Empereur Charles mon redouté Seigneur, te mande par moy pour la conseruation de ton corps & à la saluation de ton ame, que tu laisses la creance de ton Dieu Mahom, & autres idoles, qui ne sont qu'abusions & deceptions & n'ont sens ne raison ne sentiment ne bon entendement parquoy on soit incliné d'y consentir aucunemēt & pense de croire en Dieu tout puissant la saincte Trinité, le Pere, le Fils & le sainct Esprit, trois personnes en vne pure essence & d'vne volonté, qui a faict le ciel & la terre, & tout ce qui y habite. Qui pour nostre saluatiō a voulu naistre de la Vierge Marie. Et quād tu auras ceste creance, moyennant le Sacrement de Baptesme, qui a esté sur ce estably, tu pourras paruenir à la gloire perdurable: & si tu ne le fais, comme ie te conseille, ie suis icy pour te faire bataille, & de deux choses il te faut faire l'vne. Premierement que tu t'en voyse hors de ceste terre comme vn pauure souffreteux, sans autre chose emporter, & sans iamais toy y trouuer, ou il te faut venir combatre contre moy, pour exaucer ton corps, & soustenir ta fauce loy. Alors Fierabras dist à Oliuier, Qui que tu sois tu es fort outrecuydé, d'auoir intention de vouloir contre moy batailler: Car si tu me vois debout sans estre armé, tu seras bien hardy si de peur tu ne trembles. Mais par le Dieu en qui tu crois dy moy quel homme c'est que Charlemaigne, bien long temps a que ie l'ay ouy priser & redouter en maints pays, & plus outre que ie sçache nouuelles de Roland, Oliuier, Ogier & Gerard de Montdidier: car ie me voudrois bien d'iceux accointer. Si luy dit Oliuier: Ie te dy que l'Empereur Charles est si grand maistre, qu'il n'y a homme qui se puisse accomparer à luy, tant pour la valeur de sa personne & des meurs comme de sa puissance & richesse innumerable. Au regard de son neueu Rolād, & Oliuier ne sont rien moindres que luy, & des autres François sois content: car entre tous les humains, ils sont vaillans gens: mais ces parolles n'ont point icy de lieu, despesche toy de t'armer, car si tu ne t'auance ie te chargeray de ma bonne espee. Fierabras leua la teste, en disant. Par Mahon si ie ne pēsois auoir deshōneur de me prēdre à toy, maintenant te couperois la teste. Ie te prie laisse à plaider, dist Oliuier, auant que le iour soit passé, tu cognoistras qui ie suis: car i'espere de plonger mon espee en ton ventre. Lors Fierabras ne s'espouuenta de rien, & reposa sa teste sur son escu en disant à Oliuier: Ie te prie que tu me dies ton nom & ton lignage. Ie me nomme Guerin, dist Oliuier, & suis de Perigort, fils d'vn homme appellé Iosué: puis vins n'agueres en France où ie fus ainsi adoubé par le Roy Charles, & suis ordonné pour defendre son droict maintenant encontre toy : parquoy concluons que tu sois armé, & monté à cheual : car ie suis prest de faire la bataille si tu es si vaillant & hardy de m'attendre. Fierabras ne vouloit aucunement consentir la bataille : car il luy sembloit que c'estoit peu de chose de Oliuier pour iouster contre luy, & luy dist : Guerin, ie te demande, pourquoy n'est venu vers moy Roland ou Oliuier, ou Gerard, ou Ogier qui sont de grande renommee, comme i'en ay ouy parler. Pource qu'ils ne tiennēt conte de toy, dist Oliuier, & ne le font sinon par mesprisance : mais ie suis venu à toy comme celuy qui n'a point prins garde en leur intētion, & feray bataille si tu me veux attendre, mais ie te iure sainct Pierre, l'Apostre de Iesus, que si tu ne t'armes, ie te frapperay mortellemēt de ce dard que ie tiens en ma main. Guerin, dit Fierabras, ie te veux bien dire que depuis que ie fus adoubé ie ne ioustay sinon à Comte & à Baron de haute valeur, tu es de bien basse main, pour dire que ie me prenne à toy. Trop grand deshonneur me seroit que tu fusses mis à mort par moy : mais pour le bon vouloir que ie cognois en toy mout noble, ie suis content que tu me frappes, & ie me laisseray cheoir à terre, & prendras mon cheual & mon escu, & tu t'en yras au Roy Charlemaigne, & luy diras que tu m'auras vaincu, & si ie fay cecy pour toy, ce sera grand amitié, & deuras pour le present estre content. Lors Oliuier ne peut plus auoir patience qu'il ne luy dict. Ton faict ne gist sinon en parolles pleines de presumption : car ie suis de cét intention deuant qu'il soit le vespre ie te feray voller la teste de dessus les espaulles, ie ne suis lieure ny beste sauuage pour me deuoir espouuenter. Et tu sçais bien le verbe commun qui dict : qu'il est temps de parler & temps de se taire : & de l'vn & de l'autre peut on estre reputé fol. Or te despesche de ce que ie t'ay dict, ou autrement ie te feray marry. Lors Fierabras luy dict. Ie ne te demāde fors que tu me transmette Roland ou Oliuier, ou l'vn des autres, & si les deux ne sont hardis, viennent les trois ou les quatre, car par moy ils ne seront ia refusez. En disant ces parolles les playes de Oliuier, qui estoit nauré dés le iour de deuant, se commencerent à ouurir par la force de cheuaucher, & seigna tellement, que Fierabras veit sortir le clair sang par dessus le genoil de Oliuier : & luy demanda d'où luy venoit le sang qui couloit dessus la terre. Oliuier luy respondit qu'il n'estoit point nauré, mais que son cheual estoit dur à l'esperon, parquoy il estoit ainsi ensanglanté. Fierabras se print garde que ce n'estoit point du cheual, & respondit, Guerin vous auez menty, car vous estes blessé au corps, & ie le cognois au sang qui vous a desia surmonté le genoil : mais voicy que ie feray. Il y a deux barils pendus à la selle de mon cheual, qui sont pleins de mon baume que i'ay conquis en la cité de Ierusalem : & est celuy propre, dont vostre Dieu fut embaumé le iour qu'il fut descendu de la Croix où il fut pendu, & mis au sepulchre: depesche toy, & en va boire, & ie te promets qu'incontinent tu seras guary, & si te pourras mieux defendre. Oliuier luy respondit qu'il n'en feroit rien, & qu'il parloit d'vne grande folie. Et adonc Fierabras fort courroucé, luy respondit qu'il estoit bien fol, & qu'à bon droit s'en pourroit bien repentir.

Comme apres plusieurs disputatiõs Oliuier aida à armer à Fierabras, & des neuf espees merueilleuses, & comme Oliuier se nomma à Fierabras par son nom.

CHAP. IX.

ET quand Fierabras eut longuement demouré couché soudain se leua, & dit, Guerin ie te prie que tu me die de quelle force est Roland & Oliuier qui tant sont redoutez des Payens, & de quelle grandeur. Lors Oliuier luy respondit: regarde bien ma grandeur, & semblance, & tu pourras appercevoir quel homme est Oliuier, car il n'est pas plus grand que ie suis. Roland, tant qu'il touche au corps, est vn peu moindre, mais de courage ils est si hardy & de corps combattant qu'il n'y a le pareil au monde, car il ne se combat à nul hõme qui ne soit par luy vaincu. Par la foy que ie dois à Apollin & Tarnagant, dit Fierabras, tu me dis chose dont ie suis esbahy, car s'ils estoient quatre tels que tu me contes, ie ne les voudrois refuser, & ne les laisserois qui ne fussent occis de mon espee trenchant. Oliuier ne pouuoit prendre patience aux dilations de Fierabras, mais le vouloit frapper, parquoy Fierabras luy dit, Tu ne peux prendre pitié de ta personne, mais si ie me leue & monte à cheual, Charles ton Roy, ny tous tes Dieux, ne te defendront que tu ne sois occis: car seulement si tu me vois deuant toy à pied, tu seras bien courageux si de peur tu ne trembles. Si luy dit Oliuier, Trop longuement te vantes de faire chose que tu ne verras en iour de ta vie, & mieux te vaut à mesure parler, car autrement te pourroit venir meschef. De cecy Fierabras fut mout fasché, & se leua debout, & par commune estimation auoit de lõgueur quinze pieds, & s'il eust voulu se faire baptiser, & croire en Iesus Christ, iamais ne fut veu homme Chrestien de sa valeur, & estant ainsi à pied il auoit honte qu'il n'auoit quelque vaillant homme pour iouster contre luy, dit à Oliuier, Il me prend vne grandissime pitié de ton affaire pour la noblesse du courage que ie te cognois, ie suis content te faire beau party, c'est que tu retournes, & m'enuoye Roland ou Oliuier, ou Ogier, ou Gerard, de Mordidier, & sçaches que ie ne bougeray de ceste place tant que ie l'aye conquis. Oliuier ne pouuoit plus attẽdre: & si n'eust esté pour son hõneur il l'eust frappé par plusieurs fois ainsi tout desarmé. Et quand Fierabras vit l'effort d'Oliuier, il luy pria qu'il luy aidast à armer. Oliuier luy demande, me dois ie fier en toy? aide moy hardiment, dit Fierabras, car ie te iure Mahõmet que iour de ma vie ie ne feray traistre à aucune personne viuant. Et sur ces parolles Oliuier mit diligence de l'armet : & print premierement vn cuir de Capadoce, & le vestit, puis sa cotte, & son haubertion d'acier bien bouclé & poly, puis apres son heaume, & affiché & garny de pierres precieuses richement, & l'attacha seurement. Mais bien consideré la façon de ce Payen & de ce Chrestien, ce fut grand courtoisie & loyauté entre eux veu qu'ils estoient assemblez pour faire guerre mortelle, & ils se faisoiét seruice singulier. Premierement le Payen auoit pitié de destruire Oliuier. Car il n'estoit son pair au regard de sa personne, & d'autre part quand il vit ainsi couler son sang à terre, il luy voulut dõner du baume precieux. Sẽblablement quand Oliuier le trouua desarmé, il l'eust occis, sans grand peine, s'il eust voulu : & puis à la fin il fut loyal, quand il l'arma pour batailler contre luy grande loyauté & noble pouuoit eut entre-eux deux, qui estoient de foy & de creance contraire, & ie croy que Dieu seroit bien content s'il y auoit telle confiance entre les Chrestiens, & si pleine de noblesse naturelle. Mais pour reduire la matiere presente, quand Fierabras fut bien armé, il mercia fort Oliuier, puis ceignit son espee, nommee Florence, & en l'arçon de sa selle en auoit deux autres bonnes, dont l'vne estoit nommee Graban, lesquelles estoient faictes tellement qu'il n'estoit harnois qui les peust rompre ne gaster. Et qui demanderoit la maniere comme elles furent faictes, ne pan qui, Selon que ie trouue par escrit. Trois freres furent d'vn pere engendrez, desquels l'vn auoit nom Galand, le second, Magnificans, & le tiers Ainsiax. Ces trois freres firent neuf espees, c'est à sçauoir chacun trois. Ainsiax, tiers, fit l'espee nommee Baptesme, laquelle auoit le pommeau d'or, bien peinct, & aussi Plorence & Fraban, lesquelles Fierabras auoit, Magnificans, l'autre frere, fit l'espee nommee Durandal, laquelle Roland eut, l'autre estoit nommee Sauuagine, & la tierce Courtin, que Ogier le Dannois eut : Galand, l'autre frere, fit Flãberge, & Hauteclere, & Ioyeuse, laquelle espee Charlemaigne auoit par grand specialité. Et ces trois freres nommez, furent les ouuriers desdictes espees. Adonc Fierabras monta à cheual, & mist aupres luy ses deux barils pleins de baume, pendu à son col son escu, pesant & bandé de fer & d'acier par merueilleuse force, & au milieu dudit escu, le Dieu Mahom estoit emprainct, & apres qu'il se fut commandé à luy, il print son espieu aigu & mortellement enferré. Grand merueilles fut de la corpulence de ce Sarrazin qui estoit sur son cheual, nommé Ferrand d'Espaigne, bien dru & pommellé, lequel auoit condition specialle, car quand aduenoit que son maistre en bataillant, mettoit bas son aduersaire, celuy cheual faisoit plus grand guerre, sans comparaison que sondict maistre. Et eux estãs ainsi à cheual, Fierabras dit à Oliuier. O Guerin gracieux ie t'admonneste, pour la courtoisie que tu m'as faicte auiourd'huy que tu t'en retournes. Tu es plein d'vne tres grand folie, dit Oliuier : Ie n'en feray rien, au danger d'estre desmembré ie bré ie ne suis point celuy à qui tu faces peur, car à l'aide de Iesus auiourd'huy de par moy tu seras rẽdu mort ou vif à Charles l'Empereur. Quand Oliuier eut parlé à Fierabras, il fut esmerueillé de cestuy homme qui ne se vouloit desuoyer pour menasses qu'il luy fit qu'il ne bataillast: si luy dit. Tu es Chrestien, & ay grand foy aux mysteres qui sont par vous ordonnez: mais ie te coniure que par les fonds où tu as esté laué, & par la croix où ton Dieu fut pendu & clauellé aussi par la loyauté que tu dois à Charles & à Roland & aux autres Pairs de France, que tu me dies la verité de ton droit nom, & ton lignage. Oliuier luy respondit: certes Payen, celuy qui t'a induict parler à moy tellement t'a bien apprins, car plus hautement ne puis estre cõiuré, parquoy sçachez que ie suis Oliuier, fils de Regnier, Comte de Gennes, le plus special compagnon de Roland, & suis l'vn des douze Pairs. Pour verité, dist Fierabras, i'ay bien pensé que tu estois autre que tu ne m'auois dict, veu ton ardent courage, & que ie ne t'ay pas peu faire peur sur le faict de bataille. Et comment, sire Oliuier, vous estes nauré au corps, grand deshonneur me seroit si i'auois à vous bataille & diroit on que ie me serois prins à vn homme mort, parquoy retirez vous, nous auons faict pour le present, & pour tout l'or du monde ie ne batailleray pas cõtre vous. Sire dist Oliuier, certes si ferez car par ma teste, quand nous serons ensemble vous n'aurez pas cause de vous mocquer de moy, ne pensez pas que sois vn homme mort, & puis l'admonnesta en ceste maniere doucement, O Payen, deuant que procedons plus outre, ie t'admonneste que tu vueilles croire en Dieu de Paradis, tout puissant, qui t'a faict & formé, & à qui toutes choses doiuent honneur & crence singuliere, car celuy qui n'y prend aduis est né de malheure. Laisses Mahom & tous tes dieux pleins d'abus & deceptiõs, dispose toy pour te baptiser, & tu auras pour vn grand amy Charles, & pour compagnon especial Roland le valeureux, & plus outre en iour de ma vie ne cesseray point de t'accompagner. Fierabras luy respondit, de grand folie t'aduises, car pour rien en vostre Dieu ne croirois, ne Mahom n'abandonnerois: Mais auiourd'huy si tu es amy de Roland, comme tu dis, iamais si desplaisant ne fut homme, comme pour toy, le feray.

Comme Oliuier & Fierabras commencerẽt à batailler, & de la priere de Charles pour Oliuier: & autres matieres.

CHAP. X.

FIerabras & Oliuier, bien ioincts l'vn contre l'autre, auant que Fierabras laissast courir son cheual, il dist à Oliuier. Amy, boy de mes barils, ie t'en prie, & par la vertu du baume qui est dedans incontinent seras guary, parquoy tu te pourras mieux defendre contre moy. Ia à Dieu ne plaise, dit Oliuier, que par breuuage sois conquis de moy, mais à bataille franche & harnois fourby: & ce dit, laisferét courir leurs cheuaux d'vn si tres grâd courage, & pour iouster à outrâce, cõme vous orrez cy apres, car par deux si vaillans & si nobles châpions iamais ne fut veu ne cogneu vne bataille si aspre ne outrageuse comme alors. Quand ils venoient l'vn contre l'autre, les Frãçois qui estoiét en leurs logis auoient grãd peur qu'il ne mesprint au noble Oliuier, & entre les autres l'Empereur Charles, en plorãt va dire: O benoist Iesus, ie te requiers

qu'à ce coup tu ayes pitié de ce Cheualier, par maniere que ie le reuoye vif & en santé, & vint en sa chapelle le visage couuert de son mãteau, & s'enclina cõtre la croix, & embrassa deuotemét le Crucifix en disant. Mõ Dieu duquel ie voy la remẽbrance, veilles aider à Oliuier pour l'exaltation de la foy Chrestiẽne qui est en grãd dãger. Ainsi en combatiãt Fierabras & Oliuier, se dõnerent de si grãds coups sur les escus, que les fers de lances furent ployez, & entrerent dedãs, dont le feu saillit de toutes pars, & les bois des lãces trõsonnez & fenduz s'en vollerét en l'air: les resnes des brides des cheuaux leur sortirent des mains. Tous deux furét bien estourdis, & eurét les yeux si troublez qu'ils ne sçauoiét de quel costé ils estoiét tournez, & quãd ils furent rassis, Fierabras tira Plorẽce son espee, & aussi Oliuier tira Hauteclere, & vint sur Fierabras, & au haut de son heaume luy dõna si grãd coup, que les pierres precieuses dot il estoit mout ennobly, fit voller à terre, le coup luy entama l'espaule, mais le cuir de Capadoce le sauua, & fut frapé si durement qu'il eut ses deux piedz hors des estriers, & son cheual luy eschappa, & peu s'en fallut qu'il ne versast, dõt les Frãçois dirét tous Saincte Marie quel coup a dõné Oliuier à ce Payen. Voire, dist Roland, merueilleusement assené: or pleust à Dieu de Paradis, gentil cõpagnon, que ie fusse maintenant sur ton escu, car de moy ou du Payen briefuemẽt on verroit la fin. Lors Charles luy dit, Ha mauuais glouton, ie t'ay bien ouy parler, felon couard, il n'est pas tẽps que tu le dies, car du cõmencemẽt tu n'y voulus aller, dont maintesfois te sera reproché par moy. Et Roland ne respondit riẽ, sinon qu'il dist, faictes en à vostre volonté. Fierabras tout rẽply d'yre pour le coup qu'il auoit receu de son espee vint courir sur Oliuier & luy dõna sur son heaume tellemẽt qu'il luy fit tourner la teste: De son haubert luy desmailla tellemẽt que plus de cinq cens mailles du coup luy trencha, & son cheual mallement nauré, & l'esperon du pied luy coupa, & partie de la cuisse, dont le sang courut à terre abondãment, & l'espee de Fierabras fut toute ensanglãtee, & de ce coup Oliuier fut si contrainct, que si n'eust esté la selle du cheual il fust tombé par terre, car il fut ployé par derriere, & son cheual de ce qu'il eut trenché cõmença fort à clocher. Et quand il fut retourné, il dit tout haut, Dieu mon Createur, le mauuais coup que i'ay receu, Vierge Marie, mere de Iesus, prenez pitié de moy car trop fieremẽt trenche l'espee de ce Payen, dõnez moy grace que ie la puisse auoir, & leua son espee, & en fit le signe de la croix sur luy. Puis Fierabras luy dit: Par Mahom à ce coup t'ay faict peur, & tu peux bien sentir dequoy ie sçay iouer, & n'ay point de merueilles si tu te recõmandes à ton Dieu: mais ie suis mal content, de ce que ie t'ay ployé trop à coup: toutesfois sois seur que iamais soleil tu ne verras muer, car tu commences ia à chãger la couleur, or suis ie content que tu t'en ailles, & sera pour toy le meilleur, auant que tu cognoisses ma force plus grande, car ie t'admonneste d'vne chose, c'est, quãd ie voy mon sang yssir de mon corps, lors double ma force, ie cognois que Charles ne t'ayme gueres, quãd il t'ennoye à moy, s'il t'eust couché en vn blanc lict, tu y fusses beaucoup mieux, que d'estre venu batailler à moy. Quand Oliuier l'ouyt, remply d'vn feruent courage, commença à leuer la teste, & dit, O Payen desmesuré, tout le iour tu te vantes de me mettre à mort, ie prie Dieu tout puissant qu'il en vueille resiouyr mõ courage, garde toy bien, ie te deffie, nous auons trop plaidé. Lors se coururent sus merueilleusement, & frapperent sur leurs heaumes, tellemẽt que doubles crochets, & pierres precieuses, orfeueries, & fleurs furent couppees & vollerent par terre, & grand bruit faisoiẽt leurs espees sur leurs harnois, tãt que le feu en yssit. Tãdis que cecy se faisoit, Charles estoit en grande meditation, & cogitoit que la querelle d'Oliuier estoit iuste, & q̃ Dieu le deuoit preseruer, & quand il pensoit qu'Oliuier pourroit mourir comme impatient d'vne parfaicte foy, il dit: O glorieux Dieu, pour lequel nous prenons tant de peine, vueilles garder Oliuier, qu'il ne soit mort ne prins: car ie iure l'ame de mon pere, q̃ s'il est de ce Payẽ occis, qu'au païs de Frãce en nulle Eglise qui soit, iamais ne sera Clerc ne Prestre habitué ne reuestu: mais feray ardre Eglises, Monasteres, Autels & Crucifix. Helas, Sire, dit le Duc Naymes, laissez ses parolles oyseuses, & priez Dieu pour Oliuier, qu'il luy soit en ayde. Tousiours perseueroient les Champions à frapper l'vn sus l'autre, tellemēt que l'espee de Fierabras se rōpit, & le cercle de son heaume, & le fit cheoir sur son visage, son cheual fust mort, s'il n'eust sauté outre, & fut nauré Oliuier au corps, & specialement à la poitrine, & auoit desia tant perdu de son sang, que mout en estoit affoibly, dōt ce ne fut pas de merueilles, veu qu'il auoit resisté au plus terrible homme, qui de mere nasquit oncques.

Comme Oliuier fit à Dieu sa priere, quand il se sentit nauré.

CHAP. XI.

OLiuier estāt en melancolie les grandes playes qu'il auoit au corps, pour son recōfort dit ainsi: O glorieux Dieu, cause & cōmencement de tout ce qui est dessus & dessous le firmament par vostre seul plaisir formastes nostre premier pere Adam, & pour sa compagnie luy dōnastes Eue, moyēnant lesquels humaine generation se contient. Tous fruicts leur abandonnastes, excepté vn: duquel Eue, moyēnant le Serpēt, en fit manger à Adam dont ils perdirent Paradis. Et par la seduction des ennemis d'Enfer plusieurs ont esté deceuz & damnez, dōt vous ayant pitié de la perdition du monde, vinstes prendre chair humaine au ventre de la Vierge Marie, par l'annonciation de sainct Gabriel, & nasquistes comme il vous pleut. Peu apres les trois Roys vous vindrēt adorer & faire obeissance. D'or, de Myrrhe & d'Encēs vous firent les presens: puis Herodes vous cuidant faire mourir fit occire maints petits enfans qui sont en Paradis: & quand vous fustes en aage pour vous determiner vous allastes par le monde en preschāt voz amis: dont apres, par enuie les faux Iuifs desloyaux vous pendirent en la Croix, en laquelle excitant Longis le Cheualier vous perça le costé par l'induction des Iuifs: & quand il creut en vous, & qu'il eut laué ses yeux de vostre precieux sang, il veit clair & vous cria mercy, dont il est à sauuement, puis par voz amis vous fustes mis au sepulchre, & le tiers iour apres vous ressuscitastes & reprintes la vie: descēdistes en Enfer, & mistes dehors Adam & Eue, & ceux qui estoient dignes d'auoir Paradis, au iour de vostre Ascensiō vous montastes és cieux deuāt tous voz Apostres. Ainsi, mon Dieu, comme cecy est vray, ie le croy fermement, sois moy en confort contre ce mescreant, que ie le puisse vaincre, tellement qu'il soit sauué. Et apres son oraison finee se signa de son espee au nom de Dieu & de la saincte Trinité, & frappa son cheual sur l'esperance de Dieu. Et Fierabras luy dit en riant. Oliuier, ie te prie que tu ne vueilles celer qu'elle est l'oraison que tu as dicte, voluntiers l'ay escoutee. Or pleust à Dieu de Paradis, dist Oliuier, que fussiez en telle grace que vous creussiez ainsi fermement que ie dois, car ie vous iure que ie vous aymerois autant que ie fais Roland. Lors Fierabras luy respondit. Par Mahom & Taruagant tu parles de grand folie.

Comme apres grande bataille Oliuier conquist le baume & en gousta à son ayse & qu'il en fit: & comme il se trouua à terre quand son cheual fut occis.

CHAP. XII.

Fierabras fut courroucé des parolles d'Oliuier, & par grand yre luy dit Garde toy de moy car ie te deffie. A moy l'auras dit Oliuier, & à Dieu me recõmande Lors se rencontrerent tellement l'vn l'autre qu'on voyoit saillir le feu de leurs harnois: leurs cheuaux ployoiét sous eux, & la terre trembloit de ce bruit en la ville de Normionde. Fierabras print son espee & en frappa Oliuier dont il fut fort nauré en la poitrine sous la mamelle, & de ce coup luy tournerent les yeux en la teste, & escria Dieu & la vierge Marie qu'ils luy guarentissent son ame. Lors Fierabras par grand courtoisie luy dit, Oliuier entends à moy, descends bas seurement & prends du baume à ton aise. Et tantost seras guary, & te pourras mieux defendre contre moy, & recouureras nouuelle force: Mais Oliuier ne l'eust fait pour rien eust il deu mourir: car des armes loyalles le vouloit auoir & prestement vindrent l'vn contre l'autre, & se frapperent tellement que Fierabras fut nauré moult dangereusement: car l'espee d'Oliuier luy entra dedãs la chair bien demy pied de parfond, du sang qui en yssoit l'herbe en estoit toute arrousee. Quand il se vit ainsi nauré il beut de son baume par lequel il fut tost guary, dont Oliuier fut mary. Les Françoys qui voyoient cecy, firent à Dieu grandes prieres, qu'il vousist ce iour preseruer Oliuier: & specialement Charlemaigne qui entre les autre plus cher le tenoit. Et Quand Oliuier vit le payen ainsi guary, se confiant à l'ayde de Dieu, vint à luy & le frappa sur son heaume si durement que le coup descendit sur la cordelette à laquelle les deux barils estoient attachez, le cheual de Fierabras eut peur de ce coup & fit, par le vouloir de Dieu vne petite course dont Oliuier, auant que le payen s'en print garde s'enclina contre terre, & leua les barils, & en but à son ayse & largement, & incontinent fut guary & reconforté en force nouuelle, & pensa que ce Fierabas estoit plus nauré par luy, & ne pouuoit iamais rauoir ses barilz, que en la fin il luy en pourroit mal venir. Parquoy luy estant pres d'vne riuiere print les deux barilz & les ietta dedans, lesquels furent bien effondrez. Et comme on lit, à toutes les festes de Sainct Iean ces deux barilz se demonstroyent sur l'eau. Et quand Fierabras vit que ses deux barilz estoient perdus à peu qu'il ne perdit sens & entendement & par reproche dit à Oliuier, O faux Chrestien tu m'as perdu mes deux barilz qui valoient mieux que tout l'or qui est en Chrestienté: mais ie te promets qu'auant qu'il soit vespre ils te seront chers vendus, car ie ne cesseray iusques à ce que tu ayes le chef couppé. En ce disant vint contre luy : mais Oliuier qui ne le douta plus tant qu'il auoit fait l'attendir. Toutesfois Fierabras conceut Oliuier si asprement que son heaume en fut desmaillé & ne fut point nauré car le coup descendit en bas si impetueusement qu'il trencha le col du cheual d'Oliuier, parquoy il cheut à terre & se trouua à pied mais grand miracle fut du cheual de Fierabras qui ne fit semblant de courre sur luy comme il auoit apprins, selon que deuant i'ay parlé, mais se tint coy outre sa coustume.

Comme Oliuier & Fierabras bataillerent ensemble à pied merueilleusement, & la priere que Charles fit pour Oliuier.

CHAP. XIII.

DOlent furent les François quand ils virent Oliuier à pied & se vouloient armer pour le secourir: mais Charles ne s'y voulut point cõsentir pour maintenir son honneur : fit sa priere à Dieu, qu'il fust en aide à Oliuier, qui estoit de son cheual despourueu. Et quand Oliuier fut à pied il en fut moult dolent, & dist à Fierabras, O roy d'Alexandrie enuers moy t'es vaillamment porté. Auiourd'huy tu t'es vanté que si cinq Cheualiers venoiẽt tu les voudrois attendre & conquester & tu sçais que celuy qui occist le cheual doit auoir part en l'heritage. Ie ne sçay si tu as dit verité dit Fierabras : mais ie ne l'ay pas fait de mon gré, toutesfois à fin que tu ne sois mal content de moy, ie descendray à terre & te donneray mon cheual, & seras bien monté, & saches que iamais ne fus plus esbahy, comme quand ie t'ay veu tombé à terre : & qu'il ne t'a estranglé : car oncques ie ne mis homme à terre, & il fust present, qu'il ne fust occis par luy. Oliuier respondit, Ia ne prendray ton cheual que ie ne l'aye cõquesté iustement. Lors Fierabras fut tant noble que pour la vaillance d'Oliuier il dit Pour la noblesse que ie cognois en toy, ie veux faire ce que iamais ne fis pour homme, & mit le pied à terre & fut content de batailler à pied, car Fierabras estoit d'vn pied plus grand qu'Oliuier. Et lors iousterent à pied l'vn contre l'autre, si merueilleusemẽt que peu s'en fallut que tous deux ne demourerent au champ pasméz a cause du trauail qu'ils auoient prins. Ainsi continua celle bataille qui ne pouuoit prendre fin entre eux. Plusieurs parolles & reproches se disoiẽt l'vn à l'autre, mais Charles voyant ce pitié luy print d'Oliuier, & le conte Regnier pere d'Oliuier dolẽt de son fils, vint à Charles & dit, O Empereur en l'honneur de Dieu prends remors de mon filz que vois là en vn momẽt demouré, aumoins faits priere à Iesus qui luy soit en aide, par maniere que ie le puisse voir pres de moy en bonne santé. Lors Charlemaigne dit, Sire Dieu si vous permettez qu'Oliuier soit vaincu & que mon droit soit ainsi abaissé ie fay promesse que toute la Chrestienté ie feray destruire:

car ie ne laisseray en France Eglise ne monastere, image ne autel. Puis se mit à genoux, & dit: Mon Dieu mon Createur, qui pour nostre saluation nasquistes de la vierge Marie, comme bien ie le croy, & de vostre naissance tout le monde fut enluminé qui allastes par le monde, & y fustes plus de trente deux ans & fistes au commencement Adam & Eue, desquelz nous sommes venus, & fut en Paradis terrestre, lieux delectable, & leur fut par vous tous fruicts abandonnez, excepté du fruict de vie, comme vous pleut l'ordonner: lequel Adam mangea, & fut desobeissant. Parquoy à la separation de son meffaict, & pour le racheter de captiuité eternelle, & nous aussi: vous fustes content de prendre mort en l'arbre de la Croix, apres que par Iudas vous fustes vendu trente deniers: & vn iour de Vendredy ainsi fustes pené & les pieds & mains mortellement clouez, & couronné d'vne aspre couronne d'Espines, & puis Longis vous frappa au costé, lequel estoit aueugle, n'ayant iamais veu: mais ayant mis vostre precieux sang sur ces yeux, il vit clair. Et puis descendites es enfers & en mittes hors vos amis, en fin deuant tous les Apostres monté és cieux, laissastes vostre lieutenant S. Pierre en terre & ordõnastes le baptesme pour nous regenerer & faire Chrestiẽs pour nostre sauuemẽt. Sire cõme tout cecy est vray, & le croy fermement, auiourd'huy sois aide à Oliuier qu'il ne soit mort, prins ne vaincu. Cecy disant deuotement, il apparut vn Ange que Dieu enuoya, & l'Ange dist à Charles: O Empereur de noblesse, saches que ie suis cy enuoyé de par Dieu te dire que tu ne doute d'Oliuier: car il gaignera la bataille quoy qu'il tarde, & le Sarrazin sera par luy vaincu. Ce dict l'Ange s'en alla, & Charles par glorieuse mediation remercia Dieu: toutesfois apres plusieurs batailles entre Fierabras & Oliuier, & faites plusieurs menasses, Fierabras, par grand fureur voulut frapper Oliuier outre mesure, mais Oliuier qui bien vit venir le croup, se desauança, tellemẽt qu'il donna deux mauuais coups à Fierabras, parquoy il en fut indigné de maltalẽt sur Oliuier, & Oliuier sur luy, que tous deux furent tresactifs de iamais departir iusques à ce que l'vn fust destruit & vaincu. Et pour ceste fois Oluier fut tellement affoibly que la main ou il tenoit son espee luy vint toute endormie, & enflee pour la peine qu'il auoit de frapper, & luy desirant frapper son ennemy à outrance, son espee vola plus d'vne toise loing dõt il fut esmeu ce n'estoit point merueilles: mais comme courageux, courut prendre son espee, & mist sur sa teste son escu pour le preseruer, nonobstant le payen le frappa deux fois, si fort qu'il luy mist l'escu en plusieurs pieces, & cassa fort son haubert dont se trouua estourdy. Et à ceste fois redouta fort le Payen, & n'osa prendre son espee. Subtilement les François qui virent ainsi Oliuier despourueu, furent en propos de courir sus au Sarazin pour secourir Oliuier: mais l'Empereur Charlemaigne ne voulut pas, disant que Dieu est assez puissant pour le maintenir en son bon droit, & s'il n'eust contredit plus de quatorze mille hommes estoient ia prestz pour y aller. Le payen voyant cela ne, fit que rire & dit à Oliuier. I'ay obtenu sur toy vn peu de mon intétion: mais pourquoy n'ose tu prendre ton espee, ie cognois que tu és assez vaincu, car tu ne te sçaurois baisser pour le demy thresor du monde, & ie suis content de te faire vne passee. Regnie la Loy que tu tiens, le baptesme ou tu as esté laué, & le Dieu ou tu crois, pour lequel tu as prins tant de peine: croy en mon Dieu Mahom plein de bonté, & ie te l'airray viure, & outre ce ie, suis content de te donner ma seur à femme à laquelle tu seras richement marié: c'est Floripes, l'vne des plus belles qui soit de mere nee: puis nous côquerrerons France auant que l'an soit passé & de l'vn des royaumes ie te feray couronner roy. Payen, dit Oliuier, tu me parles d'vne grande folie: car à Dieu ne plaise que ie sois de telle intention de laisser mon Dieu qui m'a fait, creé & formé, & les saincts sacremens qui ont esté establis pour mon sauuement pour croire en Mahom, & en dieux pleins d'abusions, qui n'ont force ne vertu sinon cause de damnation Fierabras luy dit. Par Mahom tu es tousiours obstiné, pour peine ny tourment, on ne te peut designer, & d'vne chose plus grande te peux venter car iamais de nully ne fus si trauaillé comme ie suis de toy: or prens ton espee seurement: car sans glaiue competant tu ne peux plus valoir qu'vne femme. Oliuier dit ie ne sçaurois dire que tu ne me presentes seruice & bonté mais pour la valeur de dix mil marcs d'or ie ne le ferois, non pas pour mourir: car si i'auois de t'a courtoisie mon espee & il aduenoit que tu fusses soubs ma puissance, & tu me demandois amitié, & ie te mettois à mort, ce seroit vilité à moy & reproche, ma mort & ma vie soient à la volonté de Dieu, auquel me suis donné mais ie gaigneray mon espee, ou tu le compareras & deusse-ie mourir, autre chose n'auras. Lors Fierabras dit. Tu es bien outrecuidé, parquoy sois certain que briefuement tu seras deconfit.

Comme en ceste bataille Fierabras fut vaincu par Oliuier, apres qu'il eut recouuert vne des espees de Fierabras.

CHAP. XIIII.

QVand Fierabras eut ouy que Oliuier estoit de courage & de fait si fier, grand merueilles se donna car il n'auoit voulu prendre son espee: mais la vouloit conquester de iuste querelle, parquoy le payen s'en vint contre luy, tenant Plorence son espee. Lors ce ne fut pas merueille si Oliuier eut peur d'attendre son ennemy, luy estant despourueu de glaiue, & son escu qui estoit rompu, mais comme il pleut à Dieu il regarda à costé de luy, & vit le cheual de Fierabras dont à l'arçon de la selle estoient les deux autres espees, dont i'ay parlé: si courut vers le cheual, & prend vne des espees nommee

Baptisme, qui auoit le taillant fort large & fort reluisant, & puis vint contre le Payen, & mit deuant luy son escu ce qu'il en auoit. Et quand il fut aupres du Payen, il dit. O Roy d'Alexandrie, il est maintenant temps de conter, car ie suis pourueu de vostre espee, de laquelle ie vous feray mal content, & gardez vous bien de moy car ie vous deffie. Adonc quand Fierabras l'ouït ainsi parler, il commença à muer couleur, & dit, O Baptisme ma bonne espee, qui iamais ne pendit à mon costé, ne d'homme qui onc fut viuant, & puis regarda Oliuier, en disant. Par mon Dieu Mahom ie te cognois de grande fiereté, si tu veux prens ton espee, & me laisse la mienne, & puis serons comme nous auons commencé. Par mon chef dit Oliuier ce ne sera fait de mon gré, car parauant que le face, a toy esprouueray mon espee. Garde toy bien de moy, nous auons trop sermonné. En disant ces parolles, Oliuier, comme vn Lion qui est affamé, vint contre Fierabras, & frappa premierement son aduersaire : mais il ne peut atteindre sur la teste qu'il rencontra au deuant l'escu du Payen, lequel il rompit tellement que la moitié volla à ses pieds, dont Fierabras redoubta fort ce coup car l'espee entra pres d'vn pied dedãs la terre. Adonc Oliuier benist celuy que l'espee auoit forgee & trempee. Et apres plusieurs menasses rigoureuses ils furent en partie descouuers de leurs heaumes. Quand Oliuier le vit au visage fier & courageux, il dit, O Dieu de Paradis createur du ciel & de la terre, que ce Payen est preux & de cruauté. A ma volõté que Charles le tint maintenant à son pouuoir, & qu'il se vousist baptiser. Roland & moy serions ses compagnons priuez. Vierge Marie mere de Dieu, priez nostre Seigneur Iesus-Christ vostre enfant, que ce Payen croye auiourd'huy à la foy Chrestienne, car par luy moult pourroit estre exaltee Fierabras luy dit, Oliuier laisse ces parolles : dy moy si tu veux plus batailler, ou que tu as entreprins. Ouy, dit Oliuier, garde toy de moy, ie te deffie. Lors se coururent sus, & fut frappé Oliuier en son escu, de telle force qu'il le mit en pieces aupres de son poing & fut grand merueille qu'il ne le couppa. Parquoy Fierabras luy dit qu'il l'auoit mis en terme par telle maniere qu'il n'auoit plus gueres à viure en ce monde. Oliuier ne dist mot, mais vint furieusement à tout son espee contre le Payen, & luy qui vit le coup venir ietta son escu contre Oliuier, parquoy il fut tantost escartellé, & tous deux furent si estourdis, que de douleur leurs yeux furẽt troublez & firent saillir le feu de leurs espees & escus & ainsi en frappant, Fierabras dit à Oliuier Or est-il heure que iamais tu n'auras aide de ton dieu Iesus en qui tu crois que tantost ne sois mort, puis que tu te sens vaincu & Oliuier respondit Iesus est bien puissant pour monstrer sa puissance, mais tantost cognoistras que Mahom & Taruagant ne te pourront aider ne estre si garants que tu ne meures, ie t'en feray cognoissance. Et sur ce vindrent l'vn sur l'autre, & Oliuier fut frappé sur son heaume bien pres de la chair par telle endroit qu'il trencha tout ce qu'il attaignit, & dit à Oliuier Ie te iure mon Dieu que ie t'ay bien attaint, iamais ne verras Charles ne Roland, de ce tu es bien seur. Oliuier respondit O Fierabras d'Alexandrie ne sois esperdu: car auant que ie parte de toy ie te tiendray mort ou vaincu, & Dieu m'octroye ce que i'ay souuentesfois. Et sur ce frapperent si merueilleusemét l'vn l'autre, que leurs corps tressuerent d'angoisse & peine. Fierabras frappa Oliuier sur son heaume, si durement que iusques à la chair il mit tout bas, & si Dieu n'y eust ouuré, il estoit mort parquoy Oliuier vint contre le payen lequel leua haut son escu tant qu'il fut tout descouuert dessus les bras & eut les flancs desarmez. Oliuier qui fut sage print garde au faict & frappa Fierabras aux flancs tellement qu'il mit l'espee dedans l'vn des flancs bien profond, & fut nauré, qu'a peu que ses boyaux ne tomberent par terre, car Oliuier employa à ce coup toute sa puissance pour le mettre à fin, car longuement l'auoit combatu parauant.

Comme Fierabras fut vaincu, & creut en Dieu: & comme il fut porté par Oliuier & comme il fut assailly des Sarrazins, & merueilleusement tourmenté.

CHAP XV.

APres que le Payen fut nauré mortellement, & luy voyant que plus ne pouuoit resister contre Oliuier par la vertu de Dieu il fut illuminé, tellement qu'il eut cognoissance de l'erreur de Payens, & leua les yeux vers le ciel, & commença à crier la saincte Trinité, & puis regarda Oliuier, en disant, O vaillant cheualier Oliuier, en l'honneur de Dieu en qui tu crois, auquel me consens, ie te crie mercy, & te requiers que ie ne meure pas que ie ne sois baptisé, & rendu au Roy Charlemaigne qui est tant crainct & redouté: car ie croiray en la foy Chrestienne, & rendray les sainctes Reliques, dont vous estes assemblez, & pour lesquelles vous prenez tant de peine, & si te iure que si par ton defaut ie meurs Sarrazin, ie te feray coulpable de mon damnement & si tu ne me reprens ie pers mon sang, & me verras mourir deuant tes yeux, parquoy ayes pitié de moy. Lors Oliuier eut telle compassion de luy, pour son mal qu'il ploura tendrement, puis le coucha à l'ombre sous vn arbre, & luy benda les playes mortelles, tellement qu'il ne perdit plus son sang. Si luy pria le payen qu'il luy pleust de l'emporter, car luy seul ne s'en pourroit aller. Mais Oliuier considerant qu'il estoit fort pesant, luy dit que c'estoit à luy chose impossible, & Fierabras s'efforça, & vint pres de luy, en disant, O noble cheualier Oliuier, en l'honneur de Dieu meine moy à Charles auant que ie meure, car ie suis pres de ma fin, tout mon corps saigne, prens ce cheual & monte dessus, & viens pres de moy. Si ie puis trauerser deuant toy sur larçon de la selle, tu me pourras mener, & tien mon espee, & la mets à ton costé & tu en auras quatre que l'on ne sauroit payer, & te despeche, car au matin i'ay laissé tous mes gens en ce bois que tu vois pres de nous, & sont cinquante mille hommes, qui sont tous mes subiects, & leur ay dit que nul ne bougeast tant que ie fusse retourné de la bataille. Quãd Oliuier l'entendit il n'en fut aucunement effroyé, ains luy dit, Sire Roy, puis qu'il vous plait, ie suis content, & le monta de trauers sur son Cheual, comme il auoit dit, & se mit à chemin en grand douleur. Incontinent sortirent de celuy bois tous les subiects de Fierabras: entre lesquelz y auoit vn fier Payen, nommé Bruland de Mommiere, Sortibrant de Conimbre, le Roy Montrible, le Roy Maradas, & cinquante mille d'autres. Oliuier voyant ceste trouppe, cõmença à picquer de l'esperõ son cheual, mais la charge estoit si pesante, qu'il ne pouuoit aller si fort que les ennemis venoiẽt apres luy. Quand les François virent venir payés en si grand nombre habillemẽt furent armez: & entre autres Roland Girard de Mondidier, Guillaume de l'estoc, Naimes de Bauieres, Oger le Dannois, Richard de Normãdie, Guy de Bourgongne & aussi Regnier de Gennes, pere d'Oliuier n'y faillit pas. Oliuier regarda à val le pré, & vit venir deuant les autres Brulant de Mommiere, qui estoit monté sur vn cheual, qui couroit comme vn leurier, & faisoit grand bruit, car il sembloit que ce fut foudre, & en sa main portoit vn dard à grand fer d'acier quarré & agu qui estoit enuenimé du sang d'vn crapaut, & estoit dãgereux. Quãd Oliuier le vit il dit à Fierabras. Sire Roy, il faut que vous descẽdiez, plus ne vous puis conduire dont ie suis desplaisant: car ie cognois qu'il me faut estre oppressé vous le voyez, s'il me peuuẽt attaindre ie seray mis à mort, ne iamais le Roy Charlemaigne ne me verra qui luy sera vn tresgrand desconfort. Et lors Fierabras dit tout, O noble Oliuier, me voulez vous maintenant laisser? vous m'auez conquis, à vous me suis donné & rendu, ce ne seroit pas noblesse à vous quand ie suis vostre, & vous me regnez. Helas pauure dolent & chetif que ie suis, si ie meurs Payen, que deuiendray-ie? Vierge Marie, mere de Dieu prenez pitié de moy indigne que ie suis de me retourner à vous, puis dit à Oliuier, Noble conte ie suis conquis par toy, & t'ay promis que me feray baptiser si tu me laisse tu te peux bien peu priser, encores vois-ie que tu n'es frappé ne vaincu, Oliuier respondit, Fierabras tu parles en Cheualier, mais ie voüe à Dieu & à la court de Paradis que ie ne te laisseray, & auray bataille pour te defendre tant que ie seray en vie, tu t'y peux fier. Lors print son haubert, & s'arma le mieux qu'il peut & mit en sa teste vn chappeau de fin acier, & tira son espee Hauteclere Si vint Bruland auec son faux dard, le quel attaignit Oliuier en la poictrine & luy donna tel coup que le dard se rompit en plusieurs pieces. Adonc dit Fierabras, Oliuier vous auez assez fait pour moy car vous en estes nauré mallement descendez moy, & me mettez hors du chemin que ie ne sois foullé ne gasté des Sarrazins. De cecy Oliuier eut grand compassion, & le mit à l'ombre d'vn pain loing de la voye. Et quand il s'en voulut fuyr, il vit autour de luy bien dix mille Sarrazins, si dit, Helas doux Iesus mon createur, tu sçais mon intention: ie te requiers que tu me donnes graces que ie ne meure point pour le present iusques à ce que pour l'exaltation de la foy ie puisse auec Roland mon compagnon combatre: & au nom de Iesus-Christ il tira Hauteclere, & se mit au chemin, & le premier qu'il rencontra ce fut le fils du plus grand qui y fust & luy donna tel coup qu'il le fendit iusques à la poictrine, & est cheut mort. Oliuier fut subtil & print son escu tout neuf: car la bataille deuant faite il auoit perdu le sien, & aussi eut-il sa lance, & laissa courir son cheual, se mesla parmy ces mescreans: & va attaindre du premier coup Clorgis, & le frappa iusques au cueur, dont fut sa mort: & en retour trois Sarrazins occit, & courroyent deuant luy comme les brebis deuant le loup qui est affamé. Lors vindrent sur luy Macidas, Turgis, Surcibaut de Condimenses, & le Roy Margaris, & luy crierent, Par Mahom, de nous n'eschapperas. François garde toy bien, car par nous tu mourras. En ce disant, Oliuier estoit parmy ses ennemis, lequel les mettoit à mort Et ces Sarrazins frapperent sur luy, dont ce fut merueilles qu'il ne fut deschappellé & vaincu, mais à force de coups de traicts son cheual luy fut occis dessoubs luy: & luy estant à terre par force le plustost qu'il peut se leua sus, & mit deuant luy son escu que il auoit conquesté, & tint Hauteclere son espee, en laquelle il se fioit. Toutesfois celuy qu'il tenoit tresbuchoit à terre, & estoit mis à mort. On ne lit point en liure que iamais homme, desia nauré comme il estoit, fist si grand portement.

Comme Oliuier fut prins & bandé les yeux piteusement, & ne peut estre secouru par les Francois.

CHAP. XVI.

OLiuier se trouua seul à pied entre les Sarrazins, ausquels il fit bien grande resistance: mais il ne luy fut pas possible d'eschapper: car à glaiues, espees & dards de fer le presserent tant que son escu fut percé en plusieurs lieux, & son haubert rompu de quatre faux dards, & apres ce, luy percerent mortellemẽt le corps. Parquoy force luy fut qu'il cheut à terre, puis le prindrẽt & luy benderent les yeux, tellement qu'il ne voyoit rien, ny ne sçauoit où il estoit, & le monterẽt sur vn cheual, & l'attacherent bien seurement. Et quand Oliuier fut ainsi despourueu de toute adiutoire de clairté, de toute esperance de confort, que sans le dire se peut entẽdre, luy estant en telle desplaisance car il ne sçauoit qu'on alloit faire de luy. Lors il dit à haute voix, par vne cõpassion de cueur. O Charlemaigne, Roy de noblesse, Empereur de valeur où es tu? & sçais tu point que ie fais? te souuiẽt il de moy noble compagnon Roland? es tu endormy? suis ie sourd, ou comment? ie ne puis ouyr: est il homme Chrestien qui s'en peust souuenir? En faisant ces complaintes, le Roy Maradas luy dit, François, qui que tu sois, tu parles de folie, car ie ne mãgeray que tu ne sois pendu. Ainsi que les Sarrazins emmenoiẽt Oliuier, lequel estoit en la garde de quatre faux tyrans, vindrẽt le Roy Charlemaigne & Rolãd, & tous les autres Pairs, mais ce fut bien tard pour sauuer Oliuier, & à grands cris requierent Dieu & les Saincts de Paradis, & auec malicieuses parolles Roland frappa Corsuble en la poitrine, Gerard de Montdidier vint contre Turgis: Ogier fiert, & Richard de Normandie, Amandis, Guy de Bourgongne, Bruland. Il n'y eut celuy des Pairs de France, qui ne mist bas son homme, & firent si grãd desconfiture des Sarrazins, qu'ils estoient tous empeschez d'eux entretenir: mais les autres qui conduisoient Oliuier, alloient tousiours outre. A ceste bataille fut occis Guillaume Gautier, & des François valeureuses gens, & plusieurs menues gens, & mirent par terre Gerard de Montdidier, Guillaume de l'Estoc, Geoffroy l'Angeuin, & puis les lierent à cheual, & cheuaucherent hastiuement: mais quand Charles les veit emmener, à peu qu'il ne perdit le sens, & tout haut cria, Sauuegarde secours, à ces Barons. O Cheualiers desloyaux, que vous estes tardifs, s'ils emmeinẽt les Comtes ia bien ne nous en viendra. Quand les Frãçois ouyrent Charles ainsi esmeu, ils picquerent des esperons, & les vindrent attaindre au bas d'vne montaigne, Roland se trouua des premiers qui tint son espee Durandal, pour se venger, & celuy qu'il attaignoit estoit seur de passer la mort: car il estoit courroucé de ce qu'on emmenoit son compagnon Oliuier, & attendit Lampatris, lequel il fendit iusques au milieu du corps. Et en celle heure fit grãd portemẽt Roland, mais à cause de la multitude des Payens, ils ne peurẽt passer outre pour secourir ses Barõs prisonniers, & les chasserent plus de cinq lieuës & si ne les sçeurent approcher, & furent plusieurs Cheualiers lassez:

nonobstant Roland iura que iamais ne retourneroit iusques à ce que les Barons fussent ostez de la main de leurs ennemis, mais il ne se peut faire: car la nuict suruint, & ne sçauoiét où aller. Les Sarrazins qui estoient deuant alloiét fuyãt à leur plaisir. Charles cecy voyant, ne sçait plus que dire ne que faire: car il doutoit que les Payens n'eussent faict arrieregarde pour enclorre: & par ce, force leur fut laisser les champas & en tresgrãde desplaisance & courroux s'en retournerent tous.

LA SECONDE PARTIE DV SECOND LIVRE

contient dixsept Chapitres, & parle du tourment des Barons de France, & comme ceux qui ne furent point prins allerent parler à l'Admiral Baland.

Comme Fierabras fut trouué par l'Empereur Charlemaigne, & comme il fut baptisé & guery de ses playes.

CHAP. I.

APres que Charles eut cogneu qu'il ne pouuoit rauoir Oliuier, ne les autres prisonniers, force luy fut de retourner auec ses gẽs, car la nuict fut nuisible. Et en retournãt ils trouuerent Fierabras sous vn arbre, lequel languissoit, & le Roy luy dit, O payẽ malheureux ie te doy biẽ haïr, car par toy sont mes hommes prisonniers & perdus, tu m'as osté Oliuier, l'vn des bienaimez q̃ i'eusse entre les humains celuy qui a esté singulier à maintenir mon hõneur, & par toy en fin, en lieu de ioye me vient douleur. Et quand Fierabras l'entendit, il ietta vn grand souspir, & dit, O riche Empereur & noble, le plus puissãt des humains, en l'honneur de Dieu ie te crie mercy. Il est vray que Oliuier m'a cõquis, ie nele celeray, & luy ay promis que ie me feray Chrestien. Ie laisse tous mes dieux, & n'en fay plus de compte, & me rends à Iesus le Createur, & te requiers que ie sois baptisé. Et si i'estois de mes playes guary, i'exalterois à mon pouuoir la saincte foy Chrestiẽne, & seroiẽt faits plusieurs Chrestiẽs au moyen de moy. Ie rẽdray le sainct Sepulchre, & les sainctes Reliques, dont vous prenez tant de peine, & si fay sermẽt par le Dieu en qui ie croy, que ie suis plus dolent de Oliuier qui est prins prisonnier, que ie ne suis de mon corps qui est nauré si mortellemẽt, & s'il plaist à Dieu nous le recouurerons: parquoy concluons que ie sois Chrestiẽ, car si ie meurs Sarrazin, il vous sera reproché. Et Charles qui en eut grãde compassion le fit porter en son logis par ses Barõs. Quand ils le veirent ainsi mẽbru, ils furent tous esbahis de sa grãdeur & grosseur, car quand il fut desarmé, c'estoit vn des beaux hõmes que iamais fut veu. Et quand il fut deuestu, les playes se võt ouurir, & commencerẽt à seigner, & cheut pasmé, mais Roland le retint. Incontinẽt les Fons furent apprestez, puis on mãda l'Archeuesque Turpin, & le Duc Naymes, qui estoiẽt ioyeux de ce que ce Payen deuoit estre Chrestien. Apres que le Baptesme fut apresté, les Parrains luy mirent vn autre nom, & fut nommé Florent, mais tant qu'il vesquit se nõma Fierabras. Et là fut mis en vn lict honorablemẽt & en la fin de ses iours fut Sainct, & feit plusieurs miracles, & s'appella sainct Florent de Roye. Le Roy le fit visiter par ses medecins, & cercherẽt par toutes ses playes les plus mortelles: & comme il pleut à Dieu, ils ne trouuerẽt point les boyaux entamez: parquoy les medecins furent asseurez de le rendre guary deuant trois mois. En faisant visitation, l'Empereur qui estoit present dit à Fierabras, Si deuãt tu voyois Oliuier & les autres prisonniers nous serion bien contens. Et se tenoit Charles assis courroucé & marry, pensant sur les Barons, plus qu'il n'en faisoit semblant.

Comme Oliuier & ses compagnons furent presentez à l'Admiral Baland.

CHAP. II.

APres que les Sarrazins eurent les Barons de France prisonniers, ne cesserent de courir iusques à ce qu'ils furẽt en vne cité nõmee Aigremoire: & à l'entree de la cité sonnerẽt trõpettes, faisant grãd bruict. Quãd l'Admiral les vit venir, il s'en vint droit à eux & se mit pres de Brulãd de Mõmiere, auquel il dit, O Brulãd mõ doux amy contez nous des nouuelles. Cõme se portẽt toutes noz affaires, n'auez vo' point prins cét Empereur Charles, qui se fait tãt redouter, & les Pairs de France sont ils point descõfits? O Sire Admiral dit Brulãd, les nouuelles que vous aporte sont beaucoup moindres que ne dictes. De par le Roy Charles auons esté presque tous descõfits: car sa puissance & choses merueilleuses Fierabras vostre fils est auec luy, vaincu par vn de ses Barõs: & est fait Chrestien, & a esté vaincu en bõne bataille sãs trahison. Quãd l'Admiral l'eut entendu, tout transi cheut à terre, & auant qu'il peust retourner en sa memoire, il demoura longuement, de la douleur qu'il eut de son fils. Et quand il fut releué, il s'escria à haute voix, O malheureux que ie suis, que doisie deuenir? O Fierabras, mon fils tres cher, où estes vous allé, dont vient ce meschef, dequoy fustes vous prins, qui iamais en bataille ne fustes lassé ne prins? O la mauuaise nouuelle qu'on racompte de vous, s'il s'est faict Chrestien, i'en seray dolent toute ma vie. I'aimasse mieux qu'il eust esté

desmẽbré & mis à mort: Alors cheut à terre, en s'escriant, O Bruland de Mommiere, qu'est deuenu le Roy Corsuble, & mon nepueu Bruchart, & Targis de Pramelle, & mõ fils Fierabras, conducteur de tout, s'il est vray qu'il soit perdu, ie feray saillir la ceruelle à Mahommet, le Dieu qui m'a promis tant de biens, & à qui ie me suis donné & rendu. Ce disant, comme tout enragé, se tourmenta griefuement sur la terre, & quand l'Admiral fut vn peu refroidy de son mal, il demanda à Bruland, qui estoit le Cheualier qui auoit vaincu Fierabras, Bruland respondit, Sire Admiral, vostre fils a esté conquis par ce Damoiseau, & luy monstra Oliuier, qui estoit bien formé & membru, lequel eut entre les autres les yeux bãdez. Or tost, dit l'Admiral, depeschez vo⁹ amenez le moy, iamais ie ne beuray ne mãgeray qu'il ne soit desmembré. Quand les François entendirent qu'on vouloit faire mourir Oliuier, qui estoit tout leur cõfort, se prindrẽt à plourer griefuemẽt & piteusement. Oliuier qui les entendit, les recõforta, en disant en ceste maniere, que les Sarrazins ne sçauoient qu'ils disoiẽt. Mes seigneurs & mes freres, vous sçauez nostre necessité, si l'Admiral Baland sçait que nous soyons des Pairs de France, nostre vie est terminee, car pour rien ne prendroit pitié de nous, qu'il ne nous face mourir: parquoy ie vous

vous prie que nous nous disions autres, comme ie commẽceray. A quoy les autres Frãçois qui estoient prisonniers se consentirent, & dirent qu'ils ne feroient sinon ce qu'il leur cõseilleroit. Apres que l'Admiral luy eut cõmandé venir deuant luy, les Payẽs le desarmerent, & luy deslierent les mains, & desbanderent les yeux, dont il estoit mout greué & dangereusement nauré: Et l'admiral furieusemẽt luy demanda, Frãçois, garde toy que tu ne me dies que verité: comme te nõmes tu? ne me le cele pas. Oliuier luy dit, sire ie me nõme Engines, fils à vn vassal de pauure lignage, & m'en partis vne fois de la court de Lorraine, & vins à la court de Charlemaigne lequel me donna armes, & apres que ie fus adoubé, & aussi mes compagnons que vous voyez deuãt vous, qui sont pauures Cheualiers auenturiers, auons prins peine à bien seruir nostre Roy, à fin que par nostre seruice nous puissions estre auancez, & auoir quelque bõ guerdon. O Mahõ dit l'Admiral, or suis ie bien trompé, ie cuidois auoir cinq des plus vaillans Comtes du Royaume de France, par le moyen de mes Barons. Si appella Bersabas son chambellan, & luy dit, depeschez vous, prenez moy ces Frãçois, faites les despouiller & attacher à ce pillier duremẽt, & puis me faites apporter mes dards de fer biẽ eschauffez & rengez, & à ces François les feray tirer à mon plaisir. Sur ce se leua Bruland & dit. Sire Admiral ie vous prie que pour le present vous ne faciez quelque entreprise, car ce ne seroit pas bien faict. Vous voyez qu'il est vespre & trop tard pour faire iustice, & en pourriez bien estre blasmé, veu que vostre seigneurie & voz Barons ne sont cy presens, parquoy ie vous prie que meshuy ne leur faciez rien iusques à demain que chacũ le sçaura, & vostre iugement sera mieux approuué, car ie sçay biẽ qu'ils ont la mort desseruy, & d'autre part, si Charles vous vouloit rendre monseigneur Fierabras, vostre fils, de son bon gré, vous luy pourrez semblablement rendre les Frãçois que vous auez. Pour l'amour de vous, dit l'Admiral, i'en suis content, & mãda Brutamont, qui estoit garde de la prison, & luy recommanda les François, & qu'il fust bien seur d'eux, & qu'il les mit en vn lieu pour leur apprendre comme ils auoient ouuré follement d'eux mettre en sa main.

De la prison où les François furent visitez par la belle Florippes fille de l'Admiral & de la beauté d'icelle.

CHAP. III.

Apres que l'Admiral eut dit que les Frãçois fussent mis en griefue prison. Brutamõt le Chartrier vint descẽdre Oliuier & tous ses compagnons en vne fort fascheuse & dangereuse prison, qui estoit si estroicte en terre qu'on n'y voyoit clairté quelconque, en laquelle estoient mis serpens & crapaux & autres bestes venimeuses & detestables, auquel lieu estoient toutes punaisies, & y passoit vn ruisseau de la mer sallee, qui auoit son entree sans conduit, par laquelle l'eau peut partir, qu'elle ne fut bien haut selō l'heure que la marine croist & auant que le maistre de la prison s'en allast, il leur desbēda les yeux,& ferma les pertnis de dessus eux,& eux estans en ce trauail & punaisie, tātost l'eau y vint si fort que les Frāçois furent en l'eau iusques aux espaules:dōt les playes d'Oliuier se commencerēt à ouurir, & à cause de l'eaue sallee, la douleur luy tresperça le cueur amerement, vous pouuez pēser l'angoisse d'Oliuier qui estoit nauré mortellement en plusieurs lieux, & auoit grād necessité de remedes, & il fut mis au lieu auquel ses douleurs furēt renouuellees & ses playes ouuertes, car quand il se sentit baigné en celle eaue il cheut tout pasmé & fust mort à celle heure n'eust esté Gerard de Mondidier, lequel le soustint, mais vous me pourriez demander comment ils ne furent noyez voyant que l'eau croissoit tousiours: vous deuez sçauoir qu'en ceste prison auoit deux pilliers de quinze pieds sur lesquels ils monterent Oliuier à grand force, & quād il fut assis de grād angoisse se va complaindre & dire. O pauure malheureux submis à fortune. O Regnier mon cher pere mon Dieu que faictes vous, ou pensez vous où ie suis? que pensez vous que ie fais, cognoissez vous mon dueil? iamais ne me verrez. Cecy disant & autres parolles de desolation, Gerard de Montdidier dit à Oliuier, ne vous desconfortez plus, car à tel cheualier n'appartiēt à se cōplaindre, resiouyssons nous en Dieu, duquel fust maintenant le plaisir que fussions là sus armez auec chacun son espee, car ie promets à Dieu qu'auant que nul de nous fut auallé ceans des Sarrazins i'y en mettrois trois cēs ou plus. Les François dessusdits estoient sur les pilliers de marbre dessusdits. Cecy disant & autres choses, Floripes fille de l'admiral & sœur de Fierabras les escoutoit, & eut grand compassion des complainctes qu'Oliuier faisoit. Ceste fille qui estoit ieune, nō mariee, estoit bien cōprinse de corps par longueur moderee, blanche comme vne rose, ses cheueux auoit reluisans comme fin or,& dessouz auoit la face terminee en vn petit de lōgueur, ses yeux rians, clairs cōme vn faulcon mué, estincellās comme deux estoilles,& estoit habillee d'vne robbe de pourpre qui estoit merueilleusement riche, & paincte d'estoilles de fin or, laquelle estoit faicte d'vne façō, & estoit de telle vertu que la persōne qui l'auroit, ne pourroit estre empoisonné d'herbe ne de venin, & Floripes estoit si belle à tout ses habillemens, que si vne personne eust ieusné trois ou quatre iours sans manger, & il la voyoit, il estoit remply & saoulé. Et plus outre, elle portoit vn mãteau qui auoit esté faict en l'isle de Colcos, où Iason print la toison d'or, comme on trouue par escrit en la destruction de Troye, lequel manteau estoit semblablemēt fait d'vne Face,& auoit si grād odeur que c'estoit merueilles. Parquoy de la beauté de ceste Damoiselle chacun s'esmerueilloit, & auoit (comme i'ay dit deuāt) bien ouy parler les François en prison, & specialement Oliuier, duquel elle eut grād pitié. Et va partir de sa chambre auec douze pucelles, ses subiettes, & entra premieremẽt en la salle commune où estoiẽt les Payẽs fort desolez de Fierabras, qui estoit prins, & de plusieurs autres grands Seigneurs qui estoient morts. Et quand la fille eut demandé des nouuelles, ils luy dirẽt que Fierabras, son frere, estoit prins & vaincu, adonc elle fit vn grand cry, & souspira d'angoisse, qui fut cause de renouueller le dueil. Et quand elle eut cessé vn petit de plorer, elle demãda à Brutamõt, qui sont ceux que i'ay ouy parler en la prison, qui si fort se deulient? Madame, dit le geollier, ce sont François, hommes de Charles le Roy de France, lesquels iamais ne cesserẽt de destruire nostre loy, & mettre à mort noz gens, & vituperer nostre creãce, & annichiller noz dieux: ce sont ceux qui ont aidé à occire Fierabras, vostre frere, entre lesquels y en a vn de grãd valeur, qui est l'vn des beaux hõmes qui iamais fut cogneu, & a esté si puissant qu'il a cõquis en bataille loyalle Fierabras. Floripes eut incontinent enuie de le veoir, & dit à Brutamont qu'elle vouloit parler à eux. Viens moy ouurir la prison, ie veux sçauoir de leur faict. Madame, vous me pardonnerez, il ne se peut faire que vous y alliez, pour la vilanie du lieu, il ne vous appartiẽt pas, d'autre part vostre pere m'a deffendu que personne n'approche de la prison: ie me remembre que souuẽt par femmes plusieurs i'ay veu deceuz. Quand Floripes l'entendit, elle cuida perdre tout le sens, & luy dit, O mauuais glout & despiteux, me dois tu mettre ce langage deuant, ie te promets que ie t'en feray payer, & incontinent manda son chambellan, lequel luy bailla vn baston, & fit ouurir la prison. Et Brutamont la voulut contredire, & subitement cecy voyant elle luy donna vn vn si grand coup au visage, que les deux yeux luy fit sortir hors de la teste. Et apres qu'il fut à terre, elle le fit mourir, & puis le ietta dedans la prison, sans ce qu'il fust sçeu de nul des Payens, dont les Fãçois qui estoient dedans furent esbahis. Quaad il l'eurent ouy cheoir, ils pensoient que ce fust le diable qui les voulsist tenter & deceuoir. Puis tantost Floripes fit allumer vne grande torche de cire, & se fit ouurir la porte, & mit deuãt elle la lumiere pour veoir les prisonniers, & aupres d'vn pillier leur va dire, O Seigneurs respondez moy, qui estes vous, & comme vous nõmez vous, ne me le celez pas. Oliuier luy dit, Madame nous sommes de France, & hommes de Charlemaigne, & auons esté amenez à l'Admiral, qui nous a en ceste prison ordonnez: & mieux nous vaudroit qu'il nous fist desmembrer & mourir, que demourer en ce lieu. Floripes la courtoisie nonobstant qu'elle ne fust pas Chrestienne, si auoit elle grand noblesse, & leur va dire, Ie vous promets que ie vous mettray hors seulement que vous me promettiez & iuriez que vous m'aiderez à ce que ie vous diray. Madame, dit Oliuier, ie vous asseure que vous nous trouuerez trestous à l'effect tels cõme à la bouche, ne iamais ne fusmes autres, & encores ne serõs, & soyez seure que ne vous faudrons tant qu'aurõs vie au corps, seulement que nous soyons fournis d'armes, & puis estre là sus pour no' mesler auec les Sarrazins, i'en feray vne tresgrãde descõfiture. Vassal, dit la fille, vous pourriez biẽ vous trop vãter, encores estes vous leans, & bien loing d'estre dehors, & vous menassez ceux qui sont en liberté. Mieux vaudroit bien soy taire que follemẽt parler. Gerard de Montdidier dit à la Dame, Ma Damoiselle, ie vous diray vn mot, celuy qui est detenu & empesché chãte volontiers pour oublier son mal & sa melancolie. Et la noble Floripppes regarda Gerard le gracieux, qui excusa Oliuier de ce qu'il parloit trop hardiment, mais ce ne fut pas grãd merueilles: car de ioye qu'Oliuier eut quand elle luy dit qu'ils seroient mis hors, se pensa ia estre hors de sa volõté. Adõc Floripppes dit à Gerard, En verité, sire vous sçauez biẽ louer, & vostre compagnõ bien excuser: ie croy que sçauriez bien iouer auec pucelles en quelque chambre dessous courtines, seul et à seulet, & pour vous bien porter & entretenir en amour, vous sçauez les tours & manieres. Adõc Guillaume de l'Estoc respondit, par mon sermẽt, ma Dame, vous dictes verité de luy, & auez bien deuiné, & d'icy à trois cens lieues on ne trouueroit le pareil.

Cemme les François furent mis hors de prison, & visitez par la belle Floripppes: & la beauté de sa chambre.

CHAP. IIII.

Et quãd Floripppes eut parlé à son plaisir aux Barõs, elle appella son chambellan, & luy fit apporter vne corde & vn baston lié à trauers, puis la descendirent: & quãd les François veirent le faict monterẽt dessus, premierement Oliuier, & la fille, & son chambellan le tirerent à mont, puis legerement monterent les autres, & puis les mena par vne vieille porte secrette, sans ce que nul le sçeust, & entrerent en la chambre de Floripppes, dont l'entree estoit ouuree dessus la porte, & par beaux arcs y estoiẽt faits les cieux, les estoilles, le soleil, la lune, le temps d'esté & d'yuer. Bois & mõtaignes, oiseaux, bestes & poissons y estoient, peints de toutes especes & figures. Et selon les escritures, le fils de Matthieu Salé la feit faire. Et estoit en vne chambre sur vne roche, enuironnee de la mer: & en vn des quarre de la maison auoit vn pretoire fort beau, où iamais fleurs ne fruicts ne failloiẽt. Et là de toutes maladies (fors de celle de la mort) on trouuoit confort & bon adiutoire. Là dedans viẽt & croist la Mãdegloire. Et auec ce en la gallerie estoit Floripppes & ses Dames, Clarmondine, Florimonde, & plusieurs autres pucelles, & sa maistresse qui se disoit Marragonde: laquelle dit à Floripppes, ie veux mourir si ie ne cognois ces Frãçois. Celuy bel Escuyer que vous voyez s'est Oliuier qui est fils au Duc Regnier de Gennes & frere à vne des plus belles Damoiselles qui soit sur terre, & est celuy qui a vaincu tõ frere Fierabras, & celuy est Gerard de Montdidier, & celuy est Guillaume Lestoc, & le camus qui est pardelà est Geoffroy l'Angeuin: mais ie prie à Mahõ mõ dieu qu'il me maudie, si iamais ie mãge ou boy, que premier ne l'aye conté à vostre pere, mon seigneur l'Admiral. Floripes mua tout le sang quand elle ouyt ces parolles. Et secrettement elle retint son yre contre ceste-la, & l'appella au pres d'vne fenestre, & puis luy donna si grand coup qu'elle la mit à terre. Et elle demanda son valet, lequel vint à elle presentement, & vont bouter celle femme en la mer : car Floripes redoutoit son pere. Et quand elle tomboit Floripes luy dit, or allez vieille despiteuse, vous auez vostre guerdon: Ie suis bien asseuree maintenant que les François qui sont icy ne seront par vous iamais encombrez n'en danger. De cecy les Barons firent grand ioye. Et tantost Floripes vint aux François, & les baisa moult doucement : elle apperçeut Oliuier qui estoit tant ensanglanté, & cogneut qu'il estoit nauré, si luy dit, Sire Oliuier ne vous doutez, car ie vous ten dray tantost en bonne santé: & s'en vint à la Mandegloire, & en print vn petit: & quand Oliuier en eut vsé, il en fut reduit en bonne santé. Les Barons estans en celle noble chambre, tantost furent assis à table & bien pourueus de tous viures & de viãdes delicieuses desquelles ils auoient biẽ mestier, a cause de la faim qu'ils auoient enduree, & au departir du manger ils eurent les baings eschauffez esquels se vont refaire, & au departir chacun fut affublé d'vn manteau de paille d'or & bien brodé, & dit la belle Floripes, Seigneurs Barons, vous sçauez comment ie vous ay mis hors de prison mortelle, & estes ceans à seureté : mais si d'auenture quelqu'vn vous auoit ouy, nous serions trestous mal venus : & ne suis en autre doute. Oliuier, qui est icy à present, a vaincu mon frere Fierabras auquel naturellement ie deuerois faire oprobre & reprehension. Ie vous cognois bien tous n'en soyez en rien perturbez n'esbahis, vous sçauez que vous m'auez promis que mon secret biẽ celérez entre vous & tous luy promirent de faire du tout sa volonté à leur pouuoir. Et apres Floripes leur dit, Seigneurs ie vous diray, il y à vn mout noble cheualier en France, lequel i'ay long temps aymé, qui se nõme Guy de Bourgõgne, qui est le plus beau que ie sçaurois dire au monde, & est du parentage du Roy Charlemaigne, & de Roland le puissant. Vne fois que i'estois à Rome ie le vis, & de celle heure ie luy donnay mon cueur, quand mon pere alla destruire ladite cité de Rome: Lucafart de Bandas qui estoit moult redouté entre les Payens, & ledit Guy de Bourgongne iousterent ensemble : mais Guy de Bourgongne le mit à terre dessous son cheual: ce que bien fort me pleust & prins si grand plaisir à la vaillance de luy que depuis que le vis si vaillant ie l'ay tousiours eu en mon cueur tellement que si ie ne l'ay à mary, iamais ie ne seray mariee, & pour l'amour de luy ie me veux faire baptiser & croi au Dieu des Chrestiens. A celle paparolle les François furent fort ioyeux: & rendirent graces à Dieu de la volonté de ceste pucelle, & dit Gerard, Ma dame ie vous iure que si nous estions maintenant armez, & nous fussions en la salle des payens, nous ferons grande desconfiture: mais Florippes fut sage & dit, Nobles Seigneurs pensons sagement à nos affaires, puis que vous estes à seureté, prenez vn petit de repos, voyez icy six pucelles de grand noblesse chacun de vous prenne la sienne pour mieux deduire temps & se reposer & prendre esbat, & ie vous regarderay faire s'il vous vient à plaisir: car de moy ie n'ay que faire d'homme qui viue que du noble cheualier Guy de Bourgongne à qui i'ay donné mon cueur. Toutesfois bië consideré en cestuy chapitre grand œuure comprinse quand premierement Florippes la courtoise qui estoit payenne eut desir de parler aux François, & cecy touche bien la volonté des femmes pour scauoir des nouuelles, entant qui touche l'œuure laquelle elle fit contre le maistre & garde de la prison, & comme ils furent hors se fut œuure diuine approuuee, & bien grand dommage eust esté si ces Barons fussent demourez dedans: mais la foy des personnes fait grand allegement de tourment: car les saincts de Paradis par la saincte foy ont obtenu Paradis & plusieurs terriennes victoires de leurs ennemis & à bon droit celuy qui bataille pour soustenir la foy, & il aduiët qu'il soit de tenu la misericorde de Dieu luy est prochaine pour le deliurer. La cause pourquoy ils furent deliurez de prison, elle estoit de loing venue. C'estoit de Rome pour Guy de Bourgongne qu'elle auoit en amour, & estoit contente de se faire Baptiser & croire en Dieu, pour auoir à mary Guy de Bourgongne parquoy on peut comprendre comme amour en ceste ieune Damoiselle estoit enserree & comprinse de loingtaine affection laquelle fut cause de sauuer les prisonniers qui estoint comme i'ay dit, en grand danger.

Comme le puissant Roy Charlemaigne manda à l'Admiral Baland. Et des sept Pairs de France qui n'y vouloyent pas aller.

CHAP. V.

LE Duc de Gennes pere de Oliuier qui ne pouuoit dormir ne boire ne mäger pour la douleur qu'il auoit de son fils, quand il ne le peust plus endurer, il s'en vint au noble & puissant Roy Charlemaigne, & luy dit, Trescher sire Empereur pour la sainte amour de Dieu il vous plaise prendre pitié de moy, vous scauez ma douleur doy ie perdre mon bon & loyal fils Oliuier, pour lequel ie suis si ennuié q̃ si ie n'ay autre nouuelles, certes ie mourray deuant deux iours de melencolie & de fascherie, ou c'est force de moy mettre en chemin pour y aller? Quand le Roy Charlemaigne l'entendit ainsi parler il fut esmeu & plein de compassion pour la melencolie du duc Regnier, & parla à Roland en luy disant, Beau neueu Roland entendez à moy, demain au matin il vous faut aller en Aigremoire, & direz à l'Amiral Baland sans rië luy celer qu'il vous rende la Couronne de Iesus-Christ & les autres Reliques, pour lesquelles i'ay prins grand peine, & aussi demandez luy mes Barons qu'il tient prisonniers, & s'il vous contredit dites luy que ie le feray trainer vilainement & puis apres pendre par son col les yeux bandez comme vn larron reprouué. Quand il eut ce dit, Roland respondit, Sire Roy & bel oncle, prenez pitié & mercy de moy, ie suis bien seur que si ie y vois, veritablement iamais ne me verrez. Le duc Naimes y estoit qui dit, Sire Empereur regardez que vous voulez faire, Roland est vostre neueu, vous sçauez de qu'elle valeur il est, s'il va ou vous dites iamais ne reuiendra, & Charles respondit, Ie vous iure, Sire Naimes, que

vous yrez auec luy & porterez mes lettres que ie mande à l'Admiral. Cecy estre dit Basin de Geneuois vint deuant l'Empereur, & dit, Comment sire voulez vous perdre vos cheualiers? Certes s'ils y vont iamais vn seul ne retournera. Charles iura les yeux de sa teste que Basin iroit auec les deux autres, & ainsi seroient trois. Thierry duc d'Ardaine dit comme les autres parquoy il fut ordonné pour y aller Oger le Dannois semblablement dit qu'on n'y deuoit point aller, & il fut ordóné auec les autres pour y aller Richard de Normandie vint à l'Empereur, & dit, Sire ie suis esbahy que vous n'auez pitié de vos Cheualiers que vous voulez faire mourir si meschamment, ie sçay bien qu'ils sont perdus s'ils y vont. Par le Dieu en qui ie croy, dit le Roy Charles, vous yrez auec les autres & si porterez mes lettres à l'Admiral Baland que i'ay tant en haine. Et puis regarda Guy de Bourgongne & luy dit, Venez à moy vous estes mon cousin & mon parent de moy prisay & aimé vous serez le septiesme pour faire mon message à l'Admiral Baland d'Espaigne. Et luy direz de par moy qu'il propose de se baptiser, & qu'il tienne de moy son Royaume & ses villes aussi qu'il me rende les Sainctes Reliques dont ie prens grand peine & trauail, & s'il vous cõtredit, dites luy que ie le feray pendre & estrangler vilainement. Helas Guy de Bourgongne Empereur trescher, ie cognois à ceste fois que vous me voulez perdre, si i'y vois iamais ie ne reuiẽdray, i'en suis seur: & sur ce le soleil se coucha, & fut encliné vers la nuict: & vont soupper, & le matin aussi tost que le soleil fut leué, les sept Barons dessus nommez vindrent deuant Charles. Et va dire Naimes de Bauieres Empereur de noblesse redouté en tous lieux, nous sommes icy pour obier à ton commandement, nous te prions que tu nous donnes congé pour parir. S'il y a personne en ceste presence qui nous ait meffaict, nous luy pardonnons. Semblablement si nous auons offencé à nully en l'hõneur de Dieu qu'il nous soit pardonné. A ces parolles les François qui estoient presens de pitié commencerent à plourer, & Charles dit aux Barons, Mes Princes & Barons treschers & bien-aymez de Dieu, auquel ie vous commande, & au merite de sa saincte passion, & au vaisseau de de la croix qui vous soit en aide. A chemin se mirent eux trasportant en estrange pays.

Comment l'Admiral Baland transmit quinze Roys Sarrazins à l'Empereur Charlemaigne pour rauoir Fierabras, lesquelz furent rencontrez par les Pairs de France & mis à mort.

CHAP. VI.

ADonc estoit en Aigremoire l'Admiral Baland, fort dolent & auoit mandé quinze Roys Sarrazins pour auoir conseil, lesquelz quand ils furent venus venus, Maradas le plus fier des quinze parla premier, & dit à Baland, Sire Admiral, pourquoy sommes nous mãdez par toy? Adonc Baland luy dit Seigneurs ie vous diray la verité, Charles de France me requiert de grande folie: il veut que ie soye suiect à luy, & que ie tienne mes terres & pays de luy, mais cecy ne feray-ie pas, il est bien fol de me mander cela. Pour son meilleur qu'il prenne plaisir à dormir & reposer, & aller visiter ses Eglises, & manger ce qu'il a. Toutesfois ie suis d'auis que alliez à luy en Normionde ou est son logis, & luy direz que ie luy mande qu'il croye en Mahom nostre Dieu, sans prendre dilation, & il fera que sage, outre plus qu'il me rende mon fils Fierabras, pour lequel ie suis detenu en douleur: & si ie veux qu'il tienne de moy France & toute la region: & s'il ne le faict comme vous le deuiserez, ie l'iray querir à tout cent mille homme armez. Si dauenture en vostre chemin vous trouuez homme Chrestien, couppez luy la teste. Et quand l'Admiral eut ce dit, Maradas respondit, Sire Admiral ie cognois que vous nous voulez faire mourir, car les François sont felons, & si nous disons ce qu'auez proposé, ce sera nostre fin, & serons desmembrez. Ne croyez pas que ie die cecy pour obuier à vostre mandement, & que ie mesdie celuy qui n'y vueille aller: car i'ay ce courage que si d'auanture ie me mesle parmy ces Chrestiens i'en mettray dix à mort auant que ie sois lassé, & si ie ne fay ainsi comme i'ay dit deuant, que tu me face coupper la teste.

la teste. Ses compagnons dirent que chacun deux en feroit bien autant que luy : parquoy sans autre chose deliberer, ils monterent sur gros cheuaux seiournez : à grosses lances, panons leuez puissamment se sont mis à chemin, & n'arresterent iusques au pont de Mentrible, & le plustost que ils peurēt passerent outre. Et les François dessus nommez vont rencontrer les Sarrazins, & premierement les vit venir le duc Naimes, qui va dire O Sire Dieu quelle entreprinse ont fait ces Sarrazins : les voyez vous venir contre nous à grand puissance? auisons que nous pourrons faire. Roland va dire, Seigneurs ne vous doutez de rien. Regardez ils ne sont ne vingt ne trente, allons tout droit à eux. Les autres furēt de son opinion. Et vont contre roidement la partie des Payens. Et lors Maradas qui estoit puissant homme & bien armé, va dire aux François, Comment que vous soiez maudits estes Chrestiens. Le Duc Naimes respondit, Vassal, quel que tu sois tu parle vilainement, vn petit follement, nous sommes hommes de Charlemaigne Empereur redouté, & allons de par luy faire vn message à Baland l'Admiral Maradas luy dit vous estes en danger, vous voulez vous defendre ou faire autrement ? Naimes respondit. Nous nous voulons defendre à l'aide de Iesus nostre Createur. Maradas va dire Lequel de vous oseroit à moy iouster ? Ie suis tout prest, dit Naymes. Maradas respondit, tu es bien presomptueux : car si i'en auois dix tels comme tu es à mon espee ie les voudrois confondre, & leur testes porter à l'Admiral, sans gueres me lasser. Enuoye moy pour iouster quelque habille cheualier, car tu es trop vieillard & chenu pour te prendre à moy. Et puis dit à ses compagnons, Attendez moy. Personne de vous ne se bouge, car seulet ie les veux conquerre, & puis les presenteray à Baland l'Admiral : quand Roland l'eust escouté il cuida perde le sens, puis dit à Maradas, tu as follement parlé, & pensé chose ou iamais ne le verras, & auāt qu'il soit vespre tu sçauras que nous sçauons faire, garde toy de moy : car tu és deffié. Cecy disant il frappa son cheual des esperons, & se rencontrerent si durement à tout des espieux quarrez & agus, que ce fut grand merueille que tous deux ne sont tombez morts. De ce coup furent ferus si asprement que leurs haubers & heaumes si richement ouurez furent cassez. Roland tout furieux tint Durandal, & attaint Maradas sur son heaume, & le descercla, & diuisa puis par grand force recouura son coup sur la teste nuë, & luy fendit iusques au dessoubs de la ceruelle, & tout mort le renuersa par terre : quand les autres virent le Roy Maradas mort & que Roland vouloit emporter la teste, ils regarderent l'vn l'autre comme tous esperdus, & prindrent conclusion de vouloir prendre vengeance des François, coururent sur Roland pour le mettre à mort: mais trop merueilleusement se defendit Et sur ce l'vne des parties vint sur l'autre, & se tindrēt en bataille si rudement, & specialement les François contre les Payens, que tous furent morts & occis. Et ne fut sauué des quinze Roys sinon vn qui s'enfuit, quand il vit les aures mourir & s'en vint denoncer comme ilz estoient destruits par les François : & ne cessa celuy qui se sauua de fuir iusques à ce qu'il fut en la maison de l'Admiral, auquel ledit Admiral va dire Sire Roy vous estes bien hatif, ou retournez, dites moy maintenant que vous auez fait, l'autre luy dit, Sire Admiral par Mahom il va tresmal. Oultre le pôt de Môtrible nous auons trouué sept glourons qui sont tous entagez. Et sont des hommes du Roy Charles & dient qu'ils vous viennent faire vn message de par luy, & puis sont courus sur nous, & ont fait si grand deuoir contre nous, que tous sont morts sinon moy qui suis eschappé à grand peine pour le vous venir denoncer. Quand l'Admiral l'entendit à bien peu qu'il ne mourut tant fut dolent de la mort des Roys dessusdits.

Du merueilleux pont de Mantrible & du tribut qu'il y falloit payer pour y passer, & comme par belles parolles les François passerent outre.

CHAP. VII.

ET quand les François dessusdits eurent mis à mort les Sarrazins, ils en furét tous trauaillez & lassez puis s'en vont reposer en vn pré bien verdoyant, & puis dit Naimes: Messeigneurs, ie conseille que nous retournions au Roy & luy dirons comme nous auons fait & ie scay bien qu'il sera content, quand il vera nostre gouuernement. Adoncques Roland va respondre, Commét Naimes parlez vous de retourner? n'en parlez plus: car tát qu'il plaira à Dieu que ie pourray tenir Durandal en ma main ie ne pense retourner que n'ayons parlé à Baláд cóment qu'il en soit, & ferons vne chose dont chacun en parlera : nous en prendrons de ces testes chacun la ſienne & les preſenterons à l'Admiral Naymes luy reſpondit, Sire Roland, il me ſemble que vous ſoyez hors du ſens : car ſi cecy ſe faiſoit nous ſeriõs tantoſt occis. Thierry & les autres furent de l'oppinion de Roland, & prindrent chacun vne teſte & ſe mirent en chemin. Le duc Naimes fut le premier qui regarda le pont de Mantrible merueilleux, comme vous orrez, & dit à ſes compagnons. Seigneurs entendez delà le pont eſt Aygremoire ou nous deuons trouuer l'Admiral. Oger le Dannois dit. Il nous conuient paſſer le pont moult dangereux. Il y a trente arches de marbre bien ſpatieuſes, qui ſont fondez à plomb & ciment, & grandes barres de fer. Sur lequel pont ſont groſſes Tours & beaux pilliers richement ordonnez, & les murs ſont de grand force : car au plus bas on y peut boutter dix toiſes de meſure de la largeur du pont vous le pouuez bien comprẽdre car vingt cheualiers y peuuent bien aller bras à bras, & y eſt pour le leuer qui deſcẽd à dix groſſes chaines de fer. Et en haut vn Aigle d'or ſi fort reluiſant qu'il ſemble que c'eſt feu allumé & le voit on d'vne grand lieuë reluire & la riuiere qui paſſe par deſſous ſe nomme Flagot, & à plus de quinze piedz meſurez iuſques aux arcs du pont, & court ſi impetueuſement qu'il ſemble à vn quarreau d'arbaleſtre tellement qu'il n'eſt n'auire qui y peuſt paſſer, & vous dis plus outre, Ce pont eſt gardé d'vn geant par l'Admiral Galaffre, l'vn des terribles de tous les humains : & tient vne hache d'acier pour conſommer celuy qui fera oultre ſon gré & ſa volonté, & auſſi eſt de neceſſité qui voudra parler à l'Admiral conuient parler à luy. Seigneurs dit Roland, ne vous doutez de rien de paſſer le pont car ie vous iure que tant qu'il plaira à Dieu de garder mon corps, & que ie pourray tenir Durandal en ma main ie ne douteray Payen la valeur d'vn denier quel qu'il ſoit : & par le Dieu qui pendit en la croix ie frapperay le portier s'il ſe met deuant moy, quoy qu'il en doiue aduenir. Le duc Naymes le reprint, & dit Roland vous ne parlez pas ſagement, il n'eſt pas bon donner vn coup pour en auoir quinze de l'Admiral, & conuient paſſer par luy. Laiſſé moy faire : car au plaiſir de Dieu & des ſaincts, ie leur diray tant de menſonges, & d'autres choſes que paſſerons plus outre ſans danger. Quand les François furent deuant le pont, le portier print cent cheualiers & le vint aualler auec des guiſarnes & autres glaiues de defence. Le premier qui ſe mit deuant ce fut Naymes auec ſes cheueux meſlez le plus aagé de tous les autres : tantoſt le portier paſſa outre, & print Naymes par la main & puis luy dit, reſpondez moy où voulez vous aller ? le Duc Naymes luy reſpondit, ie vous en diray la verité. Nous ſommes hommes au noble & puiſſant Empereur Charlemaigne & allons à Aygremoire faire vn meſſage à l'Admiral Baland voſtre Seigneur : mais certainemẽt il à bien aucquité ſon pays des fauſſes gens, car il n'y à pas long temps que ſur les champs trouuaſmes quinze gloutõs leſquels nous vouloient oſter noz cheuaux

& nostre vie. Toutesfois nous les auons gouuernez, par maniere que voicy les testes regardez quels il sont si vous ne m'en croyez. Quand le portier l'eut ouy à bien peu qu'il ne perdit le sens, & dit au duc Naimes. Vassal entendez à moy, car il vous faut payer le passage du pont deuant toutes choses. Le duc Naimes luy dit: Demandez ce qu'il vous faut, & nous vous contenterons. Par Mahom dit le portier ce n'est pas peu de fair. Ie vous demande premierement, trente couple de chiens: puis cent pucelles chastes & de bonnes meurs: & cent fauçons muez. Apres il vous faut cent palefrois en bon point. Et pour chacun pied de cheual vn marc d'or affiné. Et finablement il vous conuient auoir quatre sommiers chargez d'or & d'argent. Par ainsi vous sçauez ce qu'il vous faut, ou vous ne deuez point estre icy venus & celuy qui ne peut donner le tribut il conuient laisser la teste sans excusation. Le Duc Naimes ne fut point esbahy, nonobstant qu'il cogneust l'occasion que le portier queroit qu'il deust mourir, à cause qu'il n'estoit pas possible de payer ce qu'il auoit deuisé: respondit au portier. Sire portier, si ie ne vous dois plus qu'auez deuisé ie vous feray content auant que midy soit sonné. Apres vient nostre bagage & harnois à plus de nombre de cent mille: ou il y a pucelles gentes & fauçons, & chiens à grand planté, de haubers, heaumes & bons escus, il y à sans nombre, & autres habits riches, prenez ce qu'il vous plaira. Adonc le portier pensoit qu'il dist verité, & fut content, & lascha le pont, puis passerent outre Roland qui ouït, ne se peut tenir de rire & dit en verité sire Naimes, vous auez bien pensé par vos mensonges, nous passerons le pont, & alloit Roland tout derriere les autres. Et quant ils furent vn peu auant sur le pont, Roland rencontra vn Turc, & puis dit en son courage, Ha sire Dieu de Paradis, laisse moy faire chose dont tu sois honnoré, & tout bien puisse auenir. Et sans dire mot à ses compagnons descendit de dessus son cheual & print celuy Turc par le millieu du corps, & le ietta en la riuiere. Le duc Naimes regarda derriere luy, & vit cheoir le Turc que Roland mit en la riuiere, dont il fut courroucé, & dit. Sire Dieu de Paradis, ie croy que le diable est au corps de Roland car il n'a point de patience en luy, & si Dieu ne nous aide il nous fera mourir: car Roland estoit de si fier courage, qu'il ne regardoit ne le temps ne le lieu pour se gouuerner: mais vouloit ouurer de fait à son ennemy, quel que part qu'il le peut trouuer car il estoit courageux à merueilles.

Comme les Barons de France vindrent parler à l'Admiral Baland & quel message ils luy firent.

CHAP. VIII.

LEs Barons dessus nommez quand ils eurent passé le pont, qu'ils furent pres d'Aigremont ou Baland se tenoit, ils vont entrer aual la ville en grand ordonnance, & contenance de toute fierté & noblesse, & voyoiēt par les rues les faulcons & autres oyseaux de proye sur les perches, & grands bœufs escorchez, gros porcs estranglez, & rencontrent vn fier Sarrazin, si luy ont demandé où se tenoit le grand Admiral Baland, & il leur mõstra qu'il estoit dessous vn arbre à l'ombre, & quand ils furēt tous à terre le noble Duc Naymes dit, Messeigneurs ie porteray la lettre, & parleray le premier & vous apres. Roland fut là qui se presenta, & vouloit à toute force qu'il parlast le premier : & le noble Duc Naymes dit, Ne dites mot car vous estes demy forcené sās auoir attrempence. Si Dieu ne nous fait grace vous nous ferez tous mourir auant que le iour soit passé. Et sur ces propos ils vont entrer, & deuant l'Admiral se presenterēt sans reuerēce quelconque & parla premierement le noble Duc Naymes de Bauieres & dit en ceste maniere, Le Createur de tout le monde, à qui tant seulement on doit ferme creance entiere & honneur, salut & reuerence, & que Dieu garde le noble roy Charlemaigne tout puissant & sage Empereur: Rolād, Oliuier & tous les autres Pairs de France, & cōfonde dés la croix du chef iusques à la plāte des pieds l'Admiral present: tant a esté mal pourueu de subiects. Deuāt hier delà le pont de Mantrible nous trouuasmes quinze gloutons de Sarrazins sur les chāps qui nous vouloient tollir noz cheuaux, mais Dieu mercy ils l'ont comparé grādement, nous en portons cy les testes, iamais ne retourneront. Quand Baland entendit ce langage, à bien peu de faict qu'il n'enragea, & là deuant vint le Roy qui eschappa, duquel i'ay parlé, & dit à l'Admiral Baland en ceste maniere, Trescher sire, pensez de vous venger, ce sont les sept gloutons desquels ie vous ay parlé, qui ont occis & fait mourir voz Roys, & fait telle vilité. L'Admiral respondit, Laisse les estre pour le present, & puis apres dit à Naymes qu'il fist son message, & le Duc Naymes luy respondit qu'il le feroit volontiers, & dist en ceste maniere: Le noble Roy de France redouté, te mande par nous que tu luy rendes la couronne, dont le benoist Sauueur & Redempteur Iesus Christ fut couronné, & les autres reliques, dont il a prins si grand peine. Et puis ses Cheualiers que tu tiens pour prisonniers follement, & si tu ne le fais comme ie t'ay deuisé, Charlemaigne te fera pendre par ton col à vn gibet, & estrangler mout vilainement: t'emmenera premierement en lesse, comme on fait vn vieil mastin enchainé, & ne trouuera bouillon ne fange, qu'il ne te face passer parmy. Lors l'Admiral remply d'vne intention mout outrageuse, dist au Duc Naymes, Vous m'auez l'aidoyé & grandement outragé. Et volontiers vous ay ouy parler. Allez vous asseoir aupres de ce pillier, si parleront les autres que ie n'ay pas escoutez. Mahõmet mon dieu me maudie, à qui ie suis totalement donné, si iamais iour de ma vie ie māge ne boiue que premierement ne vous face de dessus les espaules la teste voller. Le Duc Naymes de Bauieres dist, s'il plait à Dieu le createur & à sa mere vous aurez mēsongé. Apres parla Richard de Normandie, & dit. Entens à moy Admiral. Charles le Roy à la barbe florie, te mande de par moy que tu te faces baptiser, pour amender ta mauuaise vie, & que luy trãsmettes les reliques que tu as en ta puissance, & puis luy rends ses nobles Barons & Cheualiers que tu tiens sans cause ne raison pour prisonniers, & si tu ne le fais, comme tu as ouy, Charlemaigne te fera pendre & estrangler par le col à vn gibet mout vilainement, ie le te dis sans celer, & n'aura iamais mercy de toy. Lors l'Admiral le cuida bien cognoistre, & luy dist en ceste maniere, Mahom mon dieu en qui ie croy te maudie, bien ressembles Richard de Normãdie, qui m'a occis mon oncle Corsuble. Or pleust à Mahom mon dieu qu'il fust à ceste heure deuant moy, iamais ne mangerois tant qu'il fust en vie. Va t'en seoir auec ton cõpagnon iusques à tant que i'aye ouy les autres qui n'õt point encores parlé à moy. Cecy dit, Basin Geneuois se leua à pied, & dist à Baland l'Admiral, Charles le noble Roy, sur tous les humains redouté, te mãde que tu luy rendes les reliques, desquelles on t'a parlé par deuant, ou autrement te fera pendre, comme vn larron prouué. Quand il eut ce dit, il s'alla seoir auec les autres, puis se leua Thierry, Duc d'Ardaine, qui feit faux semblant de chere & de maniere. Quand l'Admiral Baland veit qu'il auoit le regard si hideux, il fut esbahy, & cuidoit que ce fust vn diable. Lors Thierry dit, Entens à moy Admiral. Charles le noble Empereur redouté te mande que tu luy enuoyes les reliques que tu emportas de Rome, & que luy enuoyes les Barons frãcs & quittes, lesquels tu as à ton pouuoir, autrement sois seur qu'il te fera desmembrer & pendre par le col. L'Admiral respondit, Vassal ie te prie ne me celle la verité. Quel homme est ce que Charlemaigne, & de quelle force, lequel i'ay tant ouy louer ? Adonc Thierry dit, Ie te dis, Admiral, que Charles est preux, sage, courtois & debonnaire, & sois seur que s'il estoit icy à ton exercite, il te donneroit sur le visage: & d'autre part de tes dieux il ne tient conte, aussi peu que d'vn chien mort, ou d'vne pomme pourrie. L'Admiral Baland se print à rire de felonnie, & dit à Thierry, Mon amy, par la foy que tu dois à ta vie, dy moy verité Si i'estois presentement à ta volonté & subiection, comme tu es en la miẽne, que ferois tu, ne me le celles pas. Par ma foy, dit Thierry, ie n'en mentiray point, Ie te ferois pendre par ton col & estrangler mout villainement à vn gibet auant qu'il soit nuict. Vassal, dit l'Admiral, tu as dit grãd folie, car par Mahommet mon dieu, ainsi feray ie de toy cõme tu as dit de moy, va t'en seoir auec tes compagnons. Puis Ogier le Dannois vint deuant l'Admiral Balãd, & luy dit, O Admiral d'Espaigne, entens que demãde Charlemaigne, le plus noble de tous les humains, & riche sans comparaison, rends luy les reliques que tu as emblees, ou autrement il te fera desmembrer & mourir honteusement. Lors l'Admiral le feit seoir auec les autres. Apres vint Roland le courageux deuant Baland l'Admiral, sans luy faire honneur ne reuerẽce, & luy dit, Sarrazin malheureux, entends à mes parolles: Charles le noble Roy & Empereur redouté te mande par moy, que tu croyes en nostre Seigneur Iesus Christ, Createur de tout le monde, & en la glorieuse Vierge Marie sa mere, & te faces baptiser, & pense de rendre les reliques que tu occupes & retiens outre son vouloir, & fais que ses Barons luy soient rendus sains & en bon poinct, & si tu ouures autrement, Charles le valeureux te fera pendre comme larron prouué. Lors l'Admiral luy dit, vous m'auez blasmé orgueilleusemẽt, mais ie iure par Mahom mon dieu, & Taruagant, que ie ne mangeray iamais que vous ne soyez tous penduz & estranglez. Adonc Roland respondit, Sarrazin, si tu attendois iusques à ce que tu le deusses faire, ce seroit trop ieusné à toy, tu ne le feras pas ainsi, ie ne te prises la valeur d'vn chien mort ou noyé. Adonc vint Guy de Bourgongne deuant l'Admiral, & luy dit, Charles le noble Empereur te mande, que tu luy faces obeissance & restitues les reliques, & aussi les Barõs, & tu feras que sage, & si tu me veux croire, ie te vueil bien cõseiller: croy en Iesus Christ tout puissant, sans fin, & sans commencement: & si tu croy mon cõseil tu pourras estre en sa grace, & voicy que tu feras, oste ta robbe, & tes souliers de dessus ton corps, & te mets en chemise, & porte vne selle de cheual, & n'arreste iusques à ce que tu sois deuant la face de Charles, & humblement te presente à luy, & crie mercy à Dieu le Createur tout puissant de tes erreurs & outrages, & luy crie mercy en l'honneur de Dieu, & si tu ne le fais ainsi te fera pendre ou noyer & honteusement mourir. Si fut l'Admiral plus forcené que deuant, & demãda conseil sur ce à Bruland de Mommiere, Sortibrant de Conimbres, & plusieurs autres. Lors Sortibrant luy dit, Sire Admiral, ie vous conseille qu'ils soient occis & desmembrez, & puis par vostre force pourrez aller par tout, & yrons en Normandie où Charles est passif, & si vous le pouuez prendre, nous le ferons mourir, & puis descendrez en France, & serez couronné. Par Mahom, dit Baland, c'est bien dit, or soit faict à vostre deuis, allez en la prison, & amenez leurs compagnons pour faire l'entreprise.

Comme par le moyen de Floripes, les Frãçois furent sauuez, & comme les Reliques leur furent monstrees par elle, & autres matieres.

CHAP. IX.

LOrs Floripes la courtoise, apres qu'elle eut bien escouté le debat cy deuãt dit, elle vint dehors de la chambre, & salua son pere, & demanda qui sont ces Cheualiers assis icy à part? L'Admiral respondit, Ma fille, ils sont nez & natifs de Frãce, lesquels m'ont dit parolles de mout grande importance, pleines de reproches, & fort vituperé & offencé grandement, plus que ie ne vous sçaurois dire: quel conseil me donnez vous que ie doiues faire d'eux? La fille dit, Ie vous diray que vous ferez d'iceux. C'est que sans tarder vous leur faciez les testes couper, & aussi vous leur ferez oster les mains, & les brusler en vn feu dehors vostre cité, car ils l'ont bien deserny. Ma fille, ce dit l'Admiral Baland, vous auez bien dit, & ainsi sera il fait. Allez en la prison & amenez les autres. Mõ pere, dit elle, il est temps de disner, & si voulez commencer à faire iustice vous ne pourriez manger qu'il ne soit midy, car ceste fille ne queroit autre chose sinon occasion de belles parolles consonantes à la volonté de son pere l'Admiral Balãd, pour mettre les Frãçois ensemble auecques ceux qui estoient prisonniers, & puis dit à son pere, Dõnez moy ces desloyaux Frãçois, ie les feray bien garder, & apres vostre disner vous en ferez iustice, & seront voz gens ensemble. A laquelle l'Admiral va consentir, & fut content que la fille les eut en garde. Toutesfois Sortibrant qui sçauoit bien la mutabilité des femmes, & l'inconstãce, va dire à Baland, Sire Admiaal, ce n'est pas chose conuenable que sur ce fait vous deuez fier à femme à cause de leur mutabilité, & vous en auez beaucoup ouy dire des exemples, & cogneu toute la verité comment plusieurs ont esté deceuz par femmes. Mout fut mal contente Floripes des parolles de Sortibrant, & dit, Fils de putain, traistre desloyal & pariure, si ie ne pensois estre plus outre blasmee de me prendre à toy, ie te donnerois tel coup sur le visage, que le sang en saudroit habondamment. Et apres toutes ces parolles, l'Admiral fut content de ce debat. Et sur ce elle print les François & les mena en sa chambre sans arrester. Et en allant par la voye, le Duc Naymes si va dire, Helas Dieu de Paradis, Roy de gloire eternel, qui est celuy qui iamais veit plus belle Dame en sa vie? il seroit mout inspiré de la grace de Dieu celuy qu'elle auroit en son courage en amour. Roland en fut mal cõtent, & dit au Duc Naymes: quels cent mille diables vous fait parler d'amour? il est bien temps de dire telle chose. Le Duc Naymes dit, Sire Rolãd ne vous desplaise point: car vne fois ie fus amoureux. Et la fille leur dit qu'ils n'estoient pas la assemblez pour plaidoyer l'vn contre l'autre: & aussi tost que les douze pairs de France furent entrez dedans la chambre, la fille fit bien fermer les portes. Et tantost Roland & Oliuier se vont cognoistre, & s'en võt baiser de Franc cueur en plourant tendrement, & les autres semblablement: & dit Roland, Helas Oliuier mon seul compagnon, comment vous va, depuis que ie ne vous vy? Tresbien dit Oliuier. Et demanderẽt l'vn à l'autre de leurs faicts, des pays & des Seigneurs, & des nouuelles presentes. Vous pouuez penser, iaçoit ce qu'ils se trouuassent entre ces Pairs de France, si ne sçauoient ils rien l'vn de l'autre, tant qu'ils se soient trouuez ensemble en bon poinct, moyennant Floripes, qui fit grand secours à la Chrestiẽté. Quand par elle & moyẽnant discretion, les Capitaines de la Foy Chrestienne tant qu'il touche à l'exercite de bataille à destruire mescreãs, se sont trouuez ensemble à seureté, qui estoient en la main premierement

rement venuz de leurs ennemis mortels: mais c'est grand ſçience d'obuier à la volonté des femmes, quand par effect elle mit ſon entente à vne choſe que ſon cueur directement tira. Et ne regarde point la fin de ſon intention, ſeulemẽt qu'elle la puiſſe terminer : il ne challoit à Floripes ſinon ſeulement qu'elle peuſt auoir nouuelles certaines de Guy de Bourgongne, auquel elle auoit donné ſon cueur, & eſtoit bien cõtente de ſoy faire Chreſtienne pour l'amour de luy. Ceſte fille quãd elle vit ſes Barõs enſemble, elle leur dit, Seigneurs, ie veux que treſtous vous me promettiez la foy & loyauté q̃ vous m'aiderez de ce que ie vous demanderay, & loyallement enuers moy vous porterez. Treſvolõtiers reſpõdit le Duc Naymes: & auſſi vous nous aſſeurerez que nous ſerõs ceans en ſeureté, ſans nous douter d'homme viuant. Elle en fut contẽte, & eux contens, promirẽt fidelité l'vn à l'autre. Cecy faict, la fille vint au duc Naymes pour ſçauoir qu'il eſtoit & luy demanda ſon nom. Le Duc luy dit, Madame, on m'appelle Naymes de Bauieres, homme & cõſeiller prochain de l'Empereur redouté. Helas, ce dit la fille, par vous eſt voſtre Roy dolent. Apres elle vint à Richard, & luy demanda commẽt on l'appelloit. Il luy dit, Madame ie ſuis Richard de Normãdie. La fille reſpõdit, Mahom te maudie, tu as mis à mort Corſuble mon oncle : mais pour l'amour des autres tes compagnons tu n'auras autre danger. Floripes apres vint à Roland, & luy demãda quel eſt ton nom? Ie ſuis, dit il, nommé Roland, fils au Duc Millon, & ſuis nepueu à Charles, fils de ſa propre ſœur. Et tantoſt la fille luy cria mercy, & ſe ietta à ſes pieds, & Roland doucement la leua. Apres la fille dit, Vous ſçauez que vous m'auez promis, ie vous diray mon intention. Il eſt vray que i'ayme vn Cheualier de France ſur tous ceux du monde, qui ſe nõme Guy de Bourgongne, duquel i'aurois volontiers des nouuelles, Rolãd luy dit, ie vous iure mon chef qu'il eſt deuant voz yeux, & qu'entre luy & vous n'a pas quatre pieds meſurez. Seigneurs, dit Floripes, ie vous prie que ie le cognoiſſe, & qu'on me le donne : car de celuy eſt mon plaiſir. Roland va dire, Sire Guy de Bourgongne, venez à la pucelle, receuez là ioyeuſement. Guy de Bourgongne dit, A Dieu ne plaiſe que ie prenne femme, qu'elle ne me ſoit donnee de par Charles l'Empereur. Et quand Floripes l'entendit, elle eut le ſang tout eſmeu. Et iura Mahom ſon Dieu, que ſ'il contrediſoit à la prendre qu'elle les feroit tous mourir. Roland enhorta Guy qu'il fiſt à ſa volonté, & ſur ce il ſ'auança, & firent conuenance, & dit à la fille: Le Dieu des Chreſtiẽs en puiſſe auoir louange : car i'ay deuant mes yeux le plus grand deſir que iamais fut deſiré de mon cueur, pour luy croiray en Ieſus Chriſt, & me feray baptiſer: & puis ſ'approcha de luy pour luy traitter le deſir de ſon cueur, & ne l'oſa baiſer en la bouche, ſinon aux ioües & au menton, pour cauſe qu'elle eſtoit Payenne. Et adonc Floripes ioyeuſement & par grand amour ſ'en vint à tout vn eſcrin, & lors l'ouurant deuant tous les Barons, elle estendit vn beau drap de soye, & desploya les Reliques dont i'ay parlé cy dessus. Et auoit la glorieuse Couronne dequoy Iesus Christ fut couróné à sa Passion, les saincts cloux dõt il fut percé pieds & mains. Et dit à Roland, Voicy le thresor que vous auez tant desiré. Quand les François furent ainsi deuant les Reliques, de ioye ils võt plorer: & l'vn apres l'autre les vont baiser à genoux mout humblement, & puis furent remises comme au parauant estoient posees.

Comme Lucafart, neueu de l'Admiral, entra violentemẽt en la chambre de Floripes, & fut mis à mort par le bon Duc Naymes.

CHAP. X.

Baland l'Admiral estant courroucé, & assis à la table, vint vn Payẽ fier & orgueilleux, special amy de l'admiral, & se nommoit Lucafart de Bendas, lequel dit, Sire Admiral, il est vray que i'ay ouy dire que Fierabras, vostre fils, le meilleur Cheualier du mõde, est prins. L'Admiral dit, Ie ne le celeray pas. Vn François le conquit lequel Mahom maudie: Bruland de Mommiere y fit grande defense, & aussi le Roy de Surie, & firent si bon portemẽt qu'ils amenerent cinq Frãçois, hommes de Charles, qui sont en chartre, & puis nous en auõs sept autres, qui sont venus pour messagers de la partie dudit Charles, lesquels m'ont blasmé grandement, vituperãt la loy, & mesprisant noz dieux, Floripes ma fille les conduit en prison. Sire, dit Lucafart, vous faictes grand folie, les femmes pour peu de chose sont chãgees de faict & de pensemẽt: toutesfois pour conduire le fait plus seurement, s'il vous plait ie m'en iray à eux, & sçauray qu'ils sõt, & sur quel affaire. Allez, dit l'Admiral, vous dictes bien, & faictes retourner ma fille auec vous. Sur ce Lucafart remply de grand fierté, vint à la chãbre où estoit la fille & les François, & sans heurter frappa l'huis du pied, tellement que les gons & ferrures volerẽt par terre. Quand Floripes le veit, elle fut toute esperdue, & manda Roland, & dit, Noble Cheualier, ie suis mal contente de la violence & iniure qu'on m'a faite, c'est celuy qu'on me garde pour mary, outre ma volonté. Ie vous requiers en tant que vous me voudriez faire plaisir, que vous pensiez de me venger de ce deshonneur: car ie me plains, sans faire trop mauuais semblant. Ne vous doutez de rien, dit Roland: car auãt qu'il parte de ceans, il cognoistra qu'il a mal faict, & vous promets que iamais n'achetera ferrure du prix de celle qu'il a rompue deuant vous. Sur ce Lucafart entre leãs, & regarda les François tous armez, sans ce qu'il se doutast rien d'eux, & vint premierement au Duc Naymes, qui estoit desarmé, & la teste nue, lequel sans autre deliberation il print par la barbe & le tira à soy si rudemẽt qu'à peu qu'il ne le fit tomber, & puis luy dit, Vieillard d'où es tu? ne me le cele pas. Le Duc Naymes respondit, Ie suis de Bauieres & est le mien pays, & suis homme de Charlemaigne, &

son cõseiller special, & aussi les Barõs qui sont icy, sõt tous Princes & grãds Seigneurs, & sommes venuz denoncer vn message à l'Admiral, de par Charles l'Empereur redouté, & pour la cause que nous n'auons parlé à son intention, il nous a faict prisonniers: toutefois ostez la main de dessus moy car vous m'auez assez tenu: & soyez seur que ne vous diray pas encore mõ intention. I'en suis contẽt, dit le Payẽ, ta folie te soit pardonnee: mais ie te demande, en France quels gens sont ils, & de quelle entreprise & de quels ieux sçauẽt ils vser, que font ils en vostre Royaume? En verité, dit le Duc, quand le Roy disne, celuy qui veut s'en va esbattre, & les autres vont à cheual iouer à ieux plaisãs, & au matin chacũ s'en va ouïr la Messe, à l'heure qu'elle se dit, ils sont bien charitables pour dõner aux pauures de Iesus Christ largemẽt & coustumieremẽt. Puis apres quand ils viennent en bataille, ils sont fiers & hardis, & ne sont pas tost vaincus. Voila qu'on faict en Frãce, & au pays des Chrestiens. Lucafart cõmẽça à rire, & dit, Par Mahõ vieillard rassotté, vous parlez follement, car ce n'est rien de vostre faict, les François sont de nulle valeur, s'ils ne sçauent le gros charbon souffler. En verité, dit le Duc Naymes, iamais ie n'en ouy parler. Le Payen respõdit, ie vous en apprendray tantost la maniere, & approcha le Duc aupres du feu. En allant outre, Roland luy fit signe qu'il fist bon portement. Tantost Lucafart print vn tison le plus gros qui fust au feu & le souffla si aspremẽt que le feu en volla abondammẽt. Et puis dit à Naymes qu'il falloit souffler. Le Duc Naymes print le tison, & cognent bien la maniere que le Payẽ se vouloit farcer de luy, adõc s'approcha & souffla le tison si fort & si puissamment, qu'apres qu'il fut bien esprins, la flãbe vint au visage du Payen par telle maniere qu'il en eut toute la barbe bruslee. Quand le Payen veit le faict, à peu qu'il ne perdit le sens. Le Duc Naymes à tout le tison le frappa tellement par le col qu'il luy rompit les os, & l'attaignit si tresfort & si virillement que les yeux de la teste luy fit voller à terre, & luy dit, Fausse creature que tu es de Dieu maudit, tu me cuidois il n'y a gueres faire muser à tes folies. Rolãd luy dit, Par ma foy vous sçauez bien iouer, benist soit le bras qui a donné ce coup. Seigneurs, ie luy ay faict entendre sa folie. Vous auez veu qu'il se truffoit de moy. Florippes la courtoise tresioyeuse vint aupres du Duc Naymes, & luy dit, Certes vous estes digne d'estre honoré. Lucafart n'a plus garde de iouer à vous, il est pres du feu à son aise, ie le voy qui ne se remue, & cognois que iamais n'aura enuie de moy espouser: car à force me vouloit auoir, & mon pere m'eust donnee à luy, mais ie ne l'eusse fair, en peine d'estre chapplee de vile mort.

Comme par le conseil de Florippes les François deslogerent l'Admiral de son palais, par grande bataille. Et comme par enchantement vne ceinture fut prinse à la fille.

CHAP. XI.

ALors Floripes fut sage, & eut consideration que Lucafart qui estoit mort, & estoit biẽ aimé de l'Admiral, s'en va dire aux François : Sçachez de verité que mõ pere aime plus cestuy homme, que personne viuant: il l'attend pour venir mãger, & ne sera aise iusqu'à ce qu'il sera retourné: & si d'auenture il cognoist le faict, & vous estes ceans encõbrez & assaillis, l'or de tout le mõde ne vous rachetteroit pas que ne soyez morts. Parquoy ie vous conseille que soyez armez, &

preniez voz habillemens, heaumes & escus argẽtez, qui sõt mout redoutez des autres. Ie ne veux pas que demeuriez ceans ainsi enfermez, quãd vous serez au Palais où l'Admiral se tient, faictes que soyez maistres & seigneurs du lieu, & serez tresbiẽ logez. Quand la fille eut ce dit, ils furent contens, & mirẽt leurs armes, & deux à deux sortirent de leans, & vont hardiment cõme lyons, robustement comme loups affamez, & en tel poinct que qui les attẽdoit auoit grãd peur. Et saillirent hors à l'heure que le Soleil fut couché, & comme entre nuict & iour. Et fut le premier en voye Roland, & les autres apres, bien rafraichis pour batailler. Tous les Payés & Sarrazins se trouuerent au Palais. Lors Roland à haute voix cria à ses compagnõs, que chacun se monstrast tel qu'il estoit, lesquels ne faillirent pas. Roland frappa Corsuble mortellement, Oliuier mit à mort le Roy Caldore, il n'y eut celuy qui ne fist diligence. Le soupper qui estoit tresbien appareillé fut versé à terre & perdu, couppes d'or & d'argent volerent & sonnerent par leans. Sarrazins vont par terre occis & desmẽbrez. Les autres sont saillis par les fenestres, qui furẽt trouuez les vns morts, les autres espaulez & iambes rõpues. L'Admiral tout enragé se mit en fuitte vers vne fenestre, & sauta au profõd des fossez: Roland alloit apres qui l'auoit bien à cueur & le cuidant frapper il attaignit le marbre de la fenestre par telle maniere que son espee entra dedans vn pied. Compagnons, dit Oliuier l'Admiral vous est il eschappé? Ouy certes, dit Roland, dont ie suis mal content. Toutesfois ils firent tel portement qu'ils furent Seigneurs de la maistresse Tour du Palais, & puis fermerent les portes & furent tous seurement & n'y eut danger, fors qu'ils ne pouuoient auoir à boire ne à menger. Or estoit l'Admiral aux fossez mout esperdu, & qui ne l'eust tiré dehors, iamais n'en fut party: & il commença à crier à ses gens, qu'ils vinsẽt à luy pour le tirer de leã. Bru land de Mommiere, & Sortibrant de Conimbres le mirent dehors. Puis dit Sortibrant. Sire Admiral, croyez moy, vne autresfois tousiours en la queuë d'vn chien vous tenez ie vous prie ne me descriez plus, dit l'Admiral, car ie le suis assez: ie me vengeray bien de tout auant que deux mois soient passez: faites sonner l'assault pour assaillir la Tour. Sortibrant dit, Il est raison que vostre volonté soit faite: la nuict s'approche & mon aduis sera le meilleur d'attendre à demain que vostre exercite sera assemblee pour besongner plus seuremẽt. L'Admiral en fut content, & dit en grande desplaisance. Ha beau Lucafart, iamais ne me verras, i'ay perdu ma ioye. François maudits soyez, vous le m'auez osté: mais par Mahõ à qui i'ay donné ma vie, demain ie mettray le siege deuant la Tour, & ne l'osteray iamais, pour mal tẽps qu'il face ne pour autre chose qui soit, que la Tour ne soit prinse & les murailles mises par terre, & feray les François trainer à mes cheuaux, & puis feray ardoir Floripppes la putain en feu publicquement, & ie sçay bien qu'ils se renderõt: ils n'ont pas des viures pour quatre iours, & d'autre part, ie sçay qu'ils ne pourront auoir secours de nully: car nous tenons le fort passage de Mantrible, & ne peuuent estre secourus sans passer par ledit pont, & encores Charles ne scaura nulles nouuelles d'eux & ne scaura s'ils sont morts ou vifs ou en subiection: & sur ce ils firent conclusion & s'en allerẽt iusques au lendemain au matin. Puis l'Admiral manda tous ses subiets, & delibera tenir le siege iusques à sept ans aduenir: & lors vindrent tant de Payens en ceste contree que leurs logis tenoient quatre lieues en espace. Vous pouuez penser le danger ou estoient les François, qui n'estoient que douze, & n'auoient autre conduicte sinon estre leans assiegez en grand peril: toutesfois les Sarrazins firent grand deuoir pour entrer leans mais ils ne les seurent en rien greuer. L'Admiral appella l'enchanteur Marpin, & luy dit Marpin par la barbe que ie porte si tu pouuois faire qu'on emblast la ceinture que Floripppes porte, ie te donneray grand nombre d'argent, & seras de mes amis: car si ie la pouuois auoir, ie suis seur que les Frãçois seroient bien tost morts: & ne me pourroient greuer. Celle ceinture est de telle vertu, que tant qu'elle demourera dedans la tour, il n'y aura famine Sire dit le larrõ, laissez venir le vespre & demain auant que le soleil soit leué ie vous liureray la ceinture. Et quand il fut vespre secrettement entra es fossez, qui estoient pleins d'eau, & passa outre. Et puis quand il fut au pied de la tour, par ses engins subtils, il entra legerement es fenestes, & alluma de la chandelle, puis vint en la chambre de Floripes, & la trouua fermee mais à fausses enseignes diaboliques il l'ouurit. Et quand il fut dedans il vit tous les Barons endormis, & fit ses enchantemens, que pour rien ne se peuuent esueiller. Apres vint à Floripes, & chercha tant qu'il eut la ceinture, & la ceignit autour de luy. Adonc regarda la fille endormie, qui estoit fort belle & blanche, & fut enclin à dormir auec elle, tellement qu'il l'accolla toute nuë par les flancs laquelle subitement s'esueilla, & cõmença à crier à ses pucelles & aux Barons, parquoy elle y vindrent toutes espouuentees. Et quand elles virent Marpin le faux larron ainsi noir comme meure, la plus hardie de toutes se mit à fuyr. Sur ce Guy de Bourgongne qui ouyt la voix de Floripes, hastiuement l'espee en la main vint à elle, & l'escria qu'elle ne se doutast de rien toutesfois il vint bien à point : car le larron eust vergongné la fille, s'il n'y eust esté : mais quand le larron l'ouyt il sortit hors du lict : & Guy de Bourgongne le rencontra, & luy donna si grand coup qu'il le fendit par le milieu, & fut couppee la ceinture, & la chandelle estainte. Si vindrent les Barons, & quand ils virent la besongne ils mirent ce larron tout m[illegible] en la mer, & le dommage qui y [illegible] c'estoit la ceinture qui fut perdue, dont Floripes ploura fort, disant, Messeigneurs, la perte de la ceinture iamais ne sera recouuree, toutesfois les Barons la reconforterent.

Comme les Pairs de France furent aßiegez en celle Tour auec Floripes & ses pucelles, qui souffroient grand faim, & comme par eux tous les Dieux furent confondus.

CHAP. XII.

QVand le iour apparut, l'Admiral ne vit point retourner Marpin, dont il fut esbahy, & manda Bruland Sortibrant, & tous ses plus feaux, & leur demanda conseil veu que Marpin n'estoit point retourné. Sire Admiral, dit Sortibrant, sachez qu'il est mort, puis qu'il n'est point reuenu, ie conseille que faciez sonner trompettes, & assembler voz gens, pour assaillir la Tour, auec vos engins mortels, & ainsi que Sortibrant dit, il fut fait. Et vindrẽt les Sarrazins à grosse puissance pour destruire la tour & confondre les François & à frondes, & à tous autres engins, ils leurs iettoient cailloux & dards enuenimez : mais la Dieu mercy les François n'en doutoient rien. Apres qu'ils eurent assez continué : le pain & le vin & tous les viures faillirent aux Barõs & les Pucelles qui estoient belles & pleines de compassion, furẽt comme desolees, & entres les autre Floripes laquelle estoit desplaisante de la necessité des Frãcois, d'elle, & de ses damoiselles, & plusieurs fois se pasma & cheut à terre quasi cõme morte. Lors vint Guy de Bourgongne son espoux lequel doucement la leua & conforta de son pouuoir. Et dit à ses cõpagnõs Mes bons Seigneurs vous voyez la necessité que nous souffrons: car il y à trois iours que nous n'auons mangé de pain, & plus mal content suis pour ses Damoiselles que ie ne suis pour moy : ie vous dy que ie ne pourrois plus endurer que nous n'en façions autrement, car i'aymerois mieux mettre mon corps à estre blessé & nauré mortellement, que ie ne ferois estre enclos en ceste melencolie : Parquoy ie dy que nous allions dehors pour auoir des viures, & mieux vaut mourir en honneur, que de viure en honte. Tous les Francois furent de l'opinion de Guy. Lors Floripes dist, Mes Seigneurs, ie cognois que vostre Dieu est de petite puissance, quand il ne vous donne aide ne confort, & si vous eussiez autant adoré les nostres, ils vous eussent pourueus de manger & de boire. Auant qu'elle eust finé sa parolle Roland luy respondit, Ma Damoiselle, ie vous prie que nous monstriez les dieux dont vous parlez & s'ils ont la puissance que vous dites qu'ils nous puissent donner à boire & à manger, & qu'ils facent tant que la puissance de France viennẽt icy pour nous secourir, nous y croyrons tous, Lors la pucelle leur dit, Tantost vous les verrez. Si print les clefs, & les mena par dessous terre, puis leurs monstra les Dieux des Sarrazins, qui estoient en vn noble lieu, precieux & bien riche, & la estoient à grande maiesté Apollin, Taruagant, le dieu Margot, & Iupin, & plusieurs autres tous massifs de fin or d'Arabie, & aornez de plusieurs autres ioyaux, auec baume & encens odorens, & plusieurs autres thresors estoiẽt assemblez. Quãd Guy de Bourgongne vit si grand thresor, il dit, Sire Dieu qui eust peu croyre qu'en ce lieu y eust tant de richesse assemblee : or pleust à Dieu que Richard de Normandie tint maintenant Iupin en sa cité de Rouen, car il en accompliroit l'Eglise de la Trinité, & le Roy Charles tint les autres Dieux, il en racoustreroit l'Eglise de Rome, qui est gastee, & des autres il en feroit les hommes resiouir, multiplier & mettre en bon point. Lors Floripes luy respondit, Sire Guy, vous parlez vaillainement des Dieux criez leur mercy, & les adorez, à fin qu'ilz soiẽt plus enclinez à vous farie confort, & Guy luy dit, Ma Damoiselle, ie ne les saurois prier car ie regarde qu'ilz ont les yeux tous endormis, & vous verrez qu'ilz ne pourront ouyr ne veoir. Et en ce disant, de son espee frappa Iupin, & Oger le Dannois sur Margot, & les firent cheoir, & les destrompirent : parquoy Roland dit à la fille, Ie voy que vous auez des Dieux qui ne valent rien, de tous ceux qui sont à terre ie n'en voy pas vn remuer ne faire semblant d'eux releuer. A celle heure Floripes les eut en despit & creut en Dieu, en disant, Ie voy Sire Rolãd que vous dites verité : & si ie y croy iamais ie ne veux que mon corps vienne à malle fin, & de bon cœur ie requiers à celuy Dieu, qui fut né de mere vierge, duquel m'auez informee, qu'il vous ennoye secours de Frãce, & que trouuons maniere d'auoir à manger pour nostre necessité appaiser.

Comme les Pairs de France saillirent de la Tour, & de la grand bataille qu'ils firent, en laquelle ils trouuerent vingt sommiers chargez de viures.

CHAP. XII.

QVand Floripes eut finé sa parolle elle cheut pasmee de dueil, dont Guy se print à plourer. Oliuier vint deuant eux, & leur dit. Mes Seigneurs ie vous iure par le Dieu qui souffrit mort pour les humains, i'aymerois mieux que mon corps fust escartelé & mis en pieces que ie deusse plus souffrir ceste prison, que ie ne me cõbatte aux Payens, & semblablement dit Roland. Parquoy sans autre deliberation, ils võt ceindre leurs espees & se mirent en grande deliberation, & auallerent le pont, & monterent à cheual. Apres que tous furent deuant la tour de marbre, Roland dit Sire Naymes, & vous Oger, il faut que demourez pour garder la place à fin qu'au retour nous puissions entrer seurement. Le Duc Naymes ne peut prendre en patience qu'il ne respondist. Sire Roland ne pẽsez que ie sois si mal'heureux que l'on me reproche que ie sois vostre portier, ie n'en feray rien, & si ie suis vieil ie fais bien tourner mon cheual, ie suis endurcy des nerfs, & si ay le cueur asseuré, & vieil lastre assez hardy. Sire : dit Roland, vous dites bien, vous viendrez auec nous, Thierry ou Geoffroy, l'vn des deux demourera : toutesfois ilz eussent bien voulu ne demourer point: mais à la requeste de Roland, Thierry demoura auec Geoffroy, & fermerent les portes apres que les Barons furent dehors, lesquelz ayant chacun son espee ceinte & l'espieu en la main se monstrerent hors du Chasteau eux esbatant. L'Admiral par vne fenestre cogneut bien que c'estoient les François, parquoy il fit venir à luy Brusslant, Sortibrant & plusieurs autres, & leur dit. Mes Barons, les François sont sortis dehors, & semble qu'ilz veulẽt batailler s'ilz ne sont occis i'en seray mal content : parquoy faites sonner vos cors pour assembler voz gens : & quand ilz eurent fait sonner grand multitude des Sarrazins furent assemblez & vindrẽt tous ensẽble assaillir les François: mais le conte Roland tenant Durandal, auec ses compagnons vint sur les Sarrazins, par telle fureur qu'en peu d'espace plus de cent furẽt occis : car dolent estoit celuy qui se mettoit deuant eux pour secourir aux payens. Lors vint Clarion, neueu de l'Admiral, auec quinze mille combatans, & n'y auoit sarrazin en Espaigne si redouté que luy. Quand les Barons virent venir, Roland s'escria, Gerard, Oger, & Guy, ô nobles Cheualiers en l'honneur de Dieu que chacun face son deuoir, tellement que nous ayons victoire, que puissions aux pucelles pourueoir à manger. Apres ce Roland picqua son cheual, & frappa vn Payen nommé Rapin, si puissamment qu'il luy fendit la teste, dont ceux qui estoient presens furent esbahis. Et alors les Sarrazins redouterent Roland, si que personne ne se osoit trouuer. Girard de Montdidier dit, Mes Seigneurs, qui voudra apres

pres auoir plaisir à estre honoré, il est temps qu'ils se monstre, & n'est pas mestier qu'entre nous soit cogneu vn seul desloyal : car souuent pour vn meschant, vn valeureux est en danger : parquoy à ceste parolle tous les Barons furent plus feruens qu'ilz n'auoient esté, à fin que chacun monstrast comme il deuoit estre. Et apres que la bataille fut finee pour celuy iour, par le plaisir de Dieu, les Barons trouuerent pres de la Tour vne grande auenture. C'est qu'ils passerét deuant vn Chasteau, & virent vingt sommiers chargez de viures, ou il y auoit pain vin & venaison, & autres biens en abódance. Et les conduisoit vn payen de Marhot : mais incontinent les conducteurs de Sarrazins, & de leurs viures furent auec eux occis par les Barons. Et le duc Naymes & Guillaume de l'Estoc les códuisirent: & Roland, & les autres vindrent deuant pour faire place sur esperance de les faire mener en la Tour, laquelle chose ne se fit sans grand danger & peine.

Comme Guy fut prins des Sarrazins, & par l'Admiral interrogué: Et les plaintes que la belle Floríppes fit pour luy: & autres matieres.

CHAP. XIIII.

AInsi que les Barons de France amenoient lesdits sommiers, grande multitude de gensdarmes vindrét de la part du Roy Clarion que ce fut merueilles. Et se rencontrerent mout asprement, tellement que le duc Basin y fut occis, & Aubery son fils : car quand il vit son pere mourir il se ietta dessus luy & y demoura. Et encore ce ne fut pas le plus fort : car Guy de Bourgongne, apres qu'il eut esté menassé du Roy Clarion, si s'auáça pour le frapper, & il vint si mal adroit, que des payens son cheual fut occis dessous luy, & subitement fut enuironnéde plus de cét cheualiers sarrazins qui le prindrent & luy osterent son heaume de la teste, & puis luy benderent les yeux, tellement qu'il ne voyoit rien, & auec ses mains liees derriere son dos, le vont pourmenát. Quand Guy se vit ainsi estre detenu à haute voix commença à crier, O vray Dieu Iesus qui m'as fait & formé ou voy ie maintenant? que mal fortuné ie suis, conforte moy. O noble Charlemaigne monseigneur mon oncle, iamais ne me verrez. Le Roy Clarion luy dit. Bel amy rien ne te vaut le crier ne le braire, à l'Admiral d'Espaigne, tout vif ie te rendray auiourd'huy, qui te gardera bien, demain tu seras pendu : mais vous pouuez penser comme les autres Pairs de France ses compagnons furent mal contens quand ils virent le comte Guy ainsi prisonnier : toutesfois ils firent grand bataille auant qu'ils fussent contrains d'entrer en la tour. Si tost qu'ils furét descendus & les portes bien barrees chacun s'en alla manger. Et sur ce Floríppes s'en alla au conte Roland & luy dit, Sire Roland ie vous requiers que vous me disiez ou est Guy de Bourgongne mon mary à la venir : Ie sçay bien que quand vous allastes dehors il alla auec vous. Parquoy entre les autres vous le deuez rendre. Iamais ie n'auray le cueur ioyeux que ie ne sache ou il est. Adonc Roland dit. He Floripges Dame courtoise ne vous fiez en luy, certainement vous l'auez perdu, iamais ne le verrez, les Payens l'ont emmené malgré nous & ne sçauons qu'on en fera. Floripges oyant ces parolles de dueil & d'angoisse cheut à terre toute pasmee plus de quatre fois cōme morte: mais Roland, qui pour elle plora, souuentesfois la releua. Et quant elle fut reuenue à soy, elle commença à crier à haute voix, O Barons de France par celuy Dieu qui fit le ciel & la terre, si ie n'ay Guy de Bourgongne à qui ie dois estre espousee, ie rendray ceste tour auant qu'il soit demain passé. O saincte Vierge Marie ie dois estre à luy espousee: & pour l'amour de luy estre Chrestienne. Helas noz amours nous ont bien tost failly. Helas malheureuse que ie suis, qu'en ceste douleur me faites oublier l'amour dequoy i'estois pleine Roland ne pounoit voir la douleur de ceste fille, mais il luy promit pour la resiouïr, que dedās deux iours elle verroit Guy à son plaisir, & sachez que i'aymerois mieux estre demembré qu'il se fist autremēt de Guy de Bourgongne, qu'il ne soit rendu ou sa mort soit vengee. Et toutesfois, madame, le dueil & les pleurs que vous menez ne le peuuent rēdre & si à trois iours que nous n'auons mangé, i'ay pourchassé des viures pour nous & pour ces Pucelles lesquels vous voyez, & aussi la pitié, prenons patience de ce petit, & soyons content d'entretenir la vie, car vous sçauez qu'on ne peu conquester lesdits sommiers, à cause de la tribulation de Guy de Bourgongne: apres que Roland eut ce dit les Barons & Damoiselles rendirent graces à Dieu & furent repus suffisamment. Or parlons de Guy de Bourgongne, qui fut mené deuant l'Admiral, moult perturbé & descouloure, tant pour la cause qu'il y auoit trois iours qu'il n'auoit mangé, & aussi du danger où il se sentoit estre en la main de ses ennemis: & là deuant fut despouillé de ses armes. Lors apperçeut son beau corps & bien membru, & luy demanda son nom. Admiral, dit Guy, ne doute point que ie ne die verité, Ie suis appellé Guy de Bourgongne, suiet à la couronne de France, & cousin germain de Roland le valeureux, qui est homme que on doit redouter. Ie te cognois assez, dit Baland: il y à plus de sept ans que ma fille t'a en amour moult grande, dont il me desplaist: & sçay bien qu'elle t'ayme plus qu'homme viuant, & moyennant ses amours i'ay perdu plusieurs de mes hommes de grand façon: & suis mis hors de ma Tour, le chef de ma force de mon pays mais si tout ne m'est rendu, tu en seras escartelé & desmembré si te commande que tu me die qui sont ceux qui sont en la Tour enfermez, desquels auons esté assaillis auec toy si dangereusement, Guy dit, volontiers le te diray, Roland le valeureux y est, son compagnon Oliuier le courageux, Thierry, Oger le Dannois, Richard de Normandie, Girard de Mondidier, Naymes de Bauieres, & Basin de Genenois, que vous auez occis, & ie suis l'autre que vous tenez en prison: mais au plaisir de Dieu & à l'ayde de Charles, il vous sera cher vendu. L'Admiral fut mal content des menasses de Guy, parquoy vn Sarrazin haussa le poing, & dóna sur le visage de Guy de telle maniere que le sang en sortit abondamment. Et à ce coup Guy fut esprins d'yre, & pour estre escartelé à l'heure, il ne se peut tenir qu'il ne print le Sarrazin par les cheueux à l'vne de ses mains, & de l'autre luy dóna tel coup dessus le gros os du col par derriere qu'il luy rompit, & sans iamais tirer pied ne main, il cheut mort deuãt l'Admiral. L'Admiral fut si mal content de ce coup qu'il cuyda yssir hors du sens, non tant pour la mort dudict Payen comme pour la mesprisance faicte deuant luy, & cria qu'on le print, & les Sarazins le prindrent & le battirent tant qu'il ne scauoit ou il estoit, & l'eust occis si l'Admiral ne les eust fait cesser.

Comme les payens proposerent de pendre Guy. Et comme les François le secoururent vaillamment.

CHAP. XV.

APres que Guy de Bourgongne fut lié bien estroitement, l'Admiral fit venir Bruland & Sortibrant & leur dit ie vous prie que me dóniez conseil que ie dois faire de ce prisonnier qui m'a fait telle mesprisance comme vous scauez. Sire dit, Sortibrant, ie vous conseilleray bien si me voulez croire vous ferez leuer vne fourches pres des fossez de la tour en laquelle sont les Francois & y ferez demain pẽdre cestuy cy, & faites q̃vo⁹ ayez en lieu secret pres des fourches dix mille hõmes armez & ie suis seur que ces François sont si hardis & outrecuidez que quand ils verront pendre leur compagnon, qu'ils viendrõt dehors pour le secourir: & vos gens qui seront mussez la aupres, viendrõt frapper sur eux, parquoy vous les aurez tous pour en faire à vostre plaisir. Ce conseil fut approuué par l'Admiral estre bon parquoy les fourches furent faites & aupres de ce lieu y auoit vn petit bois auquel il fit secrettement mettre en point vingt mil cõbatans & les commanda estre gouuernéz par le Roy Clarion & les autres Capitaines puis l'Admiral fit mener Guy de Bourgongne contre les fourches par trente Sarrazins, lesquels ne cesserent de frapper de bastons sur son corps qui luy transperçoient la chair, & desrompoiẽt les os, & vous pouuez penser en quel estat estoit son corps quand on le desrompoit ainsi vilainement, & qu'il auoit les mains liees estroittement derriere son dos, quand il sentit vne grosse corde parmy son col, quand il auoit les yeux bandez & ne voyoit rien, ny ne scauoit ou il alloit. Et disoit à haute voix. O Redempteur & mon Dieu duquel ie suis en peine, dont ie vois mourir mauuaisement. Pour le merite de t'a mort & passion, prés mon ame en ta garde le corps prẽt fin & ainsi que i'ay mestier de ton aide vueilles moy cõsoler & aider: O nobles Barons de

France ne me viẽdrez vous pas secourir? si vous me laissez ainsi pendre, ce vous sera grande vergongne. O Roland mon beau cousin, souuienne vous de moy, iamais vous ne me verrez vif. Ce disant Rolãd estoit en vne fenestre, & puis regarda outre vne petite fenestre, & vit les fourches leuees. Parquoy cõme esmeu il vint à ses compagnons, & leur dit, Seigneurs ie mesmerueille que veulent dire ses fourches, sur les fossez, ie ne sçay à quel propos ce à esté faict. Quand tous les autres virent le faict: Naymes dit que c'estoit pour pendre Guy. Ce disant, ils le virent tout despouillé contre les fourches, & cogneurẽt bien que s'il n'auoit secours qu'il seroit mis à mort. Quand Florippes ouyt plaidoyer les Barons, elle vint à eux pour sçauoir que c'estoit. Et quand elle vit les fourches leuees & Guy son espoux ainsi vituperé, vous pouuez penser en quel estat elle estoit reduite, & commença à dire, O nobles Cheualiers laisserez vous pendre Guy, vostre compagnon, deuant vous: ne vous fiez pas que s'il meurt par le Dieu qui m'a faite & formee, ie me laisseray cheoir par ces fenestres, & mourray en desperation, & puis vint vers Roland, & se mit à genoux & luy baisa les pieds, en disant. Sire Roland, ie te veux prier qu'il te plaise de prendre peine pour mon amy secourir autrement ie suis femme perdue, pensez de vous armer & aprester vos cheuaux: car le temps est bref afin qu'au plaisir de Dieu vous y soyez à temps. Auant que Florippes parllast gueres, Roland & ses compagnons furent armez, & ceignerent leurs espees, & prindrẽt leurs escus & monterent tous à cheual, deuant qu'ils se missent à cheuaucher, Roland dit Seigneurs, à ce gist nostre mort ou nostre vie: tellement que si nous n'auons bonne & loyalle conduite, iamais ne retournerons. Nous ne sommes que dix & les Payẽs vne multitude innumerable, & de grande force en l'honneur de nostre Seigneur Iesus-Christ, ie vous prie que nous nous tenions tousiours ensemble, & que l'vn soit garde de l'autre, & le plus que faire ce pourra: car si nous sommes diuisez, nous serons prins & pẽdus, & aussi si l'vn de nous tombe à terre que des autres il soit leué ny pour mort ny pour vie, qu'il ne soit habandonné, ny ne faillons l'vn à l'autre. Et ie seray celuy qui vous meneray au plaisir de Dieu. Car ie vous iure ma vie que tant que ie pourray tenir Durandal mon espee, ne que i'auray sang en mon corps, ne vie vous aurez en moy vn garant, & ainsi ont dit les autres. Messeigneurs, dit Florippes vous pourriez bien trop demourer: & alla en sa chambre, & ouurit son coffre ou estoit la Couronne de Iesus-Christ, laquelle ils baiserent & la poserẽt sur leurs testes parquoy ils ne douterent rien la puissance des Payens, & sortirent dehors puis Florippes & ses Damoiselles leuerent le pont & fermerent la tour. Les nobles Pairs de France s'en allerent en bonne ordonnance contre les fourches aual les Prez & les Payens estoient dessous les fourches, & montoient Guy de Bourgongne, qui auoit les yeux bendez,& les poings liez, & vne grosse corde au col. Rolãd voyãt ce, hasta son cheual,& les autres apres & cria aux Payẽs, Ha traistres mastins il ne sera pas cõme vous pẽsez. Vous auez cõmencé telle chose, dont serez mal contens. De ce bruict qui fut fait impetueusement, les plus hardis des trẽte qui tenoient Guy, s'en fuyrẽt,& furẽt si fort poursuyuis, que les vingt furent occis. Lors ceux qui estoiẽt au bois vindrẽt faisant grãd bruict. Premierement Cornifer, merueilleux Payen, sur vn moreau de grãd façon, dit tout haut, Ha Frãçois desmesurez, venez vous secourir le pẽdu de l'Admiral? vous auez fait folle entreprise: car auec luy tous serez pendus. Quãd Rolãd l'ouyt, il fut courroucé, & tira Durandal & vint contre luy cõme vn loup enragé, toutesfois le Payẽ le frappa sur son escu durement: mais apres qu'il se fut recouuert, il attaignit le Payẽ si puissammẽt qu'il luy fendit la teste iusques au corps. Quand il fut mort Roland vint iusques aux fourches, & desbenda & deslia Guy de Bourgõgne & luy dit qu'il se tint pres de luy, iusques à ce qu'il fust armé. Et apres que Roland eut occis vn autre Payen, Guy estant en l'asseurance de Roland & des autres Pairs, il s'arma des armes d'iceluy Payen, moyennãt ses cõpagnons, monta sur son cheual, mais ce ne fut sans grãd peine: car les Sarrazins qui estoient au bois vindrẽt sur les Barõs de France. Toutesfois à l'aide de Dieu ils furẽt de si entier courage, de si merueilleuse deffense,& de si grãde puissance qu'à celle heure ils mirẽt tant de Sarrazins à mort, que la place en estoit toute couuerte. Entre lesquels Guy de Bourgongne fit merueilles: car apres qu'il fut armé, il fit grand portemẽt aux Payens en disant, O traistres mastins ie vous mõstreray ceste iournee que ie suis eschappé de voz mains:& ainsi combattans, firent retourner les Sarrazins vn grãd traict d'arc. Cecy faisant d'autre part, plus de dix mille Sarrazins estoiẽt apareillez pour empescher le passage, qu'il ne se peussent retraire: parquoy Roland tenãt en sa main Durandal, voyãt cecy appella ses compagnons, & leur dit. Seigneurs, il ne nous est pas mestier de reculer, mais nous est besoing d'auancer pour nostre conseruation. Si nous pouuõs gaigner le pont, nous ne deurons rien & nous pourrons biẽ sauuer. Sire Rolãd, dit Guy de Bourgongne, vous sçauez qu'en la Tour n'a rien à manger: & si nous estions dedans, nous ne sçaurions que faire, sinõ bailler. Et ie vous iure que i'aymerois trop mieux que mon corps fust playé dangereusement en combattant sur les Payens, que de mourir de faim leans & sans danger:& si c'est le vouloir de Dieu, que nous deuions mourir en se iour, tout soit faict à son plaisir,&nous prendrons en gré comme bons loyaux Cheualiers de Dieu. Les autres Barons furẽt de son oppinion, & eurẽt bon propos d'eux vaillammẽt porter. Eux estans en ce propos, Florippes estoit en vne fenestre de la tour, & veit Guy de Bourgõgne son amy, dont elle fut ioyeuse, & luy escria à haute voix qu'il luy pleust de la venir baiser, disant que si elle viuoit, que par la prouesse des François son Pere l'Admiral seroit vne fois en danger. Parquoy Ogier le Dannois dit, Seigneurs Cheualiers, auez vous ouy la Pucelle, cõme elle a parlé noblemẽt, dont elle est biẽ digne qu'on face beaucoup pour elle: sçachez que ie ne seray à mon aise, si nous n'y retournons. Sans autre langage faire, les François allerent contre les Sarrazins, desquels Roland estoit le premier, & faisoit grand bruict & descõfiture des Payens, qu'ils le suiuoient, & s'enfuioient de deuant luy comme l'oiseau deuant l'espreuier. Guy de Bourgongne vint courir contre vn Payen fier & orgueilleux, nõmé Rampier, & l'attaignit si duremẽt au haut de la teste, qu'il le fendit iusques au milieu du corps: parquoy quand Roland veit son portemẽt, il luy dit, Guy beau cousin, i'ay bien veu cõme vous auez menassé le Payen, & auez fait par telle maniere que Floripp es vous doit aimer bien & tenir cher.

Comme les Pairs de France furẽt despourueuz de viures, & puis restaurez & puis assiegez & cõbatus par les Payens,

CHAP. XVI.

ET quand Floripp es la courtoise estant en la Tour auec ses Domoiselles, veit les Barons de France estre asseurez deuant le Chasteau, leur escria, Seigneurs, ie vous prie qu'ayez souuenance de recouurer des viures, deuant qu'entrer ceans, afin que n'en ayons necessité. Oliuier & Roland entendirent bien la Pucelle, lesquels dirent qu'elle auoit bien parlé, & assez à temps: car si nous entrons au Chasteau, nous n'en pourrons partir à nostre aise. Sur ce les Barons tous d'vn courage allerent contre les Sarrazins, & les desrompirent tellement qu'ils vuiderent la place, & les firent retourner bien loing, & ainsi qu'ils retournoient vers la Tour, vne bonne aduenture leur aduint, car vingt sommiers passerent par là, lesquels estoient chargez de vin, de bled & de pain & de chair abondamment. Et tous ceux qui les menoient furent occis & mis à mort. Puis s'efforcerent de les mener tous prestement, & conduire tant qu'ils furent en la tour, & en passant vont trouuer Bassin, qui estoit (comme i'ay dit) dessus, & l'emporterent en la Tour auec eux, & furent leans à seureté: car incontinent leuerent le pont & fermerent les portes, & eurent assez à manger pour deux moys ou plus. Vous deuez bien penser, si l'Admiral Baland estoit ioyeux quand il veit Guy, qui auoit esté en la subiection, & adonc auec ses compagnons, & aussi quand il sceut qu'ils furent fournis de viures tant abondamment. Parquoy tresmal content, il conuoqua tout son conseil, & demãda Bruland de Mommiere, Sortibrant de Coimbres, & de ses familiers, & leur dit: Mes Barons, vous sçauez que ces François nous ont tresmal gouuernez, ils ont la Tour garnie de bled & de vin, & d'autres viandes. Et si d'aduenture il vient à sçauoir au Roy Charles, nous serons empeschez, car il les viendra secourir, & ne luy pourrions faire resistance continuelle pour sa puissance qui est si grande, vous le sçauez, dont ie suis en grand pensement que nous pourrons faire. A cecy Sortibrant respondit. Sire Admiral, ie conseille que chacun soit armé en grand point pour asseoir engins pour assaillir & rompre la Tour, & puis qu'on face sonner & tromper mille cors piteusement, & quand les François orront, de peur ils seront espouuentez : parquoy nous pourrons entrer dedans à noz volontez. Bruland de Mommiere luy dit. Sortibrant, mon amy, vous parlez d'vne grand folie, ne croyez point que les François qui sont leans soient de si foible condition que vous les espouuenterez à sonner voz cors, vous ne les aurez point pour menasses : & vous diray la raison. La fleur des Barons de France est leans les plus puissans & les plus nobles. Roland y est qui est si puissant & courageux que personne ne se ferme à luy qu'il ne mette à mort. Oliuier sçauez vous rien de sa grand fierté ? lequel conquist le Roy Fierabras le plus puissant de tous les Payens, ie vous iure Mahom qu'il est en leur compagnie, car ie l'ay ouy dire. Apres y est Gerard de Mondidier, qui nous a faict grand dommage : Aussi y est Thierry Duc Dardaine, & vn vieillard qui nous a occis & estrangé de noz gens plus de mille, lequel se nomme Naymes de Bauieres. Semblablement Guy de Bourgongne, qu'ils nous ont osté quand on le menoit pendre, & d'autres y sont que ie n'ay pas nommé. Il n'en y a qu'onze car l'vn a esté occis, & vous sçauez qu'ils sont tous de grande resistance. Roland nepueu de Charles, a le corps si fier qu'il ne doute homme viuant, ne coup qu'on luy donne, & ne doute point que s'ils estoient tels que luy en ce Chasteau, ils nous mettroient hors de ce Royaume, ou nous feroient mourir : Ie croy que leur Dieu veille pour eux, car mout il les a gardez, & noz dieux nous sont malheureux : car long temps a qu'ils ne nous ont aidé. L'Admiral fut dolent des parolles, & luy dit : Vous auez follement parlé, & le voulut frapper d'vn baston, mais Sortibrant luy osta, en disant, Sire Admiral, laissez vostre courroux, & pensons d'assaillir ceste Tour, & faisons que ces desloyaux François soient vaincuz & decouppez. Lors l'Admiral fit sonner trompettes & clerons, pour amasser ses gens, tellement que tant de Sarrazins furent assemblez, qu'ils tenoient vne lieuë à la ronde. Apres l'Admiral fit venir vn ingenieux enchanteur, qui s'appelloit Marbou, qui feit deux engins à couuerture seurement, & gardoient que ceux qui estoient dessous ne pouuoient estre gastez des François, moyennant ces engins ils conquesterent les premieres gardes du Chasteau, parquoy les François furieux comme lyons, vindrent aux portes de la Tour, & aussi les Pucelles toutes armees, lesquelles auec les François, feirent bon deuoir, car celuy estoit bien terrible, s'il ne cheoit mort, car elles estoient en haut, & iettoient grosses pierres & autres engins mortels, desquels ils feirent resistance conuenable.

Comme la Tour fut escartelee par enchantement, & les François furent en grãd peril de mort, & restaurez par vn assaut qu'il firent sur les Payens.

CHAP. XVIII.

LEs Payens perseuerans en l'assaut cy deuant dit, L'enchanteur vint au deuant de l'Admiral, & luy dit, Tresscher Sire, i'ay faict mes engins tous apprester, moyẽnant lesquels sur ma vie ie vous rẽdray les Frãçois. Faictes oster tous voz gens d'armes au lieu, & que i'en aye cinquante mille, bien armez. Et quand ils furent apprestez, l'enchãteur ingenieux les fit tous mettre à l'entour d'icelle Tour, & par son art fit enflãber vn feu si merueilleux, que les pilliers de marbre & autres pierres cõmencerent à brusler & faire feu à outrãce, dequoy les François furent tous turbez, & dirent qu'il leur seroit force de rendre la Tour, sans sçauoir moyen de sauuer leurs personnes. Lors Floripes leur dit, Seigneurs ne vous esmerueillez encores si fort iusques à ce que voyez plus outre. Et incontinent elle print aucunes herbes & autres medicines, & le fait destremper en vin, car elle cognoissoit & sçauoit la maniere comme ce feu artificiellement brusloit les pierres, aussi fit elle breuuage, que quand il fut ietté sur celuy feu, il ne brusloit plus rien. L'Admiral cuida enrager, mais Sortibrant luy dit, que tout se faisoit par le moyẽ de sa fille: parquoy l'Admiral estoit d'vne intention de la faire mourir cruellemẽt. Le roy Sortibrant luy dit qu'il fit sonner ses cors & trompettes: & commencer l'assaut de nouueau, & qu'à celle fois il seroit force que les François fussẽt vaincus: car ie suis seur qu'ils n'ont rien à ruer sur nous, les traicts & pierres leur sont faillis. Et fut faict l'assaut cõme il fut dit si tresimpetueuesemẽt qu'il sembloit que fussent tenebres en ce lieu, des fleches, dards & espieux, pierres & autres traicts & engins, par telle maniere que les gros quartiers des murailles tomboient à terre. Les Barons de France esbahis de la folie, disoient l'vn à l'autre, qu'à celle heure il faudroit qu'ils fussent vaincus: car ils voyent à terre ruer les murailles principalles du Chasteau. Et lors Floripes leur dit, Seigneurs ne vous esmerueillez la tour est assez pour nous garder plus auant: & d'autre part le thresor de mon pere est ceans, qui est en billons & platines d'or, allons les querir, aussi bien en pourrons nous occire les Payens cõme d'autres pierres & mieux. Adonc Guy de Bourgongne son amy vient à elle de grand ioye, & la baisa amoureusement, & puis elle ouurat la Tour où estoit ce thresor innumerable, & le porterent sur les carneaux de la Tour, & en iettoient sur ces Payens, tellemẽt qu'ils faisoient grande desconfiture. Outre plus les Payens voyoient l'or cheoir sur eux en si grande abondance, ils cesserent l'assaut: mais pour leur auarice, de celuy or, se combattirent & occirent l'vn l'autre. Pourquoy l'Admiral en fut mout desplaisant, tellement qu'il cuida mourir. Et puis commença à crier à haute voix, O Barons Sarrazins, laissez celuy assaut, qui me vient

vient à grand dommage irrecuperable: car ie voy que mõ threſor ſe perd que i'ay tant mis à aſſembler, & ie l'auois bien recommãdé au dieu Mahõ: mais ſi ie le puis tenir ie l'en feray plorer. Lors Sortibrant luy dit, Sire Admiral, ne prenez point de merueille de voſtre threſor, & n'en ſçachez aucunement malgré à Mahom noſtre dieu. Ie l'en auois faict gardien, dont il a failly: mais ſur mon ame pour l'heure il n'en peut mais, ſi on luy a emblé, il a eſté endormy, autrement i'en ſuis eſbahy: car touſiours l'a veillé & gardé ſongneuſement iuſques à maintenant. Ces François ſont cauts & larrõs, qui l'ont emblé ainſi ſubtilemẽt. L'Admiral à cauſe du ſoir, vint à ſon repaire auec ſes gens pour ſoupper. Et quand l'Admiral fut aſſis à table: Rolãd qui eſtoit en la haute tour auec ſes compagnons bien ſeurement à ſon aiſe, ſe mit à vne feneſtre, & en penſant, il veit l'Admiral aſſis à table pres d'vne feneſtre, & puis vint aux autres Barõs & leur dit, Me ſeigneurs & freres, ie voy que l'Admiral eſt auec ſes principaux à ſoupper & penſe de les tenir bien aiſes, & il me ſemble que grande proueſſe nous ſeroit & vn grand biẽ, que nous trouuiſſions maniere de luy faire laiſſer ſon repas: les autres ſes compagnons furent de ſon accord, incontinent ils furent armez, & ſecrettement yſſirent de la tour, venans contre la maiſon de l'Admiral: mais l'Admiral qui eſtoit pres de ſon nepueu, dit, Mõ cher nepueu Eſpoulard, paraduenture les François nous veulẽt faire refroidir noſtre ſoupper, deſpeſche toy & ſois appreſté, & fais qu'ils ſoient decoupez & confonduz, & incontinent fut en poinct, & eſtant bien monté, ſ'en vint deuant les Barons, tenant en ſa main vn grand dard d'acier, mortel, & tout premieremẽt il rencontra Roland, & l'attaignit ſur ſon eſcu, tellement qu'il en fut bien eſtourdy: mais bien luy en print, car en ſa chair il n'eut point de playe. Roland vint pres le Payen, & luy donna tel coup qu'il fit treſbucher ſon cheual, mais le Turc fut valeureux & hõme de grand force, car mout legerement remonta à cheual, & Roland le frappa de ſon eſpee, tellement que le Payen cheut. Et Roland puiſſammẽt le chargea deuant luy à trauers du col de ſon cheual, puis l'emporta. L'Admiral voyant cecy, comme enragé eſcria à ſes gens qu'ils ſecouruſſent ſon nepueu, mais ils ne ſceurent que faire car en le deffendant pluſieurs furent tuez & ſans nombre y en eut de naurez. Pourquoy fut force aux Payens de fuir, & Roland ne ceſſa de courir iuſques à ce qu'il fuſt en la Tour. Et quand tous les Barons furent en la Tour, ils ne douterent nul.

CY COMMENCE LA tierce partie du ſecond Liure, qui contient ſeize chapitres. Et parle comme les Barons de France furẽt ſecourus, & tous les Payens confondus.

Comme les Pairs de France voulurent denoncer au Roy Charles leurs affaires. Et comme Richard de Normandie ſ'ordonna pour y aller.

CHAPITRE PREMIER.

LEs Pairs estans assaillis & detenuz, comme i'ay dit, ils auoient prins vn Turc tres fier, grand amy de l'Admiral, si le donnerent à Floripes, pour en faire à sa volonté, eu luy demandât quel homme il estoit, Et elle leur respõdit. Il est fils de ma tãte, & nepueu à l'Admiral, & est fort riche, & si vous voulez faire grand desplaisir à mon pere, faites le mourir. Lors dit le Duc Naymes, Nous ne le ferons pas mourir, mais puis qu'il est hõme d'apparẽce, nous en sommes ioyeux, ie vous diray pourquoy. Si l'vn de noz cõpagnons estoit prins de noz ennemis, moyennant cestuy il seroit racheté: & de ceste conclusion furent contẽs les Pairs de France. Apres cecy, Richard de Normandie dit, Vous sçauez cõme nous sommes enclos en ceste tour, & suis seur qu'à la fin on nous fera mourir: nous n'auons moyen pourquoy nous puissions eschapper, & conseille qu'on mãde à l'Empereur qu'il nous vienne secourir. Le Duc Naymes respõdit. Sire Richard, à mõ aduis vous parlez d'vne grande folie: car ie croy qu'il n'y a hõme ceans qui osast faire le message, car vous voyez que la terre est toute couuerte de Sarrazins, & quand il seroit hors de ceans, il seroit impossible qu'il ne mourust & si Dieu ne nous fait grace, iamais ne partirõs de ceans. Adõc dit Floripes: Pour le present ie ne sçaurois que dire sinon que nous menions la plus ioyeuse vie que nous pourrõs, vous auez icy belles pucelles, chacun prenne la sienne, & en face son plaisir. Lors Roland &

aucuns autres se resiouyrent des parolles de Floripes, & la louerẽt fort affectueusemẽt. Thierry duc de Dardaine, qui estoit courroucé, dit Messeigneurs, ie suis en grand pensee, car nous sommes ceans enserrez, & cognois qu'en bref serons desconfits. Nous en voyons l'experience deuant noz yeux, faisons que nostre faict soit notifié à Charles, à fin qu'il nous viẽne secourir. Oger dit, Pour enuoyer à Charles ne faut estre presumptueux car il n'y a ceãs si hardy qui se mist en chemin. Si feray, dit Roland, i'ay entreprins d'y aller, & feray mõ deuoir. Le Duc Naymes respõdit, deuãt qu'il eut finé sa parolle, Sire Rolãd ne vous desplaise, car d'entre nous vous estes le plus mal conuenable pour y aller: car quãd les Payẽs le sçauroiẽt, d'eux ne serions plus redoutez cõme nous sommes, & quãd vous estes auecques nous, nous sommes en toute seureté, & tremeur de noz ennemis: Guillaume se presenta pour y aller, aussi fit Gerard, & pareillemẽt Guy, mais Floripes iamais ne l'eust cõsenty: toutes fois apres plusieurs disputations, Richard dit, Messeigneurs, vous sçauez que ie suis de grand parẽtage, & ay vn fils suffisant à porter armes, & s'il aduenoit q̃ ie fusse prins ou occis des Payẽs apres ma mort il me pourra representer & tenir mon heritage, & faire seruice à Charles, & le luy doy bien faire pour faire plaisir audit Charles: car quãd il me dõna ma terre & inuestist de mõ pays, ie ne voulus point accepter sinon par vn moyen qui est tel que s'il venoit vn hõme estrãge, non pas subiect à mon pays, & qu'il fut serf & de serfue cõdition, & demeuroit vn an en ma terre, qu'il fust apres frãc toute sa vie, & plusieurs autres choses. Ainsi fut conclu que Richard y allast: mais Rolãd luy fit promettre qu'il ne s'arresteroit iusques à ce qu'il fust à Charles, sinon qu'il fut prins ou occis. Richard le promit ainsi, puis il dit. Pour le present nous n'auõs à penser, sinon comme ie pourray passer que les gẽs d'armes ne me voyent, car si ie suis congneu par eux, à moy ne sera possible de resister. Roland dit, Ie vous diray mon oppinion sur ce faict, ie cõseille que demain au matin nous soyons armez & irons faire vne cource sur ces Sarrazins, & quãd ils serõt sur nous à frapper & leur grãd affection sera du tout pour no⁹ occire, Richard passera outre, & nous laissera, puis nous mettrons ensemble pour retourner à seureté, & tãdis Richard qui sçait la regiõ pourra estre bien loing auant qu'ils en sçachent rien, & s'il plaist à Dieu, il se sauuera par ceste maniere qu'en bref temps nous aurons secours, & pourrons sortir par asseurance. Lors les François voyans que la chose n'estoit pas asseuree, cõmencerent à plorer pour la pitié de leurs affaires. Richard voyant ses compagnons plorer pour luy, dit. Messeigneurs ne vous doutez de rien. Si Dieu me fait grace que ie me puisse trouuer outre le Põt de Mantrible, ie vous ameneray tel secours que serez tous deliurez, & les Barons respondirent: Iesus te doint bien aller, & mieux retour: Apres ce, ne dirent plus mot, & la nuict vint que chacũ s'en alla iusques au lendemain pour accomplir leur entreprise.

Comme apres que Richard de Normandie fut party, le Roy Clarion courut apres luy, lequel fut occis par ledit Richard.

CHAP. II.

GRAND ennuy vint aux Pairs de France, quand Richard de Normandie se deuoit partir pour aller au Roy Charlemaigne. Le matin quand ils vindrēt aux portes de la Tour, en laquelle ils trouuerent grād multitude de Sarrzins, qui se tenoient là, à fin que nul des François ne peust yssir dehors, parquoy par l'espace de deux moys, il ne sçeurent oncques trouuer moyē de saillir dehors, mais vn iour que l'Admiral estoit à la chasse vn peu loing & qu'il faisoit feste planiere, & qu'vne nuict la garde du pont fut oubliee. Et adōc les Barons s'armerent, & monterent à cheual, & allerēt courir iusques aux hostelleries, mais quand ils furēt apperceuz des mauuais infidelles Payēs les trompettes commencerent à sonner si fort qu'incontinent gens innumerables furent assemblez pour courir aux Pairs de France. Et quand les Pairs furent enclos, chacū faisoit son deuoir de batailler. Le Duc Richard en plorant tendrement, commanda à Dieu ses cōpagnons, & secrettement se partir, & se mit hors du chemin pour tirer à son auenture, & auāt que les nobles Barōs de France fussent en leur logis, plusieurs des Payens furēt occis. Ainsi entrerent en la Tour, & quand ils y furent, ils veirēt Richard qui ia auoit passé l'ost, & en plorant le recommanderent à Dieu. Richard de Normandie cheuauchoit rudement, & auoit peur d'estre assailly. Et quād il fut loing au haut d'vne montaigne, son cheual se print à saigner d'eschaufoison, dont il douta fort qu'il ne fust empesché, & dit, O Dieu mon pere mon createur, à qui ie me suis totalement donné, auiourd'huy preserue mon corps de mes ennemis, tellemēt que ie ne perde la vie, & fit sur luy le signe de la croix, luy estant en ce lieu le iour apparut clair. Les Payens qui estoiēt en leurs logis le pouuoiēt bien voir, & premier l'apperceut Bruland de Mommiere, & Sortibrant de Conimbres, qui estoient ensemble, lesquels l'allerent dire au Roy Clarion, Payen mout puissāt, nepueu de l'Admiral, & luy dist Bruland, Sire voyez cy vn messager des Barons de France, qui s'en va, & est party d'auec ses cōpagnons, & si vous ne pensez d'y mettre secours, il nous en prēdra mal: car il va à Charles conter leurs affaires, il nous pourra tourner à grand dommage. Quand le Roy Clarion ouyt les nouuelles, prestement fut armé, & monté sur vn braue cheual, le plus merueilleux que iamais fut veu: car pour courir trente lieuës, il n'estoit nullement lassé. Et print son escu & vn espieu de fin acier, quarré & aigu, & courut celle part, comme s'il fust enragé, & les autres Sarrazins apres. Richard monta à cheual, sans sçauoir qu'il fust poursuiuy, & disoit, O mon Createur, donne moy consolation & grace, que ie puisse veoir Charles le puissant Empereur, auquel ie suis enuoyé, afin que mes cōpagnons qui sōt en la tour courroucez & desolez, ie les puisse faire ioyeux. Lors se signa deuotement, & ainsi qu'il estoit en ce pensement, regarda derriere luy, auisa les Sarrazins qui venoient apres luy & estoient plus de quatorze mille desquelz le Roy Clarion, neueu de l'Admiral venoit deuant les autres, & les precedoit de beaucoup : toutesfois Richard se trouua sur vne petite montaigne, & regarda vers les payens, & les vit venir contre luy fort affectionnez. Lors vous pouuez bien imaginer en quel estat estoit son cueur, quelle chose il pouuoit penser qu'on feroit de luy qu'elle nouuelle pouuoiēt attēdre les Pairs de France ses cōpagnons, quand il estoit seul pour soustenir la fureur d'vne si grande compagnie, puis pensoit qu'il ne pouuoit fuir. Tātost Clariō l'eut attaint sur celuy coursier, qui couroit plus fort qu'vn leurier, & estoit d'vn costé tout blanc comme lis, & de l'autre costé estoit rouge comme feu embrasé, sa queue auoit la façon d'vn Paon, le bout de derriere haut leué, & gouté aussi menu comme vne perdry pourroit estre, & grosses cuisses, les pieds plats, petites oreilles, & la crine du col blanche les narines larges & bien fort amples, deuant estoit moult large, & les yeux vers & clairs. Et auoit la selle d'iuoire les frains de la bride de fin or entrelassez, & beaux estriers de fin or, & poitrail bien magnifiquement aorné, & richement estoit sanglé à quatre grosses sangles bien seurement. Sur luy auoit plus de cent clochettes de fin or, sonnant melodieusement. Et le payen le frappa des esperons aspremement, tellement que le cheual fit vn saut de biē vingt pieds de long, & puis escria Richard en disant, Par Mahom mon Dieu souuerain, mes Tager vous ne le serez de vostre vie. Quand Richard l'entendit tout le sang luy mua, & dit Sarrazin pourquoy és tu de telle intention contre moy, que t'ay-ie mesfaict? ie ne t'ay rien offencé ne robbé ton thresor. Ie te requiers par amour, que tu ne me vueilles destourber : & si tu le fais ie le tiendray à vn grand seruice, & te iure qu'vne fois te sera guerdonné par moy. Le payen respondit, certes François tu parles de folie, & de Mahom sois ie maudit si i'en fais rien ie ne te laisseray aller pour la moytié du thresor du monde. Et quand Richard sceut son intention il s'auança contre luy : & le Payen vint à Richard & de son espieu le frappa durement sur son escu. Mais il estoit si dur que il ne le fauça de son espieu ne le fauça pas tout outre. Sur ce le duc Richard qui estoit plein de colere & d'yre contre le payen de mort affectionné vint à luy auec son espee trenchante. Et ainsi que le cheual du payen failloit outre, Richard frappa le Payen par le neu du col : tellement qu'il luy fit voller la teste loing du corps la longueur d'vne lance, & cheut le corps à terre, puis d'escendit de dessus son cheual & monta sur celuy du payen qui estoit merueilleux contre tous, dont Richard pouuoit dire que iamis ne fut si bien pourueu de cheual car si puissant estoit qu'il eust porté sept cheualiers armez auant qu'vne goutte d'eau on l'eust faict suer : & pour nager & passer vne riuiere parfonde c'estoit chose nompareille que de luy & apres qu'il fut ainsi monté à son aise il dit à son premier cheual par bonne affection, O gentil cheual Doustin par toy ie suis courroucé: quand ie ne te puis conduire en quelque lieu à mon plaisir. Ie prie à Dieu qu'il te doient prendre tel chemin que tu puisses seruir aux Chrestiens en plusieurs batailles tu, m'as bien seruy de ton grãd seruice comme à moy appartient. Ie te remercie grandemẽt & adonc il se mit à chemin & les Sarrazins qui venoient apres luy trouuerent leur Roy tout mort, duquel ilz furent si surprins de melencolie & de dueil qu'ils ne seurent faire autre chose sinon de courir premierement au cheual de ce vaillant Duc Richard & s'approchant pour le prendre, il n'y eut onc homme si hardy qui l'osast toucher, tant celuy cheual faisoit grande defence, & se mit à chemin courant pour retourner dont il estoit party,

Comme le cheual de Richard de Normandie vint passer parmy l'exercite de l'Admiral, fut veu & cogneu des Pairs de France qui pensoient qu'il fut mort, & comme il fut mis en garde pont de Mantrible.

CHAP. III.

Richard de Normandie cheuaucha hastiuement l'espee au poing, & les Sarrazins qui couroiẽt apres luy trouuerent leur Roy mort dont la teste estoit d'vne part & le corps de l'autre. Il ne faut pas raconter la melencolie en laquelle ils estoient submis, quand le chef des payẽs par faute de secours fut desconfit, & pour chose qu'ils fissent ils ne peurent retenir le cheual de Richard, & le premier qui le vit venir fut l'Admiral: lequel appella Guerrand, fils du Roy Grehier, & Sortibrant de Conimbres, & leur dit, Par mon Dieu Appolin quand ie m'auise, ie doy bien aymer mon neueu le Roy Clarion, & tenir cher entre les autres, ie regarde qu'il à mis à mort le messager des Francois il est ainsi, voyez son cheual qui reuient & commanda qu'on le prinst, mais quand le cheual vit qu'on le vouloit prendre, il courut & s'esprouua & ne cessa de courir iusques à ce qu'il fut à la porte du palais ou estoient les autres barons enclos. Et quand les François virent venir le cheual de Richard ils furent effrayez & vindrent ouurir la porte, il entra dedans, & quand la porte fut close, ils s'arrengerent autour du Cheual par compassion de dueil en plorant piteusement, premierement dit le Duc Naymes, Ha Richard de Normandie, ie prie à Dieu qu'il te soit en bon confort, & qu'il ait pitié de ton ame, ie cognois bien que pour ta mort iamais ne serons secourus ne de ta part iamais n'aurons adiutoire. Ces parolles ouyes par Roland & Oliuier, & les autres, ils plorerent amerement. Lors vint Floripes, laquelle en faisant grãd dueil dit, Seigneurs en l'honneur de Dieu laissez vostre dueil, nous ne scauons encores comme la verité se porte & ainsi qu'ils estoient en ces pensemens les Sarrazins vindrẽt qui auoiẽt laissé aller Richard, lesquels en vn grãd tourment apportoient mort le Roy Clariõ

Et quand l'Admiral les vit venir, tout desesperé en entendement s'escria, Et comment mon neueu est il sain & en bon point? Les Sarrazins, luy dirent, Sire Admiral, nous ne saurions mentir Clarion est mort, & plus n'en con uient parler. L'Admiral oyant ces parolles, il cheut à terre quasi comme mort, parquoy fut demené grand dueil. Les Sarrazins faisant ce tourment, les Barons de France les vont ouyr & entendre, specialement Floripes, laquelle sauoit mieux le langage. Quand elle sceut la cause de leur dueil, elle vint aux Barons de France & leur dit en parlant à Roland, Sire, sauez vous pourquoy les Sarrazins meinent si grand douleur? c'est chose vraye que Richard vostre messager à occis le Roy Clarion, & gaigné son cheual, auquel il n'en y a point de pareil en tout le monde de bonté, & tant de la mort de Clarion, comme de la perdition du cheual, ils meinent ce tourmẽt que vous voyez, parquoy ie vous prie que chacun face son deuoir à faire bonne chere. Oliuier dit à Roland, Mon compagnon d'armes, vous ne scauez commes ie suis ioyeux des nouuelles que vous oyez, & ie vous iure que si ie suis aussi seur de passer ce danger de vie, que si i'estois au plus fort chasteau de France, benoist soit Richard, quand il à faict vn si noble portement, & ainsi le dirent ses compagnons. Tandis que Richard chenaucha, l'Admiral fit venir vn hõme nommé Orage, & le fit monter sur vn dromadaire, pour porter ses lettres à Galaffre, qui gardoit le pont de Mantrible, & luy dit, Garde bien que tu ne cesses de courir, iusques à tant que tu sois à Mantrible, & dy à Galaffre, pourquoy il à laissé passer les messagers de Charles outre le põt lesquels m'õt fait tãt d'ennuy, ainsi que tu le scauras bien dire, & ie iure Mahom mon Dieu qu'il fit vne grande folie. Puis d'autre part le messager des François y va, & s'il aduient que Charles le sache il viendra à nous, & nous voudra mettre en sa subiection: parquoy dy à Galaffre qu'il garde biẽ le pont, qu'il ne passe vn Francois ou autre estranger. Et luy dis plus outre que s'il fait autrement, ie luy feray creuer les yeux, & mourir honteusement. Sire, dit, Orage, ie feray vostre commandement: sachez que ie feray autant de chemin en vn iour, comme l'autre en quatre: car pour faire cent lieuës continuellement, iamais ie n'en fus lassé. Et ainsi se partit de l'Admiral sur vn dromadaire, & n'arresta iusques à ce qu'il fut à Mantrible, & parla à Galaffre, Sire ie ne te celleray que l'Admiral est mal content de ce que tu as laissé passer les François outre le pont, qui luy ont porté grand dommage: car ils sont logez à la maistresse tour, & la tiennent en subiection, les Dieux auec Floripes sa fille. Et ont occis le plus valeureux de tout la court de l'Admiral. Et la cause pourquoy ie suis venu si hastiuement est telle: car apres moy vient vn messager, qui est des Barons de France, lequel va querir aide ves Charles leur Roy, & à faict mourir le Roy Clarion: parquoy garde toy qu'il ne passe: car si tu fais autrement tu ne sauras trouuer maniere de sauuer ta vie, que tu ne meure vilainement. De ces parolles fut perturbé Galaffre, & remply de grand yre pour son courroux, faisant laide chere: & commença à escumer comme vn sanglier eschauffé: & print vn baston pour frapper le messager, si ceux qui estoient presens ne luy eussent osté: toutesfois il monta sur vne tournelle, & au son d'vne trompette plusieurs gensd'armes qui estoient en nombre de quinze mille, l'esquels furent bien tost à cheual, & passerent le pont. Et quand ils furent passez, le pont fut leué: & coururent ça & là, pour rencontrer le messager des Barons de France.

Comme Richard de Normandie passa la riuiere de Flagot moyennant vn cerf blanc qui se trouua deuant luy.

CHAP IIII.

RIchard de Normandie messager des prisonniers, cheuauchoit en grande doute, vous le pouuez bien considerer. Et en cheuauchant il regarda outre deuant luy, & vit toute la terre couuerte de ces maudits Payens. Cecy voyant tout perturbé dit. O Iesus à ceste heure soyez garde de mon corps, & conseruateur de mon ame: car ie voy bien le declin de ma vie: si ie me mets à batailler, i'auray la teste couppee, & si i'entre en ceste fiere, hideuse & mauuaise riuiere, ie ne pourray passer outre à ceste fois il me conuient mourir, & si m'est force de retourner à mes compagnons, ie feray vne grande faute au conte Roland auquel i'ay promis de faire mon message. Parquoy mon Dieu, ie ne scay dire autre chose sinon que t'a volonté soit faicte. Tu scais mon intention selon qu'elle me gouuerne. Luy estãt pres de la riuiere, les Sarrazins firent grand bruit en venant à luy, entre lesquelz le neueu de l'Admiral s'auança de courir contre luy, en criant, O messager quelque tu sois pense de mourir, tu as ia trop cheuauché: il est heure que la mort du vaillant Roy Clarion soit vengee. Ces parolles proferees par colere ne pleurent pas fort à Richard: mais en fut si mal content que subitement il esprouua son cheual contre luy tenant vn espieu carré & agu lequel il auoit conquis de Clarion, & vint à luy, & le frappa en la poictrine, & faussa son escu, & cheut mort, puis print le cheual par la bride qui estoit doree, & alla à la riuiere, & regarda qu'elle couroit plus viste qu'vn carreau d'arbalestre, & bruioit comme foudre tellemẽt que galee ne autre engin n'y pouuoit aller seurement par dessus & par grand contrition de cueur se recommanda à Dieu luy priant le preseruer de mort iusques à ce que Charles eust eu nouuelles de luy & nostre Seigneur Iesus-Christ qui iamais ne laisse au besoin ses amis, monstra vn grand signe d'amour qu'il auoit à Richard: car Richard de Normandie estant en ceste meditation de passer outre, Dieu enuoya vn cerf blanc qui passa par deuant Richard. La riue de la riuiere estoit si haute, que c'estoit tant qu'on pouuoit

pouuoit ruer du bas en haut: mais par le vouloir de Dieu, la riuiere commença à enfler contremont, tellemẽt que l'eau passoit par dessus la riue, si haut qu'õ ne pouuoit nager sans trouuer contraire, & puis c'estuy cerf se mit en l'eau, & Richard regarda derriere luy & vit venir les Sarrazins pour le mettre à mort. Et adonc se recommanda à Dieu de bon cueur, & fit le signe de la croix sur luy, ayant tousiours en son cueur le nõ de Iesus qui le preserueast de mal talent, & qu'il se trouuast outre la riuiere. Adonc les payens voyant ce furent esbahis & perturbez, & n'y eust personne qui se mist à faire comme luy. Car incontinent l'eau retourna en son premier estat. Les payens eurent fort grãt dueil qu'ils ne peurent auoir le messager. Galaffre qui estoit le plus mal content vint au pont, & aualla les chaines: & commanda aux payens sur peine de mourir qu'ils ne cessassent que Richard ne fust prins: lequel Richard se trouua outre en bõ point & deuotement mercia Dieu de la grace qu'il luy auoit faite, & descendit de son cheual pour le ressẽgler, puis cheuaucha deuant les Sarrazins, & menoit à d'extre l'autre cheual, & ne les douta plus, car en brief il pensoit trouuer Charlemaigne. Les payens ce voyant s'en retournerent: car autre chose ne scauoient que faire.

Comme Charles fut en propos de n'aller plus auant par le conseil du traistre Ganelon, & ses compagnons.

CHAP. V.

PEndant ce temps que Richard de Normandie cheuauchoit, qui estoit lassé l'Empereur Charles estoit tout pensif, & courroucé de ses Barons, qui estoient detenus par l'Admiral: & luy voyant qu'il n'en auoit nouuelle: il manda Ganelon, Geoffroy de Hautefueilles, Aubry Macaire, & plusieurs autres: entre lesquelz Regnier de Gennes, pere d'Oliuier y estoit ausquelz il dit, Seigneurs ie suis en grande tribulation : la cause est apparente, de mes Barons & plus speciaux qui furent enuoyez pour messagers à Baland l'Admiral : ie voy que nul ne nous rapporte nouuelles : parquoy sachez que de mon faict, ie me desprise moymesmes, dont à plus forte raison les autres me deuroient despriser, & ie vous iure que iamais ne regneray: mais ie veux tout laisser. Tenez la couronne de maiesté, prenez la : car ie m'en depose d'icy en auant. Ganelon qui la estoit en fut bien ioyeux, quelque semblant qu'il en fist, dit, Sire Empereur, si vous me croyez : faites oster ces tentes & pauillons, & qu'on trousse tout le bernage sur les sommiers, pensez de vous en retourner: car si vous allez plus auant, iamais ne retournerez: le pays d'Aigremoire est moult fort, & puis Baland est de grand fiereté, & auec ce, il a tous les Payens en son aide, & pource que Fierabras son fils est tenu par vous & faict Chrestien, de tant il est plus affectionné contre vous. Et d'autre part vos Barons ne sont point vifs, ie vous asseure, retournons en France, nous auons laissé plusieurs de nos enfans & parens qui deuiendront grands & auant qu'il soit vingt ans ils porterõt armes, & alors eux auec nous viendrons en Espaigne, pour conquester les terres & Seigneuries que nous auons entreprins, & recouverons les sainctes reliques dont il me prend grand pitie : & plus vous vengerez la mort du noble Roland pour quoy vous auez telle melencolie: car iamais ne le verrez. Quand l'Empereur Charlemaigne ouyt les parolles de Ganelon, il en eut si grand dueil qu'apres il cheut pasmé, & ne parla d'vne heure: & en plorant amerement, il dit à luy mesmes: Pauure chetif & mal'heureux que feras tu? si te mets à retourner tu seras deshonnoré : il vaut mieux perdre la vie, que d'estre ainsi vituperé. Apres qu'il fut reuenu à soy il dit aux Barons qui estoient là, veu le cosneil que Ganelon m'a donné, lequel ne m'a peu plaire : si ie m'en retourne sans prendre vengeance des nobles Barons qui ainsi sont detenus, iamais de moy on ne tienda conte : mais seray vituperé à bon droit. Lors, Macaire, Aubry, Geoffroy, & des autres plus de cent, qui estoient traistres & parens de Ganelon, dirent ensemble tous d'vn consentement, Sire Empereur ne proposez de faire autrement que Ganelon vous à dit : car il à parlé sagement. Pensez de retourner en France, sans plus aller auant, nous sommes vingt mille hommes qui auons fait serment ensemble, que pour chose que vous puissiez dire ou faire nous, n'irons plus outre : car puis que Roland est mort, ils ont perdu leur confort: celuy qui estoit le chef de la conseruation de leurs personnes. Charlemaigne tout triste respondit, O Dieu de Paradis, comme suis ie exterminé? si ie m'en retourne sans venger mes Barons, ie feray pauurement: quand ils soustenoient la Couronne Imperialle & mon vouloir: & ie m'en retourne sans les venger, celuy qui ma donné tel conseil ne m'aime gueres, ie le voy bien. Regnier, pere d'Oliuier, se leua & dit, O Empereur, si tu crois es parolles qu'on t'a dites, ton gouuernement se portera si mal, que par eux toute France sera gastee & mise à neant : à qui qu'en soit le dommage, il s'en passe de leger. Lors Alory qui estoit des traistres, vint auant, & dit à Regnier, Vous auez menty de ce qu'auez dit : & ne fust pour ce que le Roy est present vous auriez le chef couppé : nous sçauons bien qui vous estes vostre pere Guerin ne fut iamais que de basse condition, & tout vostre lignage ne sont que gens de neant. Regnier ne peut porter ceste iniure : mais il vint à luy, & le frappa du poing tellement qu'il le mit à terre. Et là firent plusieurs reproches, & y eut tel debat, que si le Roy n'y eust esté & n'y eust mis tranquillité, ils se fussent occis l'vn l'autre : car plus de mille se trouuerent du lignage de Ganelon, mais Fierabras, qui estoit present les blasma fort. Et d'autre part le Roy qui iura sa Couronne, que s'il y auoit homme qui commenceast meslee, qu'il le feroit pendre comme larron prouué de quelque estat qu'il fust, par ainsi ils eurent peur d'offencer, & n'en fut plus parlé : nonobstant que le conseil fut prins entr'eux qu'ils mettroient à mort Regnier. Charles fit venir deuant luy, & leur dit, Seigneurs, vous m'auez faict grand vergongne : mais si elle n'est amendee, ie feray iustice. Toutesfois fut force pour obeyr au Roy, que Alory à genoux criast mercy à Regnier & iamais ne l'eust fait, n'eust esté pour appaiser la fureur du Roy. Apres ce l'Empereur dit son opinion, que s'il retournoit arriere, ce sera deshonneur. La Geoffroy de Hatuefueille pere de Ganelon, qui dit, Sire Empereur, ie suis ancien & ay veu beaucoup: parquoy me séble q̃ me deussiez croire, aussi tost q̃ hõme qui soit icy: vous sçauez que moy & mon fils Ganelon, vous auons tousiours aimé, & celuy qui vous à conseillé de retourner à bon droict. I'ay desia le corps lassé de porte armes, & soyez seur qu'auant qu'il soit vingt ans, les enfans qui sont en France seront grans & puissans à porter armes, & se trouuerons en si grande compagnie, que legerement pourrez conquester les Espagnes, & vengerez la mort de Roland, & des autres compagnons. Et quand Charlemaigne entendit ces parolles il ploura amerement & luy fut force de retourner en France : parquoy à son de trompettes on cria la retraicte. Si furent assemblez les artilleries & les armes & harnois troussez, dont la compagnie des traistres furent bien ioyeuse, & plusieurs des autres furent bien mal contens, & specialement le Conte Regnier, qui retournoit sans son filz le noble conte Oliuier, dont vous pouuez penser en quel estat estoit son cueur : car il auoit son confort perdu.

Comme apres la complaincte du Roy Charlemaigne, Richard de Normandie vint à luy, luy raconta toutes les affaires des Pairs de France & ce qu'il en fut.

CHAP. VI.

QVand Charlemaigne fut en chemin pour retourner il luy print remors de Roland, & des autres, comme il les laissoit, sans faire son deuoir, & s'arresta, en disant, O mal-heureux que ie suis, ie puis bien mener vn grand dueil, quand ie laisse les hommes que i'aymois le plus, & m'en vois qu'en ie les deusse venger: à bon droit i'en seray tenu bien fol, & vitupeté. O Roland, mon neueu comme ie vous aime, pourra tant viure vostre oncle, qu'il venge vostre mort ne plaise à Dieu mon createur que iamais ie ne porte couronne, veu la pauureté de mon faict. Cecy disant, à peu qu'il ne cheut pasmé. Et grand dueil fut faict à celle heure. Helas dit Charlemaigne, bien mal auisé ie fus quand ie vous enuoyay à l'Admiral Baland: bien fus cause de vostre perdition. En faisant ce dueil, sa compagnie faisoit tel bruit de retourner leur bernage, que cestoit merueilles. Ainsi qu'ils commencerent à cheuaucher l'Empereur Charlemaigne regarda cõtre Orient, & de loing vit venir Richard sur son cheual, & tenoit en sa main son espee nue : parquoy l'Empereur manda des plus grands de sa compagnie, & fit arrester l'ost. Ie voy dit, il venir vn cheuaucheur qui faict grand bruit: & meine à dextre vn courcier, & me semble que c'est Richard de Normandie, dont ie prie Dieu qu'en ce iour me doient bonnes nouuelles de Roland & des autres Barons s'ils sont en vie. Adonc voicy Richard qui fit saillir son cheual deuant le Roy lequel le salua, & dit Richard de Normandie, comme vous portez vous? qu'est deuenu mon neueu Roland, & les autres Barons? estes vous tout seul sont ils vifs ou morts? dites le moy ie vous prie. Richard luy respõdit, Sire Empereur Roland & les autres, quãd ie party d'eux il estoient en Aygremoire, en vne forte Tour, assiegez par l'Admiral, & sont enuironnez de cent mille Sarrazins. Et sachez que l'Admiral est vn homme moult fier, & a iuré Mahom son Dieu, que iamais ne partira de deuant, qu'ils ne soient tous pendus par le col & d'auenture vos Barons ont auec eux Floripes la courtoise fille dudict Admiral, la plus belle que iamais fut veuë, laquelle a en sa garde les Reliques que tant desirez, & vous mandent par moy que vous les secouriez, & si vous leur subuenez, vous pourrez conquester le pays d'Espaigne, & des biens assez, Le Roy Charles eut grande consolation, & iura S. Denis, que Ganelon estoit bien traistre, tout plein de mauuaistié, & que iamais sa parolle ne son conseil ne seroit escouté en sa court: car ie voy que de par luy ne demeure que Roland ne soit mort. Or ça gentil Richard la Tour en laquelle ils sont est elle bien garnie de viures, & pour defendre vn peu de temps? S'ils peuuent tenir six iours ie feray mourir l'Admiral, & tous ses complices. Sire respondit Richard, ie vous diray la verité: l'Admiral est fier à merueilles & plein de cruauté, & à grand multitude de gens, qui tiennent l'espace de deux lieues : la ville ou il habite est forte à merueilles, & remplie de tous biens, & deça est le pont de

Mantrible, où le passage est mout dãgereux, les murailles de ceste cité sõt faictes de marbre, encimẽtees & fortifiees de grosses tours, & y court vne riuiere mout hideuse, qui se nomme Flagot, de parfond a deux lances, & bruict si impetueusement qu'il n'est nauire qui y peust passer, & y est le pont, qui dure bien demie lieuë: & au milieu y a vne tour de marbre, si forte qu'on ne la pourroit abatre. La porte est garnie par dedans de barrieres de fer, bien seures: le portier de la garde de ce lieu est vn Payen, grand, gros & hideux: tellement qu'il ressemble mieux vn diable qu'vne personne. Il est noir cõme peige bouillie, & a dix mille cheualiers en sa cõpagnie: pour quoy ie sçay bien que nous n'y passerons point par force: car pour assaut qu'on leur pourroit faire, ils ne doutent riẽ. Et pource il nous faut passer par subtilité: car autrement ne pourrons nous passer. Il conuient que aucuns soient dessous leurs vestemens bien armez, & par dessus porteront vne grande chappe de drap, & leus espees dessous, & viendront apres nous noz sommiers de marchãdise, & vous auec la cheualerie serez en ce petit bois, & que chacun soit en poinct, & quand nous aurõs gaigné la premiere porte, ie sonneray mon cor, & lors vous viendrez, & par ainsi nous aurõs passage au plaisir de Dieu, & viendrõs à nostre intention. Ce conseil fut biẽ prouué par le Roy Charles, qui dõna la benedictiõ à Richard, pource qu'il auoit bien dit: ainsi fit mettre ensemble tous ses gens, & en bon poinct, lesquels furent armez subitement, les estendars furent leuez, & l'oriflambe descouuerte. Richard donna son cheual au Duc Regnier, & lierent herbe & foin, & trousserent sur plusieurs sommiers en guise de marchans, chacun bien armé dessous la chappe, & l'espee ceinte: monterent à cheual, couuerts afin qu'on ne se print garde, & estoiẽt cinq cẽs Cheualiers de grãd façon, & accueillirent deuant eux les sommiers par bonne entreprinse. Richard alloit deuant de grande representation, le Duc Hoel de Nantes, Guy de la Vallee, Riol du Mans, qui estoient vaillans cheualiers, & aussi le Duc Regnier, pere d'Oliuier & ainsi se mirẽt en chemin sans arrester. Et l'Empereur Charlemaigne à tout sa Baronnie, demoura en vn bois, cõme feray mention.

Comme par le moyen & conseil de Richard de Normandie, auec quatre autres cheualiers, le fort pont de Mantrible fut gaigné, non pas sans grãd peine. Et quel homme estoit Galaffre.

CHAP. VII.

L'Empereur Charles, auec cent mille hõmes demoura au bois deuant dit, & Richard de Normandie. Hoel de Nantes, Riol & Regnier: gens qui estoient vaillans, se mirent à chemin pour aller au pont & menoient des sommiers bien chargez. Et quãd les compagnons de Richard virent la riuiere de Flagot ainsi bruire, & l'entree de Mãtrible si fort, le pont si dangereux à passer, & les portes de fer enchainees, ils furent mout esbahis, car pour y venir par assaut, toute la puisſance des Chreſtiés n'y euſt peu entrer par ce lieu qui n'aualleroit le põt. Riol demanda à Richard que ce pouuoit eſtre de ce lieu, il luy reſpondit. Sçachez que c'eſt la plus forte cité qui ſoit d'icy à Acre & y a plus de mil hommes armez dedans. Hoel de Nãtes en fut effrayé, & ſe recommanda à

Dieu qu'il les voulſiſt garder. Seigneurs, dit Richard, i'iray deuant, & parleray le premier : & quand nous aurõs paſſé la premiere porte, gardez que vous n'oſtiez voz chappes pour frapper deſſus ces Payés, & pour choſe qui vous vaille, que l'vn ne faille point à l'autre. Riol du Mans reſpondit. Ne doutez que quãd ie ſeray auec Sarrazins que ie ne face ſi grand deuoir qu'il apparoiſtra, & ſi ie ne fais cõme ie dis, ie veux eſtre reputé meſcreant. Apres ces parolles, ils haſterent leurs ſommiers cõtre le pont, & Galaffre les veit de loing, & puis s'arreſta pres de la premiere porte, & tenoit en ſa main vne grãde hache d'acier : & n'eſtoit rien que celle hache ne trenchaſt, celuy Payen eſtoit grãd & de forme hideuſe, de telle repreſentation qu'il reſſembloit mieux vn diable qu'vne perſonne raiſonnable : les yeux auoit ſi enflambez : & eſtoit noir comme peige bouillie : la gorge auoit grande d'vne paulme, & de nez auoit plus de demy pied : les oreilles auoit ſi grandes qu'elles pouuoiẽt bien tenir demy ſeptier de bled : les bras auoit ſi longs & courbez, & les pieds tortuz, & le demourant du corps eſtoit tout contrefait. L'Admiral Balãd l'aimoit mout, & eſtoit ſon nepueu, & pour la confiance qu'il auoit en luy, donna le pont de Mãtrible à garder, à cause du passage qui estoit le plus fort de toutes les marches de ce pays. Lequel Payen estoit Connestable de toute la terre de l'Admiral. Pourquoy il n'estoit pas besoing que personne des François fussent cogneuz de luy: car iamais vn seul n'en fut eschapé. Quãd ils furent à Mantrible, Richard passa deuant, & quand il fut à l'entree du pont, Galaffre vint à luy, & dit, Vassal qui estes vous, pourquoy venez vous icy? Richard cõme sage, changea son langage, & parla Arragonnois. Sire ie suis marchand qui viẽs de Tarrasçon, auec autres marchands, & meine draperies & voulons aller aux marchez, moyennant le Dieu Mahom, auquel nous allons presenter noz marchãdises, & si nous estions en Aigremoire, nous donnerions à l'Admiral aucuns dons precieux que nous portõs. Ces autres marchans qui sont icy sont esclaues, & ne sçauẽt le langage: pourquoy beau sire mõstrez nous s'il vous plaist comme nous deuõs faire, & par quel lieu nous deuons aller. Galaffre respondit, ie suis garde du pont & des passages d'icy entour: mais deuãt hier passerent par cy sept gloutons François, qui estoient messagers de Charles, qui ne m'ont pas encores payé le tribut. Toutesfois l'Admiral les tient, desquels en est eschappé vn coyemẽt, comme larron, & estoit monté sur vn cheual le meilleur que iamais ie veis, & passa outre ceste eaue courãte, qui m'a occis mon cousin le Roy Clariõ, dont i'ay grãde melancolie. Or pleust au dieu Mahom qu'il fust sur ce pont ie le fendrois iusques au milieu du ventre, sans auoir de luy pitié. L'admiral depuis s'est douté de trahison pour son fils Fierabras, qui a renié Mahom & la loy Payenne pour deuenir Chrestien, & m'a mandé par trois fois que ie ne laisse passer personne, ne seigneur, ne cheualier, ne seruiteur, & que i'aduise biẽ la façon de tous pour sçauoir la vostre, mõstrez quels vous estes. Richard voyãt ce, baissa le menton, Riol du Mans, Hoel de Nantes, & Regnier de Genes entrerent auant sur le pont. Quand Galaffre les veit, il se commença à douter & leur dit qu'ils n'entrassent plus auãt & s'auança en tirant le pont, & ne furent leans sur le pont que quatre desquels il ne se doutoit point, & il leur dit par grand fierté: vous auez esté bien hardis quand vous estes entrez ceans sans mon congé, & pourtant tous quatre serez emprisonnez, & les autres qui viennent apres vous: & demain vous transmettray prisonniers à l'Admiral pour faire de vous à son plaisir, deffublez ces chappes, pour veoir que vous portez dessous: car vous semblez gens de malle affaire. Ce disant, il print Hoel par le chapperon & luy fist faire deuant luy quatre tours. Ie ne pourrois endurer, dit Riol, qu'on fist plus iniure à mon cousin: & si plus le souffre que ie sois confus. Adonc il deffubla sa chappe & frappa sur le Payen: mais il estoit si fort armé, qu'il ne le sçeut dommager, sinon qu'il luy couppa vn peu de l'oreille: Richard & Regnier aussi furẽt deffublez, chacũ l'espee en main fraperent tous ensemble dessus Galaffre, & maints coups luy ont donné, mais le corps ne la teste ne pouuoient entamer, car il estoit tout armé de la peau d'vn vieux serpẽt. Ce Payen fut courroucé & cuida frapper Riol, & haussa sa hache mout tranchãte, mais Riol veit venir le coup & fut habille de se tourner arriere & le coup frappa à terre, tellemẽt qu'il fendit la pierre de marbre, sur laquelle le coup se trouua. He Dieu de Paradis, dit Regnier, comme il frappe outrageusement, ie suis esbahy de la puissance de ce diable que ne pouuons conquerir ne greuer. Lors il print vne grosse piece de bois qui estoit lõgue & forte & aduisa le Payen & vint contre luy, tellemẽt l'attaignit qu'il le fit tresbucher à terre, & quand il se veit cheut il fist vn cry si haut que la riuiere & les roches en firent grand bruict. A celle voix les Payens de Mantrible furent assemblez, tãt qu'en peu d'heure ils se trouuerent plus de dix mille armez. Grand commotiõ se fit en ceste heure, & Richard de Normandie courut au pont, & l'aualla, & entrerent les cinq cens cheualiers que les quatre Barons auoiẽt amenez auec eux, mais à l'entrer les Payens les rencontrerẽt. Adonc grand meslee se fit, & maints coups se sont donnez, & plusieurs se trouuerent morts & naurez. Richard print son cor, & sonna hautemẽt trois fois. Charles l'entẽdit bien, qui estoit au bois auec toute sa puissance, & chacun fut à cheual bien tost, & n'y eut personne qui cessast de courir iusques au pont. Ganelon le traistre s'y porta vaillamment: car il fut le premier qui se trouua sur le pont, l'estendart leué. Mais la loyauté de luy & de ses parés ne dura gueres, comme verrons au dernier liure.

Comme par force de mortalité, & de bataille, Charles entra en Mantrible, apres que Galaffre fut mort, nonobstant que Alory traistre luy vouloit estre contraire, & autres matieres.

CHAP. XIII.

A L'entree de Mãtrible plusieurs furẽt occis, tant des Frãçois que des Sarrazins: & à celle heure, l'Empereur y fit grand pottemẽt, celuy qu'il attaignit de son espee, falloit qu'il mourust, tant frappoit durement: & celuy iour Ganelon estoit bien pres de luy, lequel faisoit grand deuoir: les fossez estoient profonds & pleins d'eau, dont plusieurs furent plongez dedans. Quand Charles passa deuant ses gens, & il veit Galaffre qui n'estoit point mort, & sembloit mieux vn diable qu'à vne personne raisonnable, & tenoit sa hache en sa main, dont il auoit mis à mort plus de trente François, dont l'Empereur estoit courroucé, & paraduenture il eust porté grand dõmage aux Frãçois le voyant ainsi, à paux & perches ils l'ont occis. Le bruit fut si grand, qu'à cinq lieuës à la ronde les Payens ouyrent le cry, comme le pont de Mãtrible estoit cõquis: parquoy à ces nouuelles vindrẽt plus de cinquãte mille Sarrazins armez, pour faire ayde aux citoyens de Mãtrible, à destruire tous les François, les murailles de la ville estoiẽt de marbre, & si fortes que biẽ estoit chose impossible à conquester.

A celle

A celle meslee vint vn Geant mout fier, qui se disoit Ampheon, & auoit sa femme nommee Amiote, partie de Geans, qui auoit fait sa gesine de deux fils, qui n'auoient que quatre mois, chacun d'eux auoit de long enuiron dix pieds, comme dit l'histoire. Cestuy grand Geant ouurit la porte,

& tenoit en sa main vn pal de fer, gros & massif. Quand il fut outre la porte, à sa voix tenebreuse & diabolique, il va crier, Où est Charles le Roy de France? Veut il parler maintenant de porter les Reliques à sainct Denis? Par Mahom auquel ie me conforte, il vaudroit mieux au vieillard rassotté qu'il fust maintenant à Paris, & sçachez de certain q̃ si l'Admiral le tient iamais de luy n'aura mercy, mais le fera pendre ou escorcher tout vif, ou brusler en vn feu. Apres qu'il eut parlé, il mit à mort plusieurs François de ce pal de fer. En celle rencontre furẽt trouuez vne si grãde multitude d'hõmes, qu'ils faisoiẽt empeschemẽt aux autres. Charles qui veit la façon, descendit à terre, courroucé en son courage, & mit son escu deuãt luy, l'espee au poing & s'en vint droict à ce Geãt, & apresque le Roy & luy furẽt assemblez, Charles à tout ioyeuse le frappa si rudemẽt qu'il le fendit iusques aux pieds, & puissamment recouura son escu, & puis le fit cheoir à terre, dont biẽ tost apres il fut mort: parquoy les Sarrazins furẽt espouuentez & cõme gens enragez frapperent sur les François, de dards & de plõbees, & autres engins mortels. Charles cria secours pour mettre ses gẽs ensemble. A celle voix furent pres de luy Regnier de Gennes, Hoel de Nantes, & Riol du Mans, qui tous auoient courages de Lyons. Ces quatre Barõs auec Charles, firent remuer les Payẽs, & entrerent dedans la ville de Mantrible. Et les Turcs qui estoiẽt plus de dix mille vindrent à la porte pour la fermer, en faisant grãd defense à tout arcs & autres traicts, sans les autres qui venoient apres, & qui gardoient les passages, qui estoiét bien cinq mille: mais ils ne sceurent trouuer la maniere de leuer le pont, car il fut conserué par les François qui y vindrent. Grand bruict se fit en celle rencontre, & si Charles se douta, ce ne fut pas de merueilles: car il sçauoit que si les Sarrazins eussent leué le pont cõtre la porte de la ville, il n'estoit pas à luy possible de passer outre, & luy voyant leuer contre les portes les grosses barres de fer, pensa bien qu'il ne passeroit pas outre, & de cueur dolent il commença à regretter Roland son neueu, & les autres, comme si iamais il ne les pensast voir. Richard cecy considerant dit, Sire Empereur, en l'honneur de Dieu ne vous esmerueillez, mais pensons de chapeler ces Turcs & frapper sur eux, Dieu nous aidera, vous sçauez qu'il n'est si franc ne si valeureux que s'il se veut acouardir qu'il ne soit mesprisé, & à bon droit ie prie à Dieu qu'il soit confondu qui se laissera prendre tout vif pour mourir apres, & qui n'aime mieux estre chaplé & mis en pieces que de retourner, & sans plus sermonner, auãçons nous car à ceste fois il est besoing que chacun prouue sa force & valeur. A celle parolle d'vn grand courage entrerent en la ville Charles, Regnier, Hoel, & Richard, ces quatre seulement l'espee en la main, & deuez sçauoir qu'ils n'entrerent point sans meurtre de ces Turcs & Payens. Charles voyant venir grand multitude de Sarrazins cria à l'arme & secours hautement. Ganelon l'entendit, & luy en print pitié mout grande, nonobstant qu'à la fin ne se trouua pas bon, il s'en vint à Geoffroy, & escria Hautefueille, son pere & ses autres parens qui estoient armez en nombre de mille, & tous à pied vindrent assaillir la porte, les Turcs firent grande deffense, à tisons de bois, barres de fer, & autres traicts mortels: & pour lors furent plusieurs morts & naurez des gens dudit Ganelon. Lors Alory traistre vint, qui dit, Nous sommes bien fols de nous faire mourir & mettre à tourment, & puis dit à Ganelon, Bel amy, allõs nous en, Charles est leans bien empesché, ne plaise à Dieu que iamais en saille, & tu peux voir que de luy & de Regnier maintenãt nous auons vengeance des contradictions qu'ils nous ont faictes & de leurs subiects semblablement, de malle mort puisse-il mourir qui plus auant les suyura, car nous pouuons gaigner France à nostre vouloir & la tenir sans cõtradiction, veu qu'il n'est Baron qui se mist à nous vouloir estre contraire. Ganelon respondit, Ne plaise à Dieu que ie face telle trahison à mõseigneur droicturier, nous tenons de luy noz terres & seigneuries à sa mort, nous n'aurions pas cause que nous facions nostre deuoir. Quand Alory l'entendit, à peu qu'il n'enragea, & luy dit, vous estes fol tout approuué, qu'allez attendant quand maintenant venger vous pouuez? si l'Empereur Charles est occis, les autres Barons auront la teste couppee: & par ainsi de tous noz ennemis nous aurons vengeance propice, laissez tout, & vous en venez. Ganelon respõdit, Ne plaise à Dieu que ie sois trouué traistre à monseigneur, ne que ie le laisse ainsi empesché que ne face mon deuoir, i'aimerois mieux estre desmembré qu'en ce faict estre blasmé. De ces parolles fut mal content Alory & Geoffroy de Hautefueille: tellement qu'il en fut grand debat entre eux. Lors Fierabras en bon poinct cria à haute voix, Charles, le traistre respondit, Sire, iamais ne le verrez, il est enclos leās & cuide qu'il est mort. Fierabras respondit, Et vous autres, qu'attendez vous que ne le secourez? de ce fait vous pourrez estre de trahison reprins, & à bon droit: puis commēça à crier secours & aide, parquoy à sa voix les François vindrēt sans arrester iusques au beffroy, & Fierabras trouua Ganelon qui ia auoit laissé les traistres alentour du pont. Fierabras fut ioyeux quand il veit que le pont n'estoit leué: parquoy luy & Ganelon firent grand deuoir d'entrer en la cité & quand ils y furent & les traistres veirent la ville ainsi gaignee par maniere de faire grand deuoir, ils entrerent apres, & frapperent auec les autres, par tel accord, que si grande abondance de sang couroit parmy la ville, des corps morts & blessez, que chacun s'en esmerueilloit. Les Sarrazins crioyent comme loups, & quād ils veirent qu'ils ne pouuoient resister, ils manderent l'Admiral, qu'il les secourust, & reclamerent Mahom & Taruagāt qu'ils leur vousissent aider: car fort se desconfortoient, & lors furēt deboutez de leurs maisons, & pillez de leurs richesses, en ce faisant vn messager se partit secrettement pour aller à Aigremoire dire nouuelles de leur destruction.

Comme Amiotte la Geante auec vne faux feit grād deuoir contre les Chrestiens, & comme ses fils furēt baptisez & de l'Admiral Balād quand il sçeut les nouuelles.

CHAP. XI.

QVand Mantrible fut prins, maints coups y furent donnez: mais quand Amiotte la Geante ouyt les citoyēs, mout fut perturbee. Elle estoit noire comme peige bouillie, les yeux auoit rouges comme ardans, grosses leures & visage tortu: grande de la hauteur d'vne lance, & toute effrayee, tant de la mort de son mary, cōme de la peur de ses deux fils, desquels estoit nouuellement releuee: voyant cecy comme esgaree saillit de sa maison & trouua vne faux mout trenchante, & vint sur les François & en fit grande desconfiture, tellement qu'ils n'osoient soy mettre deuant elle. L'Empereur Charles ce voyant, fut mal cōtent de la mort de ses gens, & demanda vne arbalestre, & quand il la tint, il tira à elle, si droit qu'il l'attaignit entre les sourcils: & elle cheut à terre comme morte, & commença à ietter par la gorge vne flambe de feu hideuse, toutesfois tant fut frappee de pierres & autres choses, que iamais ne se bougea, parquoy apres ce les portes de la ville & autres defences ne furent gardées que le roy Charlemaigne ne fit à sa volōté. Et grādes richesses trouuerent en ceste ville de Mātrible, & bien refaits en furēt les subiets de l'Empereur Charles, de l'or & argent qui y estoit mout abondāmēt, car l'Admiral Baland, à cause du lieu qui estoit fort

&seur, y auoit mis de grãds thresors. L'Empereur Charles en fit contens tous ses gens, grands & petis, tant le fit par bonne maniere. Et demoura trois ou quatre iours en ce lieu distribuans les biens & richesses selon les degrez & qualitez de ses subiets. Et ainsi qu'il s'en alloit esbatre pres Flagot, en vne cauerne furẽt trouuez les deux enfans dessus nommez, fils d'Amiotte la Geãte, desquels il fut ioyeux & les fit baptiser, l'vn il nõma Rolãd & l'autre Oliuier, & les fit nourrir doucement: mais auant deux mois ils furent trouuez morts en leur lict, dõt l'Empereur fut marry. Toutesfois en ce temps, qui estoit le mois de May, la forte cité de Mãtrible fut prinse. Charles fit venir à luy Richard de Normãdie, Regnier de Gennes, Hoel de Nãtes, & Riol du Mans, & prindrẽt conseil lequel garderoit le passage de Mãtrible, tandis qu'ils deuoient destruire Baland, & mettre hors de prison les autres Pairs de France. Richard respondit, Sire Empereur, bon sera que Hoel & Riol demeurent pour le garder, accompagnez de cinq mil hommes. Et ainsi que Richard le dit, il fut fait, & demourerent leans, & les naurez se firent guarir à leur loisir, & puis à son de trõpettes, l'ost de l'Empereur fut en point pour aller à Aigremoire, & estoient en si grand estat que c'estoit merueilles. Quand il furent vn peu loing, l'Empereur monta sur vne petite montaigne pour regarder tous ses gens, voyant la multitude il leua les yeux vers le ciel, & dit, O Sire Dieu Createur par vostre grace m'auez faict seigneur & conducteur de ce peuple, de bon cueur ie vous rends louange. Grande puissance m'auez donnee quand i'en puis faire à ma volonté. Apres qu'il eut ce dit, il se mit à chemin, & bien faisoient besoing, car l'Admiral auoit les batailleurs de treize contrees. Les François cheuaucherent: Richard fit l'aduantgarde, & le Duc Regnier fit l'autre, & allerent outre la terre de Surie. Et l'Admiral sçeut que Galaffre estoit mort, & que Mantrible estoit prinse & descõfite dont il se pasma de dueil, & cria cõme s'il eust esté hors du sens en disant. Ha Mahom, que ta force est bien faillie, mauuais Dieu recreãt, tu ne vaux rien, & bien est fol qui en toy se fie, quand tu m'as laissé mourir mes hommes, & as consenty à mon deshonneur. L'Admiral print vne massue & courut à Mahom & luy donna si grãd coup sur la teste, qu'il le rompit. Si l'Admiral & les Payens n'estoient bien abusez, ils pouuoiẽt cognoistre leur infidelité & faute de creance d'inuocquer & adorer les ydoles, lesquelles n'ont nulle puissance. Toutesfois Sortibrant de Conimbres voyant la desolation de l'Admiral, le consola & luy remonstra l'iniure qu'il auoit faicte à Mahom. Si luy dit l'Admiral: Ie ne me pourrois encliner à luy faire obeissance, voyãt que Charles a gaigné ma cité & forte Tour de Mantrible, là ou i'auois mon dernier confort pour moy tenir pour le plus fort. Sortibrant respondit, & dit, Sire Admiral, enuoyez vn espie pour sçauoir si l'ost de Charles vient contre vous, & s'il est vray, cheuauchons contre luy en bataille, & s'il peut estre prins & ses gens, les pendre, & puis vous pourrez ietter de vostre tour ces glourons qui la gardent : & vostre fils Fierabras qui leur aide, aura la teste couppee , & criez mercy à Mahom que auez offencé, & luy priez qu'il vous soit en aide. Quand l'Admiral ouyt Sottibrant il se tourna vers Mahom en intention de faire ce que dict est cy deuant.

Comme les Pairs de France furent assaillis plus fort que iamais , & la tour quasi mise par terre , & reconfortez par les sainctes Reliques par eux adorees, & autres matieres.

CHAP X.

SOrtibrant pria tant l'Admiral auecques le vieil Roy Cordaire, Tempeste & l'Admiral Baland qui pour l'iniure qu'il auoit faicte à Mahom, ils luy firent amender. L'Admiral fut content pour leur affection & iura qu'il augmenteroit Mahom d'vn mille pesant (selon leur coustume) de fin or & d'autres presiositez. Puis fit sonner trompettes, & autres engins : au son desquelles furent assẽblez Sarrazins innumerables, tous armez, & fit porter l'Admiral ses engins pour ietter grosses pierres, afin qu'il peust mettre bas la Tour, & aussi qu'il destruisist les François & sa fille Et ainsi plus furent qu'ils n'auoient iamais esté, & assaillir celle Tour, & ietter ses engins contre : dont ces mescreãs firent cinq pertuis à cinq coups & par le moindre fust passé vn chariot à son aise. Quand cecy ce faisoit, Roland Oliuier estoiẽt aux fenestres, leurs escus au col, & l'espee en la main & n'y eust si hardy d'entre eux, qui lors ne fust esbahy, nonobstant qu'ils auoient bon vouloir d'eux defendre : tousiours celuy qui les pensoit attaindre de pierres & autres traicts, iamais ne leur faisoit dommage. Cecy faisãt l'Admiral cria, O mes amis & subiects faites deuoir de mettre par terre celle Tour : car si vous le faittes, vous aurez mon amour entiere. Et puis Floripes la putain feray mourir en feu ardent : car bien la deseruy, en me faisant deshonneur. Apres ces parolles les Payens furent plus fermes & courageux sur les Barons, qu'ils n'auoient esté parauant. Et par force d'engins eschelerent la Tour & monterent aux pertuis : tellement que les Barons ne tenoient sinõ le meilleur estage qui y fust. Roland voyant cecy leur dit Seigneurs, en l'honneur de Dieu le Createur, faisons tous bons portement, ou autrement nous ne passerons point ceste iournee que ne soyõs prins & defaits. Compagnons dit Oliuier, nous sommes ceans tant cõme il plaira à Dieu & tous bons batailleurs, au nom de Dieu ie conseille que nous yssions dehors pour assaillir nos ennemis, i'ayme mieux mourir la dehors , & me faire chapeler , que mourir ceans en deshonneur. Oger & les autres dirent tous ainsi Floripes ce voyant fut marie, & parla aux Barons qui se mettoient à chemin pour assaillir les payens, & leur dit Francs Cheualiers d'hõneur,ie prie Dieu qu'a ceste fois vous doient victoire,& faire bon portement, & ie vous promets que si issez hors de cestuy assaut present ie vous montreray chose dont vous serez ioyeux. A ces parolles les Barons frapperent & chappelerent ces Turcs si tresrigoureusement que plusieurs furent morts & n'aurez, qui estoient aux pertuis faicts en la Tour : tellement que plus de cent furent iettez aux fossez. Et apres que les Barons eurent gaigné les pertuis, & deietté les ennemis, incontinent furent clos & estoupez. Lors Floripes demanda premierement le Duc Naymes, & Thierry duc d'Ardaine, & dit, Seigneurs desia vne fois m'auez promis que vous ne ferez chose outre ma volonté. Ie vous veux monstrer la Couronne de Iesus, & deux cloux dont il fut cloué, que i'ay gardé longuement. Les Barons voyant cecy, vont plorer de ioye, & luy iurerent qu'ils ne feroient à elle que toute loyauté Floripes alla querir le coffret moult riche & beau, & puis deuant eux le va ouurir. Et apres que les reliques furent descouuertes, grande clarté y fut veuë, & grande resplandeur. Les Barons s'enclinerent deuotement, eux frappant à la poitrine par grãde contrition de cueur. Le duc Naymes fut le premier qui les baisa en grande reuerence, & les autres apres : puis vindrent aux fenestres: car les payens estoient montez en haut, & aussi tost qu'ils les virent tous en vn broit tomberent à terre, morts & desrompus. Quand Naimes vit ce il dit, O Sire Dieu qui peut tout faire, ie te rends graces & louanges : car ie voy & cognois que ce sont les Reliques dont nous auons parlé souuentesfois. Incõtinent print hardiesse & courage, & dit à ses compagnons, Frere maintenant nous sommes reconfortez, & iamais nous ne douterons payés ne Sarrazins. Et puis Floripes print les Reliques, & les mit au coffret honnestement. L'Admiral vit les Princes aux fenestres, & la fille auec eux. Plein de fausse intention, s'escria à haute voix à fin qu'il fust entendu, O Floripes belle, fille ie voy bien ou vous estes, moult fut fol vostre pere, quand en vous se fia, & plein de fol conseil fut cestuy qui mit en vostre main moyennant vostre langage, les premiers prisonniers. I'ay ouy piéça dire que bien fol est l'homme qui se fie en femme en chose d'importance : mais toutesfois vostre puterie ne durrera gueres : car ie vous iure que ie departiray les amours que vous auez auec ces Frãcois, & chacun de vous ie feray ardoir sans pitié de nully auoir Floripes ouir les parolles, & print vn baston, & fit signe de menasses à son pere : parquoy l'Admiral voyant cecy, commença à sonner, & fit conuoquer ses gens, & traire pierres & beffrois contre celle Tour, tellement que biẽ tost vne partie tomba terre. Adonc les François se douterẽt fort de ceux qui montoient amont. Et vindrẽt en vne chambre Roland Oliuier, & Oger ou estoient Mahom, Apolin, Taruagant & Margot, les dieux moult riches Roland print Apolin, qui estoit moult pesant, & le ietta sur les payẽs, Oliuier Taruagant, & Oger tint Margot, &

en frapperent les Sarrazins, tellemēt que ceux qui en furent attains ne leur firent iamais dommage. Quand l'Admiral vit vituperer & ietter ses dieux, il print tel yre, & si grand courroux en son courage que de dueil il tomba comme mort. Sortibrant à tresgrands pleurs le leua sus. Et auec luy plusieurs plorerent, & firent tresgrande desolation, & puis dit l'Admiral, Seigneurs & amis, à tousiours sera mon amy special, celuy qui vengera la honte que ses gloutōs ont faict à mes dieux. Sortibrant mit grād' peine à le reconforter, & le voulut consoler, en disant qu'en bref temps se vengeroit de tous, veu que la Tour estoit faussee en plus de quinze parties. O Mahom dit l'Admiral, bien m'auez oublié à mon besoing, vous estes rassotté, i'ay veu le iour que vous auiez grande puissance. Sire, dit Sortibrant vous auez mauuaise coustume quand sur Mahom parlez ainsi mallement vous sçauez que oncques ne fut n'ia ne sera si bō Dieu: il nous donne planté de bled, de vin, & d'autre biens assez, il fera assez pour nous quand il aura pensé: maintenant il est mal contēt contre vous pour le coup que vous luy auez donné sur le nez, attendez vn peu qu'il soint desenflé, les François vous rēdra bien tost que vous tiendrez à vostre plaisir. Lors Mahom fut apporté deuant luy, & vn diable entra dedans, qui parla en ceste maniere, apres que de tous fut adoré Sire Admiral, ne vous desconfortez point, faictes sonner vos trompettes & cors, assembez vos gens & puis assaillez ceste Tour, car ie vous dy qu'a ceste fois vous prendrez les François. Apres ces parolles l'Admiral fut resiouy, & fit crier l'assaut de rechef, & tous les beffrois, & gresles, & autres engins à ietter pierres, furent en grand poinct, tirerent contre la Tour qui estoit ia biē corrompue, & firent si grand portement, qu'à peu de faict tout venoit par terre. Les nobles Pairs de France voyāt cecy, eurēt meditation de danger, & non pas sans cause. Toutesfois Oger le Danois dit à ses compagnons loyaux, remplis de fidelité, sur peine de mourir gardons qu'entre nul de nous ne soit trouué raison & matiere hors de pensement, infidelité & couardise, vous voyez maintenant que la Tour va par terre, & à peu de faict ces mastins Sarrazins seront meslez auec nous: mais quand est de moy ie iure Dieu que deuant que l'ame me parte du corps, & que i'auray la puissance, & qu'en ma main ie pourray tenir ma bonne espee Courtain, ie feray grande desconfiture de ces maudits Payens. A ces parolles le conte Roland regarda Durandal, & les autres regarderent les leurs, & furent renouuellez de force, & tous d'vne volonté vont à puissance sur les payens, & firent telle diligence que tousiours furent Seigneurs de la Tour, & reculerent les payens. Florippes considerant leur affection estoit fort dolente, voyant qu'il ne leur venoit nul secours, & aussi considerant les menasses de son pere: mais Guy la reconforta si bien qu'elle fut contente.

Comme les François ouyrent nouuelles de l'ost du Roy Charles, & l'Admiral aussi. Et comme Ganelon s'y porta vaillamment, & quand tout seul fut enuoyé à l'Admiral.

CHAP. XI.

LEs François estans en ceste peine continuelle de batailler. Le Duc Naimes monta sur vne fenestre, & vit en la vallee vne enseigne de S. Denis qu'on portoit bien hautement & grand compagnie apres : si pensa qu'ils les venoient secourir, il appella les Barons pour venir veoir celle baniere. Quand Floripes entendit les parolles elle vint à eux en disant, Glorieuse vierge Marie, vous soyez honoree des parolles que i'ay ouyes. Guy mon amy approchez vous, & me baisez. De la ioye de Floripes furent ioyeux les Comtes: pouuez pẽser s'ile furent consolez, quand ils virent l'estandart de France, ou estoit le dragõ figuré. Grand ioye estoit entre eux, & à bonne cause, veu le danger ou estoient. Lors vn Payen vint à l'Admiral, & dit cõme Charles auec cent mille hommes armez venoient, faisant grand bruit. Le Roy Caldore cõseilla que chacun fust armé, & qu'on allast au deuant de luy, pour le confondre de prime face. Son conseil fut approuué par l'Admiral, & par les autres: parquoy cinquãte mille Turcs furent assemblez pour garder le val de Iosué, à fin qu'on ne peust venir en Aigremoire Roland vit Richard, & l'estendard qui venoit deuant, & s'arrester et pour faire repaistre leurs cheuaux: car la nuict approchoit. Et ainsi se hebergerent sans aucun logis : car les tentes estoient demourees à Mantrible. Le matin le Roy fit armer ses gens, & mettre en poinct, & dit à Fierabras, Amy cher, tu scais que ie t'ay fait baptiser, dont ie t'aime mieux : si tu veux pourchasser que Baland ton pere se vueille faire baptiser, & renoncer à Mahom, & à ses Dieux diaboliques, i'en seray bien ioyeux, & s'il ne le fait, force me sera de batailler contre luy : & si mal en vient tu ne m'en sauras mal gré ie n'en pourray mais. Sire Empereur, dit Fierabras: prenez vn messager & luy mandez s'il veut ce que vous dites, & i'en seray content : car s'il contredict pour luy iamais ne priray ne pitié de luy n'auray si ie le vois mourir. Lors Charles mãda Regnier & Richard qui estoient ses prochains conseilliers, & leur dit Seigneurs lequel vous semble estre le plus propice pour aller faire ce message à l'Admiral: à mon aduis que Ganelon sera bon pour bien racompter & à luy parler entierement : ie le cognois suffisant : & vous sçauez qu'il fit grand portement à l'entree de Mẽtrible, si vous voulez consentir à moy il fera le message. Le Roy appella Ganelon, & luy dit mon amy nous vous auõs esleu pour aller dire à l'Admiral Baland qu'il se face baptiser & qu'il Regnie Mahom, & qu'il prenne Iesus Christ pour son Dieu qu'il croye en luy & en sa passion, & qu'il me rende mes barons qu'il me tient en prisõ & aussi les reliques que long temps ie

luy

luy demande: & s'il fait cecy nous luy laisserons son pays & sa terre, & si autrement le veut faire nous luy ferons guerre, & ne le prendrons à mercy. Ganelon fut content d'y aller seulet, & se fist relier son heaume & monta sur vn cheual, nommé Gascon, à son col pendu son escusson, & estoit son lion painturé, puis s'ẽ alla en la valee de Iosué, si fut prins des Turcs qui gardoient le passage. Et quand ils seurent qu'il estoit messager pour parler à l'Admiral, ils ne le destourberent point ne empescherent autrement, & ne cessa point d'aller tant qu'il fut deuant l'habitation de l'Admiral & puis se appuia sur sa lance à belle contenance, & ressembloit Baron de grãd valeur pour bien dire son message comment qu'il aille. Et quand l'Amiral sceut les nouuelles il vint, & Ganelon luy parla en ceste maniere. Sarrazin entens à moy. Ie suis messager du Roy de France, lequel te mande par moy que tu regnie mahom & tous les autres dieux diaboliques, & croy en Iesus-Christ, qui print chair humaine & souffrit mort en l'arbre de la croix pour rachepter le monde, & si tu le fais tu es asseuré de non pas mourir & ne perdras rien de ta terre, & si tu seras tousiours aimé de luy & de Fierabras ton Fils. Et si tu contredits, saches de certain que de Charles tu es deffié & tous tes gens: & si tu te veux sauuer, pense d'aller hors de ceste terre, car si tu peux estre tenu, tu seras liuré à mort: & tous tes gens seront desmembrez & occis, & puis donera ton Royaume à ses seruiteurs: pourtant auise biẽ le passage. Quand l'Admiral l'ouyt à peu qu'il n'entagea de ces parolles, & par destresse de dueil print vn baston pour frapper ledit Messager, & luy dit. Glouton paillard, tu es bien demesuré en ton langage. Par Mahom à qui ie me suis donné: ceste fois tu as esté bien hardy, & peu t'ayme Charles quand il t'enuoye à moy car iamais ne luy raconteras ton message. Lors commanda qu'il fust prins. Ganelon voyant qu'il n'estoit pas bien illec, print son Espieu, qui auoit le fer quarré & aigu, & donna tel coup à Brulant de Mommiere en la poitrine qui le trauersa tout outre cheut aux pieds de l'Admiral, lequel voyant, cria moult fort, & à sa voix furent à cheual plus de cent mil Turcs pour prendre Ganelõ, lesquels coururẽt apres luy par le val de Iosué mais il ne fut point attaint. Le Duc Naimes estoit aux fenestres qui le vit chasser, si le monstra à Roland & à Oliuier, lesquels cogneurent qu'il estoit Chrestien, & par estimation faite entr'eux il iugerent que c'estoit Ganelon qui parloit à l'Admiral. Helas dit Roland, ie prie au Redempteur qu'il te doient passer outre sans danger, bien seray mal content si tu ne viens à ton desir. Les autres barons disoient ainsi, & prioiẽt Dieu pour luy. Ganelon couroit tousiours, tant qu'il fut au haut de la montaigne, puis se tourna contre les payens. Adonc vit venir contre luy vn gros payen de la cité d'Aigremoire, si tira son espee nommee Murgalle, laquelle estoit fort trrchante & attaignit le payẽ sur son heaume & le fendit iusques à la poitrine, puis occit Tenebres qui eſtoit frere du Roy Sortibiãt. Oliuier vit ſon portement, & dit à Roland, Regardez la vaillance que ce Baron a faite, ie prie à Dieu qu'il le vueille garder, & ſachez qu'en mon cueur ie l'aime tant excepte vous & Charlemaigne que ie n'en ay point de plus cher, pleuſt à Dieu que ie fuſſe maintenant en ſa compagnie grand martire ferois à ces payens : toutesfois Ganelon fut fort chaſſé des meſcreans : mais quand ils virent l'oſt de Charles, ils s'en retournerent, & conterent tout l'affaire à l'Admiral, & comme ils eſtoient plus de cent mille combatans, parquoy ils conſeillerẽt que chacun fuſt armé & tout preſt, mais quand Sortibrant ſceut que ſon frere eſtoit mort, fit venir grand compagnie de Sarrazins, pour venger ſa mort en menaſſant Charles De ſon intention fut bien ioyeux l'Admiral. à fin qu'il peuſt venir à ſon vouloir.

Comme l'Empereur Charles ordonna dix batailles. Et comme ils furent rencontrez de la puiſſance de l'Admiral, ou l'Empereur fit merueilles & les autres auſſi

CHAP. XII.

GAnelon retourné au Roy Charles, il ordonna dix batailles apres que Ganelon luy eut conté ſon meſſage qui fut tel. Sire Empereur, ie vous dis de par l'Admiral, qu'il ne priſe ne doute, ne vous ne vos faicts & dicts, ne Dieu, ne ſes ſaincts : mais à eſte auenture qu'ils ne m'ont occis car i'ay eſté chaſſé de dix mille Payens, apres que l'Admiral m'a voulu detenir, & ſi leur ay occis vn de leurs Roys : parquoy il fut loué du Roy & d'autres puis il fit ſonner les trompettes, fut ouuerte la guerre de toutes parts. Roland ouyt bien le ſon des François: parquoy tous s'eſiouirent, Quand les deux oſtz ſe furent rencontrez, tout le pays reluiſoit de leurs armes : car, comme i'ay dit, le Roy fit dix batailles. La premiere, il ordõna à Richard Le duc Regnier eut la ſeconde, Ganelon la tierce, Alory la quarte, Geoffroy la cinquieſme, Macaire la ſixieſme, Hardre la ſeptieſme, Amanguis la huictieſme, Sanſon la neufieſme. De la dixieſme fut conducteur Charles, & en chacune auoit dix mille hommes. Quãd l'Admiral vit venir le Roy Charles, il dit à Bruland qu'il feroit le premier à entrer en bataille, auec cent mille Payens, & que s'il prenoit Charles, qu'il ne fuſt occis, ne auſſi Fierabras, car il leur vouloit faire coupper les teſtes. Adonc Bruland commença à aller vn traict d'arc deuant les autres, en criant, Haro, haro où eſt Charles à ſa mauuaiſe chere? ie viens à luy, grand folie tu entreprins quand tu paſſas la mer, & trop tard t'en repentiras : auiourd'huy ſera la fin & definement de ta vie & de tes gẽs & ſeras rendu à l'Admiral, & ton païs ſera gaſté L'Empereur ouyt bien ces parolles : parquoy tout furieux laiſſa courir ſon cheual, & il vint contre ce payen, & l'attaignit tellement que les harnois furent fauſſez : puis tira ſon eſpee, & ne le laiſſa tant qu'il fut mort. Et de la vint à vn Turc, Roy de Pierre lee, & le frappa tellement qu'il fut mort. Et quand ſa lance fut briſee, fit grand devoir auec Ioyeuse son espee car celuy qu'il attaignoit iamais ne luy faisoit peur, il fit lors merueilleux portement. Les deux osts se meslerent tellement que iamais ne fut guerre si mortelle: car ceux qui estoient vifs, furent empeschez des morts. Entre les payens auoit vn Turc nommé Tenebres, qui vint faire grand bruit contre les Francois, & le premier qu'il attaignit fut Richard de Pontoise, sur son escu & le mit en pieces, & le faussa par le corps, tellement qu'il cheut mort, puis tira son espee, & mit à mort Hoon de Guernier l'ancien, & dit aux François, qu'à ce iour Charles & ses subiects auoiét perdu force. Richard de Normandie eut despit de ces parolles, & vint contre luy, & l'attaignit tellement qu'il luy faussa son haubert, & mit en piece son escu & cheut mort, en luy reprochant ces parolles deuant dites: puis par force ils surmôterent le val de Iosué. & puis vindrent trouuer Baland l'Admiral, & sa puissance, lequel estoit accompagné de quatre Roys, & de cent mille combatans, tant à pied qu'a cheual. Si vint vn messager à l'Admiral, & luy conta comme Bruland son frere estoit mort, & plusieurs. Adonc l'Admiral manda Tempeste son neueu, Sortibrant de Conimbres, & ses plus speciaux amis, & leur dit mes Barons, si iamais vous m'auez aimé & si vous auez intention de me faire plaisir, faites tant que vous trouuiez le Roy Charles, car ie veux aller à luy, & suis intentionné de combatre ma personne contre la sienne: mais seulement que ie le puisse occire, il ne m'en chaut seulement que i'en sois vengé. Sortibrant & plusieurs autres considerant l'estat de l'Admiral, commencerent à plorer de pitié en le reconfortant.

Comme en ceste bataille suyuant Sortibrant fut occis par Regnier, pere d'Oliuier: & apres l'Admiral fit merueilles, & grand ennuy aux François.

CHAP. XIII.

BAland l'Admiral monta à Cheual sur le mieux courant de son pays fort bien armé & aussi noir que mure & estoit gros de corps, & bien membru, & grand barbe auoit iusques à l'arçon de la selle, & blanche neige. Si fit sonner ses cors & bucines, & fit aller deuant ses archers, qui sauoient tirer aux arcs Turquois, & tous furieux l'vn sur l'autre firent guerre mortelle, & plus espaisse que gresle voloient les sagettes en l'air, & tant de gés moururent la, que les chemins estoient tous empeschez des corps morts Le duc Regnier passa outre & le premier qu'il rencontra fut le Roy Sortibrant, & luy donna si grand coup que son escu ne luy valut rien: car son haubert fut tout cassé & rompu, tant qu'il luy fit baigner sa lance en son corps bien auant, & demoura là tout mort, puis tira son espee, & fit si grãd meurtre de ces Turcs que c'estoit merueilles. L'Admiral sceut bien tost la mort de Sortibrant dont à peu qu'il ne forcena de rage, & dit, O Sortibrãt mon amy special, ie voy q̃ i'enrage, si ie ne venge vostre mort. Lors il fit bruire son cheual, & courir sur les François, si depiteusement que celuy qu'il attaignoit, il mettoit à mort & vint à Huon de Milan, & l'occit, dont ce fut dommage & batailla à celle heure si fort qu'il mit à mort sept Frãçois moult valeureux en disant, O François mal'heureux maintenant vous feray cognoistre que l'Admiral d'Espaigne est venu auiourd'huy, & sera l'ost des François destruit, & n'y aura nul qui iamais repaire en son pays i'emmeneray le Roy Charles auec moy, & le pendray nud, & le feray ardre, & auec luy Roland & Oliuier & leurs cõpagnons. Adonc les Payẽs s'enhardirent & firent grand deuoir contre les François. A ceste meslee Ganelon & tout le lignage firent grãd portement: car en peu de temps par eux fut occis plus de mille Payens. L'Admiral attaignit le Conte de Millan, tant qu'a peu qu'il ne demoura en la place, & du coup il couppa le col de son cheual, & cheut à terre, puis le print & mit deuant luy pour l'emporter, mais le lignage de Ganelon le sauua non pas que plusieurs n'y fussent morts, toutesfois les Francois estoient surmontez des payens, si ce n'eust esté Fierabras, qui pour l'amour de Charles se mit à batailler: & fit grande desconfiture de payens. Il mit à mort tempeste & le vieil Rubion, & plus de quarente autres & tellement se portoit que nul ne pouuoit resister contre luy.

Comme les Pairs de France qui estoient en la tour vindrent hors quand ils virent l'ost. Et comme l'Admiral fut prins & detenu prisonnier.

CHAP. XIIII.

Les François & payens perseuerans tousiours en mortelle bataille ne peurent mettre fin l'vn sur l'autre: car la multitude des payens estoit si grande qu'on ne la pouuoit desconfire. Quand les contes qui estoient en la tour virent le fait & que les gardes de la tour estoient allez au secours de l'Admiral, ils saillirent dehors, & prindrent chacun vn cheual de ceux qui estoient morts, & chacun l'espee en la main vindrent aux Sarrazins pour passer outre iusques aux François, & firent passer specialement Roland: car celuy qui sentoit Durandal, iamais ne se boutoit deuant luy. A celle departie fut cherement recommandé Guy de Bourgongne par Floripes: car elle auoit grand peur de luy toutesfois quand ils furent assemblez auec les autres sans eux faire cognoistre allerent aux payens & les tindrent de si pres qu'ils ne sceurent que faire de eux laisser occire & mettre en fuite: car oncques alouettes ne fuit deuant l'Espreuier comme les Sarrazins fuioient deuant Roland. L'Admiral cogneut bien sa destruction pour l'aduenement des Pairs qui estoient en la tour, & s'escria Mahom à qui ie suis donné, & à qui i'ay tant fait d'honneur, & que veux tu dire? m'as tu oublié? souuienne toy de moy maintenãt & ie te iure que si tu ne m'aides, & iamais ie te puis tenir, ie te battray tant les flans que iamais ne feras bien & te creueray les yeux mauuais Dieu. Lors se disant il fut tellement poursuiuy

& frappé qu'il cheut sous son cheual, puis prins, & non occis à la requeste de son fils Fierabras, afin qu'il fust aduisé de croire en Iesus Christ & en la saincte Trinité, & qu'il se baptisast, & tout son pays. Adonc la bataille print fin, celuy qui ne se vouloit conuertir estoit mort incontinent, les autres furent detenuz. Apres ce, les François se desarmerent, & là Charles veit ses Barons qu'il aimoit tant, specialemẽt Roland son nepueu, & Oliuier le valeureux, il n'est pas à dire la ioye qui fut entre eux, & la consolation inestimable de Charles. Adonc ils denoncerent tout comme il leur estoit aduenu, & les dangers où ils auoiẽt esté. Dont le Roy Charles & plusieurs autres plorerẽt de pitié, & dura cecy par plusieurs iours là ou les malades se firent guarir, & les sains reduisans le temps en ioye.

Comme l'Admiral Baland, pour admonition qu'on luy feit, ne se voulut point baptiser, & fut occis, puis Florippes fut baptisee, & espousee à Guy de Bourgongne, & couronnee Royne de celle contree.

CHAP. XV.

QVand Charles eut appaisé tout, il fit venir l'Admiral Baland deuant sa noblesse & luy dit: Baland, toutes creatures raisonnables doiuent honneur & reuerence à celuy qui a donné estre, cognoissance & vie, & est necessaire que celuy ait honneur & reuerence qui a faict le ciel & la terre, & ce qui y habite: parquoy, à bon droict il est superieur de tout, grand abusion est comprinse en celuy qui donne esperance en ce qu'il a faict de sa main, & matiere morte insensible, & qui n'a raison ne ame. Comme les dieux diaboliques qui ne sçauent dõner consolation, parquoy ie t'admõneste pour le salut de ton ame, & pour la preseruation de ton corps & de tes biens, que tu ostes les iniquitez & affections peruerses. Croy en la saincte Trinité, le Pere, le Fils, & le S. Esprit vn seul Dieu tout puissãt, & croy que le fils de Dieu pour reparer l'offence du premier pere Adam, descendit en terre, & print chair humaine au ventre de la Vierge Marie, qui estoit toute pure, & sans macule, & croy les cõmandemẽs qu'il nous a donnez pour nostre salut, & comme il fut prins des Iuifs, & pendu par enuie en la croix, pour nous racheter des peines d'enfer, croy sa Resurrection & Ascẽsion en corps glorifié, & autres choses, cõme le sainct Baptesme qu'il a estably: & si tu me crois tu feras ton sauuemẽt & ne perdras ton corps ne tes biens. L'Admiral respondit qu'il n'en feroit rien, & iura que pour mort ne pour vie il ne laisseroit Mahom. L'Empereur tenant son espee luy dit, que s'il ne le faisoit qu'il le feroit mourir. Fierabras ce voyant, se mit à genoux & pria son pere qu'il fist ce que le roy disoit. L'Admiral douta la mort, & dit qu'il estoit cõtent, & que les Fons fussent prests. Charles fut fort ioyeux & fit emplir les Fons de belle eau, & apprester vn beau bassin. Alors l'Euesque & les gens d'Eglise sacrerent les Fons, & les mirent à poinct. Et quand l'Admiral fut deuestu, l'Euesque luy demanda, Sire Baland, reniez vous Mahom, & criez vous mercy à Dieu de Paradis, de voz mesfaicts, & croyez en Iesus Christ, fils de la glorieuse Vierge Marie? Quand l'Admiral ouyt ces parolles tout le corps luy commença à fremir: & en despit de Iesus cracha aux Fons, puis print l'Euesque & le vouloit noyer aux Fons, si l'eust plongé dedans, n'eust esté Oger qui l'empescha, & donna à l'Admiral du poing sur le visage, si que le sang par la bouche luy saillit en grãde abondance. De ce furẽt esbahis ceux qui estoient presens. Et le Roy dit à Fierabras, Vous estes mõ amy special, vous voyez que vostre pere ne sera iamais Chrestien, & puis de l'outrage qu'il a faict aux Fons, il ne peut estre excusé qu'il ne luy faille mourir. Fierabras luy requit derechef qu'il eust vn peu de patience, & que s'il ne se vouloit amender, qu'il en fist à sa volonté. Florippes voyãt cecy, dit, Sire Empereur, pourquoy mettez vous tant à faire mourir celuy diable tant mauuais & desloyal? il ne m'en chaut s'il meurt mais que Guy de Bourgongne soit mon espoux, que i'ay tant desiré. Et Fierabras respõdit, Belle seur vous auez tort, ie vous iure par le Dieu qui m'a faict & formé, que ie voudrois auoir deux de mes membres couppez & il fust Chrestien & creust en Iesus Christ, & qu'il fust baptisé comme moy. Vous sçauez qu'il est nostre pere naturel, & pource nous deuons aimer son salut, vous estes bien obstinee quand vous n'en auez pitié: & puis en plorant dit à son pere, Ie vous prie pere, croyez en Iesus, Dieu souuerain, celuy qui nous a formez à son image, comme l'Empereur l'a dit, & laissez Mahom, auquel il n'y a que l'or & la pierre, dont il est faict, & nous aurons grand ioye, & de vos ennemis ferez vos amis. Baland respondit, Fol glouton que tu es, iamais ie ne croiray en luy: il y a cinq cens ans qu'il est mort & lapidé: maudit soit celuy qui mettra foy ne creance qu'il soit resuscité. Par Mahom si i'estois monté sur mon cheual, deuant que ie fusse prins, ie ferois mal contẽt Charles, celuy fol rassotté. Quand Fierabras l'entẽdit, il dit à l'Empereur qu'il fist de luy à sa volõté, car à bon droit il deuoit mourir. Et le Roy demanda qui voudroit occire Baland, celuy fol desmesuré. Oger fut present, qui ia l'auoit au cueur & dit qu'il estoit prest & luy coupa la teste, & Fierabras luy pardonna. Et apres ce Florippes dit à Roland qu'il accõplist ses promesses, entre elle & Guy de Bourgõgne. Roland respondit, Vous dictes verité. Et puis dit à Guy, Sire, vous sçauez les parolles & amours de vous & de Florippes la courtoise, tenez vostre loyauté. Guy respõdit qu'il ne tenoit point à luy, & qu'il feroit ce que l'Empereur voudroit. Charles fut content, parquoy deuant chacun, Florippes se despouilla pour estre baptisee: elle estant despouillee, se monstra belle & bien formee, & si plaisante & amoureuse pour la formosité de sa personne que c'estoit merueilles. Car elle auoit les deux yeux clairs comme deux estoilles, belle fronture & large: le nez tresbien seant, posé au milieu du visage, les ioues auoit vermeilles, coulourees d'vne blancheur parfaicte, les sourcils compassez, qui faisoient vn petit d'ombre à la couleur de son visage, les cheueux relnisans comme fin or, en si bon ordre meslez, qu'ils passoient le milieu du corps, la bouche bien compassee d'vne rondeur attrempee, le col vn peu plus long, vn petit plus bas auoit les espaules bien croisees, d'autre part les mammelles de petite rotondité: & esleuees dessus le corps, comme deux petites montagnes: & si belle estoit qu'elle frappa les cueurs de plusieurs, à leur intention de concupiscence, & specialement de Charles. Aux Fons, qui estoiét apprestez pour l'Admiral son pere, elle fut baptisee, & la tindrent Charles & Thierry d'Ardaine, sans luy muer son nom. Et quand elle fut vestue honnorablement, l'Euesque les espousa, & puis Charles fit apporter la couronne de Baland, & couronna Guy de Bourgongne & Floripes, & l'Euesque les sacra & benit, & fut Roy de celle contree Guy, & en donna vne partie à Fierabras, par telle condition que ce que Fierabras auroit il le tiendroit de Guy, & tout ce que Guy auroit il le tiendroit de Charles. Apres cecy furent faictes nopces planieres, qui durerent huict iours, & demoura là Charles deux mois & deux iours, tant que les Payens furent asseurez.

Côme Floripes donna les Reliques à l'Empereur, & comme elles furent esprouuees miraculeusement, & du retour de Charles, & fin de ce Liure.

CHAP. XVI.

CHarles fit telle diligence en Aigremoire & aux païs prochains, que ceux qui ne se vouloient baptiser, il faisoit mourir, & chercha par tout le pays. Vn dimanche apres il demanda Floripes, & luy dit: belle fille vous sçauez côme ie vous ay couronnée royne de ceste côtree: i'ay accôply vostre desir deuers Guy, vostre loyal espoux, & plus outre vous estes baptisee & en voye de salut, & auez vn des vaillans corps qui soit d'icy en Affricque, luy & Fierabras vostre frere, tiendrôt ceste region, & leur laisseray dix mille hômes de mes subiects à fin que tousiours soient en tremeur les Payés: mais vous ne m'auez rien môstré des reliques que vous gardez. La fille respôdit, Sire Empereur, à vostre plaisir soit fait, & luy apporta l'escrin où elles estoient posees honorablement. L'Empereur Charles se mit à genoux, puis dit à l'Euesque qu'il les descouurit, ce qu'il fit: premierement il monstra la precieuse couronne de Iesus Christ, qui estoit d'espines poignantes & de ioncs marins. En grand deuotion fut monstree & adoree, & ploroient plusieurs la mort de Iesus Christ, & furent en grand deuotion, & contéplation L'Euesque, qui estoit deuot & sage hôme, la voulut esprouuer, & la leua haut en l'air, & retira sa main, & la couronne se tint en l'air. Et adonc l'Euesque certifia au peuple qui estoit present, que c'estoit la couronne de Iesus Christ, laquelle luy fut mise sur sa teste à sa passion. Ainsi chacun l'adora deuotement, & estoit mout odoriferante. Puis l'Euesque print les cloux dont il fut cloué en la croix & les esprouua, & cóme la couronne, se tindrent en l'air miraculeusement. Charles oyant cecy remercia Dieu deuotemẽt, en disant, Sire Dieu eternel qui m'auez donné grace que i'ay surmõté mes ennemis, & m'auez mis en chemin & donné conduite de trouuer les reliques que i'ay tant lõg temps desirees. Humblement ie vous en rends graces: car maintenant mon pays pourra biẽ dire qu'il sera honoré perpetuellemẽt de ce thresor, quãd il l'aura en sa contree. L'Euesque les benit tous, en faisant le signe de la croix desdictes reliques, puis les remit en leur place. Et quãd ce fut faict l'Empereur les fit mettre sous vn poille d'or fort riche, & quand elles furẽt dessous, ce qui demoura sur le premier drappeau en quoy elles estoient comme aucuns scintilles, il les print & mit en son gand, puis luy estant en propos de retourner en son pays le ietta à vn cheualier, mais le cheualier n'en sçeut nouuelles & ne le print point. Et quand Charles fut vn peu loing, il luy souuint de son gãd, & retourna, si veit son gand, en quoy estoiẽt lesdites scintilles des reliques qui estoient en l'air sans que rien les soustint. Adonc fut veu miracle euident. Et cecy fit demõstrer à son peuple, car il demoura ainsi enuiron demye heure. Et pour cecy furent reconformez de dire qu'il n'y auoit abusion de croire & adorer lesdictes reliques. Et ces choses deuant escrites au second Liure soient entendues en la meilleure significatiõ que i'aye peu dire, & n'ay dit chose dont ie ne sois informé par escriture. Toutesfois le Liure suyuant fera mention d'aucunes batailles, & de la fin des nobles Barons de France: desquels ie parleray au long.

CY COMMENCE LE tiers Liure, contenant deux parties par les chapitres ensuyuãs declarez.

La premiere partie du tiers Liure cõtenant quatorze chapitres des guerres d'Espagne.

Comme sainct Iaques s'apparut à Charles: Et comme moyennant la conduicte des estoilles il alla en Galice.

CHAP. I.

APres que l'Empereur Charles eut prins beaucoup de peine, pour maintenir le nom de Dieu, & exaucer la Foy Chrestienne, & mettre le monde en vne foy & creance, & qu'il auoit acquis plusieurs pays, il proposa de iamais ne batailler, mais se vouloit reposer, & mener vie contemplatiue en remerciant son Createur de la grace qu'il luy auoit faicte en surmontant ses ennemis, toutesfois il aduint que au vespre il regardoit deuers le ciel: & veit vne quantité d'estoilles en ordre, tendans toutes les nuicts vn chemin, commençoit depuis la mer de Frise, en passant entre Allemaigne & Italie, entre France Acquitaine, droictement passoient par Gascongne & Basque, Nauarre & Espagne, lesquels pays il auoit conquis & faicts Chrestiens, & puis la fin des estoilles: ainsi allant

allant en ordre venoient iusques en Galice, où est le corps sainct Iaques, & sans sçauoir lieu propre, toutes les nuicts Charles regardoit le chemin des estoilles, & pensoit que ce pouuoit estre, & que cecy n'estoit pas sans cause. Vne nuict que le Roy Charlemaigne pensoit en ce chemin, vn hõme luy apparut en vision, qui estoit fort reluisant, & luy dit, Que fais tu mon beau fils? Charlemaigne tout rauy respondit: Qui es tu? Il luy dit, Ie suis vn Apostre de Iesus Christ, fils de Zebedee, & frere à sainct Iean l'Euangeliste, & suis celuy que Dieu a enuoyé prescher la Foy Chrestienne, & sa doctrine en la mer de Galilee, & en Galice, par sa saincte grace: & celuy que le Roy Herodes fit occire de glaiue, & mon corps demoura entre les Sarrazins, qui vilainement l'ont nauré, & gist en vn lieu qui n'est point sçeu: mais suis esbahy que tu n'as cõquis ma terre, veu que tu as conquis tant de pays & regions & citez parmy le monde, parquoy ie te fais sçauoir pour ainsi que Dieu le Redempteur t'a esleu, & faict superieur en puissance mondaine sur les autres Seigneurs temporels, ainsi entre les viuans tu as esté esleu pour aller à la conduite desdictes estoilles, deliurer ma terre des mains des mescreãs ennemis de Chrestienté: à fin que tu n'ignores en quel lieu tu dois aller, tu as veu le chemin au Ciel par magnificence diuine que ainsi pour obtenir plus grand gloire en Paradis, à la fin grande puissance & hautaine: tu surmonteras tes ennemis, & en ce lieu edifieras vne Eglise en mon nom, car de toutes regions les Chrestiens y viendront pour acquerir pardon. Apres que tu auras trouué ma sepulture, & fait le chemin ordonner, il en sera memoire perpetuelle. Et ainsi s'apparut sainct Iaques trois fois à Charles. Apres ces visions, il conuoqua ses subiects, & en fit mettre en poinct vne multitude, puis se met en chemin, & vint premierement vers Espaigne, & la premiere cité qui luy fit rebellion, ce fut Pampelune, qui estoit mout forte de murailles & de tours, garnie de Sarrazins, & là demoura trois mois deuant qu'il sçeust trouuer maniere de la confondre. Adonc Charlemaigne ne sçeut que faire sinon de prier Dieu & sainct Iaques, pour lequel il alloit, qu'en la vertu de son nom il peust prendre ceste cité, & dit, Beau Sire Dieu mon Createur, moy qui suis venu en ceste contree pour accroistre la Foy Chrestienne, & establir vostre sainct nom, & aussi vous Sire sainct Iaques, par la reuellatiõ de qui ie me suis mis en chemin, ie vous requiers que ie puisse subiuguer ceste cité & entrer dedans, pour monstrer au peuple la cause de son erreur, que ce commencement puisse mieux terminer la fin de mon intention. Aussi tost que le Roy Charlemaigne eut finé son oraison, les murs de la cité qui estoiẽt de marbre tõberent par terre, & puis Charles & son ost entrerent dedans, & qui se vouloit baptiser & croire en Dieu, il estoit sauué & mis à part, & qui disoit le contraire, estoit mis à mort. Tout le peuple de celle cõtree, quãd ils sçeurent les nouuelles merueilleuses de la cité tournee en ruine, à la simple postulation de Charles, sans faire contredit se rendirent à la mercy du Roy, & plusieurs se firent baptiser, & furent ordonnees Eglises, & tout le pays reduict à certain tribut sous la fidelité de l'Empereur Charles, sans contredire aucunemẽt: mais apporterent les tributs des citez en signe de seigneurie.

Des citez acquises en Espagne par Charles. Et comme aucunes parties par luy furent maudictes.

CHAP. II

APres que Charles eut la dominatiõ (quasi de toute l'Espagne) il vint au sepulchre de sainct Iaques, où il fit sa deuotion, puis vint contre vn lieu an la mer, qui estoit si auãt qu'on ne pouuoit passer outre, & là ficha sa lance, & ce lieu se disoit Petronium, & remercia Dieu & sainct Iaques, quand par leur volonté il estoit venu si auant seuremẽt sans contradiction, comme seigneur & Empereur, iusques au lieu qu'il ne pouuoit passer plus outre en celle terre. Qui vouloit croire en Dieu, l'Archeuesque Turpin les baptisoit, & qui ne le vouloit faire estoit occis. Puis Charles s'en alla de l'vne des mers iusques à l'autre: & adonc il acquit en Galice treize citez, entre lesquelles Compostelle estoit, lors petite cité. En Espagne auoit quinze grosses villes, entre lesquelles estoit Oncta, où il souloit auoir dix fortes tours, & la ville nommee Petrasse, où on faisoit fin argent, & le meilleur qui courust. En vne ville, nõmee Attentiue, estoit le corps de sainct Torquestre, qui fut disciple de sainct Iaques, & là sur sa sepulture on voit vn Oliuier flory, & porter fruict meur vn certain iour de May tous les ans. Toute la terre des Espagnols fut subiette à Charles, c'est à sçauoir, la terre de Lãdalusia, la terre des Pardontez, la terre des Calestins, la terre des Mores, la terre de Portugal, la terre des Sarrazins, la terre de Nauarre, la terre des Allemans, la terre des Biscois, la terre des Basclés, & aussi la terre des Pelagins. Les aucunes de leurs Citez prinses par Charles, sans guerre, les autres par guerre subtile & mortelle. La grand ville de Lucerne il ne peut auoir iusques à la fin de tout: puis mit le siege deuant, & la tint par quatre mois deuant, tãt estoit forte: & estoit assise en la vallee verte, & quãd il vit qu'ils ne se vouloient rendre & qu'il ne la pouuoit auoir, il fit sa priere à Dieu qu'il en fust victorieux: veu qu'il n'auoit plus à terminer en celle contree que ceste cité seulement. Son oraison fut exaucee, tant que les murs vindrent à terre, & la mit à destruction, tellemẽt que iamais on n'y habita: puis il se leua en ceste cité abismee vne eau, où il trouua apres les poissons tous noirs: entre les autres citez qu'il print, il y en eut quatre qui luy firẽt beaucoup de peine, deuant qu'il les peut auoir: & pource il leur dõna la malediction de Dieu, & furent maudictes, tellement que iusques aujourd'huy il n'y a habitation quelconque. Et sont nõmez lesdictes citez de Lucerne, Ventoze, Caparee & Dame.

De la grande Idole, qui estoit en vne Cité, qu'on ne pouuoit abatre, & des signes & conditions d'icelle.

CHAP. III.

QVand Charles eut fait en Espagne & plusieurs autres lieux des enuirons à sa volõté, toutes les Idoles qu'il trouua il fist destruire & mettre à cõfusion: mais en la terre de Dalandalut, en vne cité nommee Salancondis en Arabique & en Teprestee, c'estoit le lieu du grand Dieu, comme dient les Sarrazins. Ceste Idole fut faite de la main de Mahom au temps qu'il viuoit, & auoit nom Mahommet, en l'honneur de luy, & par art magique diabolique encloua vne grãde legion de diables pour la garder, & aussi pour faire signes pour abuser tout le peuple. Et tellement celle Idole fut gardee des diables que personne viuant, par puissance ne par son sçauoir ne l'eust onc sçeu destruire ne mettre en bas, en telle maniere que si aucun Chrestien y venoit pour la destruire ou coniurer, tout aussi tost qu'il la coniuroit ou preschoit, il fondoit en abysme. Et les Sarrazins y venoient pour l'adorer & faire sacrifice, ou pour prescher d'icelle sans nul peril. Et si d'aduenture vn oyseau en volãt se posoit sur celle Idole, incontinent il estoit mort. La pierre sur laquelle l'Idole estoit mise, fut faicte merueilleusement. C'estoit vne pierre de mer ouuree de Sarrazin & sculpee de façon ingenieuse & grandement subtile, laquelle fut esleuee toute droicte, & non pas sans grand art & sçauoir. Cõtre la terre elle estoit mout grosse & toute carree, & tousiours contre haut elle estoit cõme en estressissant, & estoit si haute ceste pierre, que tant comme vn Corbeau pouuoit voller en haut: sur laquelle pierre estoit mise la grand Idole, faicte d'yuoire, à la semblance d'vn homme droict sur ses pieds: & auoit la face tournee deuers Midy, & tenoit en sa main dextre vne clef, & estoient les Sarrazins certifiez de long temps que quand vn Roy de France seroit né, & en puissance deuoit subiuguer tout le pays d'Espaigne, & mettre en la foy Chrestienne. Et alors que l'Idole laisseroit cheoir la clef à terre, ce seroit signe dudit Roy de France, & qu'ils auroient grãd affaire: parquoy au temps que le Roy Charles tres-Chrestien entra en Espagne pour la mettre à la saincte foy Chrestienne, l'Idole laissa cheoir la clef. Et quand les Payens veirent ce, ils meirent leurs thresors en terre, & s'en allerent en vne autre region, sans attendre la venue du Roy de France.

De l'Eglise de Sainct Iaques en Galice, & des autres. CHAP. IIII.

CHarles luy estant en Galice, eut innumerable quantité d'or & d'argẽt & de pierres precieuses, des Roys, Princes, Barons & autres Seigneurs: comme des tributs des Citez qu'on luy donnoit pour Seigneurie: comme aussi les thresors qu'il conqueroit, quand il prenoit les villes au pays d'Espaigne, & voyant son thresor en Galice, où auoit esté trouué le corps S. Iaques il fit cõposer l'Eglise de sainct Iaques, & y demeura quatre ans. En ce lieu il ordonna Euesques, & y fonda belle Chanoinerie & riche, sous la reigle de sainct Ysidore le confesseur, & y donna toutes censes & tributs, & y donna Seigneurie singuliere: il fournit l'Eglise de cloches, vaisselles d'or & d'argent, draps precieux de toutes choses necessaires à vne Eglise pontificale, comme liures & plusieurs autres choses, & puis du demourant de l'or & de l'argent qu'il apporta d'Espaigne, fit edifier les Eglises ensuyuantes. Premierement à Aix en Allemaigne, où il fut enterré, il fit faire l'Eglise nostre Dame, combien qu'elle soit petite, elle est bien richement faicte: l'Eglise sainct Iaques à Viterbe, l'Eglise sainct Iaques à Thoulouse, l'Eglise sainct Iaques en Gascongne, l'Eglise sainct Iaques de Paris, entre la Seine & le Mont des Martyrs. Et outre lesdictes Eglises, il fonda & renta plusieurs Eglises, Monasteres & Abbayes par le monde en diuers lieux.

Comme apres que Aygolant le Geant eut prins Espaigne, & mis à mort les Chrestiens, Charles la recouura, & autres matieres.

CHAP. V.

APres que Charles fut retourné en France, vn Roy Sarrazin d'Affricque, nommé Aygolant, auec grand puissance vint en Espaigne, & là mit en sa subiection, & les Chrestiens que Charles y auoit laissez, & ceux qu'il peut tenir il mit à mort, & les autres se mirent en fuitte, & en brief temps les nouuelles vindrent à Charles, dont il fut courroucé quand on luy denonça l'affaire qui estoit piteuse chose, pourquoy il commença son ost, & à grande multitude de combattans il vint celle part sans seiourner, & fit le conducteur de tout Millon d'Angler, pere de Roland, & ne cesserent tant qu'ils sceurẽt où estoit Aygolant. Quand Charles sceut où il estoit logé & semblablement Aygolant, où Charles se tenoit, tantost le Geant manda à Charles s'il vouloit faire bataille ainsi qu'il vouloit, c'estoit que Charles luy transmist vingt de ses hommes contre vingt Sarrazins, ou quarante contre quarante, ou cent contre cent, ou mille contre mille, ou deux contre deux, ou vn seulement: Le Roy Charles voyant l'intention de Aygolant, pour l'hõneur de noblesse, il ne voult faillir: mais luy enuoya cent cheualiers en poinct, & le Geant en mit autre cent contre cent Chrestiens: mais les Payens furent occis, puis par Aygolant furent enuoyez trente Sarrazins contre trente Chrestiens, & en peu de temps, par la volonté de Dieu, les Sarrazins furent vaincuz de rechef. Aygolant enuoya deux cens contre deux cens, lesquels sans faire grande resistance furent tuez. Aygolant ne se voulut tenir à ce: mais enuoya deux mille Sarrazins, contre deux mille Chrestiens, & quand ils furent en bataille, plusieurs des Sarrazins furent morts, & les autres s'enfuirẽt, le tiers iour apres Aygolant fit aucunes experimentatiõs, & cogneut que Charles faisoit guerre par droit grandement, & manda à Charles s'il vouloit faire guerre planiere. Charles en fut content, & sur ce ils firent aprester leurs gens specialement fort affectionnez de batailler, & aussi aucuns des Chrestiens le iour de deuant que la bataille se fist prindrent peine pour habiller leurs armes & par grãd affection pres d'vne riuiere, nommee Ceir ils planterent leurs lances toutes droites auquel lieu le corps sainct Faconde, & Sainct Primitif martyrs furent posez aupres de l'Eglise deuotement fondee, vne cité faite moult forte moyennant ledit Charles. En celuy lieu ou les lances furent posees grand miracle monstra nostre Seigneur sur ceux qui deuoient mourir martyrs de Dieu & estre couronnez en Paradis, les lances furent le lendemain toutes vertes à l'escorce, vertes fueilles & flories qui fut signes precedans que ceux qui deuoient prendre mort auoient gloire en Paradis. Chacun print la sienne en trenche au pres de terre, & osta la racine & les fueilles desquelles lances les plantes dessous enracinees apres peu de tẽps garderent le bois & creut grand comme les autres bois se peuuent encores demonstrer en celuy lieu, & estoient lesdites lances de bois de fresne: grand merueille fut de la ioye des cheuaux, qui faisoient selon eux leur deuoir comme les hommes. Et y moururent quarante vaillans Cheualiers Chrestiens: & entre les autres le duc Millon, qui estoit pere de Roland, & le cheual de Charles fut occis sous luy: & quand il fut à terre il fit tel meurdre de Ioyeuse son espee, & tellemẽt se porta que les Sarrazins s'en fuirent en lieu d'asseurance, & comme il fut de la volonté de Dieu, le iour apres vindrent à Charles en adioutoire quatre Marquis d'Italie, accompagnez de quatre mille combatans & gens d'eslite. Parquoy Aygolant aussi tost qu'il sceut leur venue il se mit à fuyr, & se recula en sa terre bien auant outre mer: mais toutesfois ne peurẽt emporter auec eux leurs thresors qu'ils portoient mais en fut France enrichie & constituee en honneur entre tous pays. Et quand Charles vit cecy il vint en France auec celle richesse, & adõc sept ans durant il fit faire les offices par les gens d'Eglise des festes des Sainct de tout l'an, & grande vertu & merueilleux effect estoit comprins en luy, car quand il n'estoit en guerre sur les champs pour amoindrir les infeaux & pour augmẽter la foy chrestienne, & exaucer le nom de Dieu, il augmentoit la foy en faisant œuure diuine, & faisant faire les offices des Saincts martyrs en ordonnant les festes & faisant reduire en memoire les œuures des Sainctes gens pour les ensuyuir, & des mauuais pour les euiter. A la natiuité de ce roy fut esprouué par les signes qui furent veus au ciel: car en cest an la Lune obscurcit trois fois & le Soleil vne fois, & fut vne grand compagnie de gens merueilleux, qui demonstroient que cestuy Roy Charlemaigne seroit grand au ciel & en terre.

Comme Aygolant manda à Charles qu'il vint à luy à peu de gens feablement pour faire iuste guerre: & comme Charles en habit dißimulé parla à luy.

CHAP. VI.

COmme i'ay dit deuant que Aygoland s'en fuyt en son pays, grand secours vint à Charles de quatre Marquis. Tandis Aygoland ne dormoit point sur son affaire: mais fit telle diligence d'assembler gens: car il assembla des Sarrazins Mores, Moabites, d'Ethiopiens, & Perisiens. Il amena auec luy le Roy d'Arrabie, le Roy d'Alexãdrie, le Roy d'Agabie, le Roy de Barbarie, le roy Maltost, le Roy de Myorice, le Roy de Sibile, & le Roy de Corduble, lesquels vindrent auec gens ou n'y auoit nombre certain en Gascongne deuant vne Cité nommee Agen, & la print, & puis manda à Charles qu'il vint à luy feablement, & à peu de gens, en luy promettant qu'il luy donneroit neuf cheuaux chargez d'or & d'argent, & autres presiositez, s'il vouloit aller à son commandement. Il luy manda cecy pource qu'il vouloit cognoistre sa personne: car par experience il cognoissoit bien sa force & sa puissance à fin que quãd il le cognoistroit, qu'il le peust occire en bataille, comment qu'il en fust. Quand Charles sceut ce mandement, il ne fit pas grand amas de gens: mais y alla seulement auec deux mille Cheualiers d'honneur & de grand force. Et quand il fut à quatre lieuës pres de la Cité ou estoit Aygoland, & les Roys dessus nommez, il laissa ses gens secrettement: puis vint iusques sur vne petite montaigne biẽ aspre, accompagné de quarante Cheualiers & de la il voyoit la cité, à cause que si multitude de gens fussent saillis de leans, qu'il ne fust deçeu, & sus celle montaigne laissa ses gens, & se deuestit de ses habits, & se vestit en guise de messager, & mena vn Cheualier auec luy, sans aucun glaiue sinon son espee & son bouclier sus son dos & vint en la cité si fut mené deuant Aygoland, & quand il y fut il luy dit, Sachez que le puissant Roy Charlemaigne nous enuoye deuers toy, & te mande qu'il est venu comme tu luy as mandé, accompagné de quarante Cheualiers sans plus, & vient en ce lieu faire ce qu'il deuoit. Or viens donc à luy auec quarante cheualiers sans plus, ce que tu luy as promis. Aygoland leur dit qu'ils retournassent à Charlemaigne, & qu'ils luy dissent qu'ils l'atendist, & qu'il l'irroit visiter apres que Charles eut cogneu le Geant, il visita la ville pour cognoistre la partie plus foible pour la prendre quand il viendroit: & vit les Roys dessus nommez, & leur puissance: retouna à ses gens qu'il auoit laissez sur la montaigne: puis vint à ces deux mille Cheualiers. Et tantost Aygoland accompagné de sept mille Cheualiers vint apres eux incontinent: mais chacun s'en print garde, car ilz voyoient qu'ils estoient plus de payens que de Chrestiens. Et lors Charles & ses gens retournerent en France, sans autre deliberation.

Comme Charles accompagné de plusieurs gens retourna au lieu deuant dit, & print la Cité d'Agen.

CHAP. VII.

APres que Charles fut retourné en France, il conuoqua plusieurs gens, & vint en la cité d'Agen, & l'assiegea par grand facon l'espace de sept mois. Aygolant estoit dedans, & plusieurs Sarrazins, & auoient faict les Chrestiens des chasteaux & des forteresses de bois deuant celle cité, tellement qu'on ne les pouuoit greuer. Quand Aygoland & les Roys, & les plus grands de sa compagnie virent qu'ilz ne pouuoient plus durer, ils firent faire des pertuis & cauernes dessous terre, pour sortir dehors, & ainsi vindrent hors de la cité, & passerent outre vn fleuue qui couroit aupres de la cité qui se nommoit Garona, & ainsi se sauuerent. Le iour apres on ne fit pas grand deffence aux chrestiens car Charlemaigne à triomphe entra en la cité, & mit à mort dix Sarrazins qu'il y trouua. Les autres voyant le faict, par la riuiere se mirent en fuite. Aygolant estoit en vne forte ville. Et quand Charles le sceut il le vint assaillir, & luy manda qu'il luy rendist la cité. Aygoland dit qu'il n'en feroit rien, sinon par vn moyen qu'ils deussent batailler, & que celuy qui auroit victoire, seroit Seigneur de la cité. Adonc assignerent la bataille: & aupres de ce lieu entre le chasteau Talbord, & vn fleuue nommé Charente, aucuns Chrestiens planterent leurs lances en terre, & ceux qui deuoient mourir le lendemain, & couronnez de gloire, comme martyrs de Dieu le matin trouuerét leurs lances toutes vertes, flories & ramees de bois neuf, dont les chrestiens furent ioyeux du miracle, & ne leur challoit de mourir pour la Foy, & louerent le nom de Dieu apres que leur lances furent couppees, ils entrerent en bataille & mirent plusieurs Sarrazins à mort: mais en fin furent occis & martyrez plus de quatre mille chrestiens, qui furent sauuez en Paradis. Et adonc le cheual de Charles fut occis dessous luy, & puis par ledit Charles furent mis à mort le Roy de Gabie, & le Roy de Bugie puissans Sarrazins.

Des operations vertueuses que Charles fit quád il fut retourné en Fance, & quels Barons il auoit en sa compagnie : & de leur grande puissance.

CHAP. VIII.

LA bataille faicte, Aygolãd s'enfuit & vint à Pampelune, & mãda à Charles, qu'il l'atendist pour batailler. Et quand Charles sceut le faict il retourna en France pour auoir des gens, qui estoiét en mauuaise coustume, & sous condition de seruitude que ceux qui estoient presens, & les successeurs fussent francs à leurs droits, cõme qu'ils fussent conditionnez. Aussi les prisonniers qui estoient en France, il les deliura de prison. Tous ceux qui estoiét detenus par mal faits à deuoir prẽdre mort, il leur dõnoit. Tous les pauures qui n'auoient dequoy viure il leur donna des biens largement : & tous ceux qu'il trouua mal vestus, il les fit vestir selon leur estat : tous ceux qui auoient debat l'vn auec l'autre, il les accorda tous ceux qui estoient desheritez de biens & d'honneurs, il leur restituoit toutes gens qui pouuoient porter armes, il les armoit. Les Escuyers vaillans de leurs personnes, il les fit Cheualiers, & tous ceux qui estoiét en son indignation, & priuez de son amour, & bannis par le vouloir de Dieu : il fut content de leur pardonner: & fit paix auec chacun. Adonc il fut fourny de plus de cent mille, sans ceux qui alloient à pied : ausquels il n'y auoit point de nõbre. Et ont les nõs des Princes du Roy Charlemaigne Turpin l'Archeuesque dit en ceste maniere. I'ay Turpin Archeuesque de Reims, qui par la volonté de Dieu, par enseignemens: mais que bon courage croisse aux Chrestiens, ie mettray à mort les infeaux Sarrazins. Auec Charles estoit Roland de Cegonnie, son neueu fils de sa sœur Dame Berthe femme du duc Milon auec quatre mille combatãs. Oliuier de Gennes, fils du duc Regnier, auec trois mille combatãs. Arestarius Roy de Bretaigne, auec sept mille combatans, nonobstant qu'en Bretaigne y auoit vn autre nommé Angelius, qui estoit Roy d'Aquitaine, auquel Cesar Auguste ordonna les Bitursiens. Moniques, Poiteuins, Santonas, & Alagismas Citez, auec leurs Prouinces dessous Aquitaine. Et apres tout vint à neant : car à Ronceuaux tous les Citoyens furent occis. Et y vint celuy Angelius, auec trois mille cheuaux, Garserus Roy Bordelois, auec quatre mille hommes, Godefroy, Roy de Frise, auec sept mille hommes. Salomon, compagnom d'Estoc, Baudouyn frere de Roland, Naymes duc de Bauieres, auec dix mille cõbatans Oger le Dannois, auec dix mille. Hoel de Nantes, & Lambert de Bourges, auec deux mille. Sanson duc de Bourgongne, auec dix mille. Guerin duc de Lorraine, & plusieurs autres de la terre de Charlemaigne y auoit plus de cinquante mille. Si grand & si ample fut l'exercite de Charlemaigne qu'il tenoit de lõgueur deux iournees & de largeur la moitié, tellement que le bruit qu'ils faisoient pour la multitude, on les oyoit de douze lieues ou plus.

Des treues de Charles & Aygolant : & de la mort de ses gens, & pourquoy Aygolant ne se baptisa.

CHAP. IX.

DV temps que Charles estoit ieune enfant il apprint à Tollette le langage Sarrazinois. Lors Aygolant manda Charles qu'il vinst parler à luy à Pampelune, & firent treues ensemble : car Aygolant considera le multitude de ses gens, & la puissance de leurs personnes : car par cours de naure ils deuoient surmonter les Chrestiens. Il print en luy pensement que parauenture le Dieu des Chrestiẽs estoit plus certain que celuy des Payens : mais deuant qu'il declinast de ses dieux, il eut desir d'essayer encores vne fois le nombre

nombre des Payens, contre, le nombre des Chrestiens. Et fut content de faire pasche auec le noble & puissant Roy Charlemaigne, que celuy qui obtiendroit victoire sur les gens de l'autre, que son Dieu fust adoré, & celuy qui perdroit, que son Dieu fust de nulle valeur, & reputé à neant. Et ainsi sur ceste pache furent enuoyez trente Cheualiers Chrestiens, contre trente Payens. Quand ils furent mesl ez ensemble les Sarrazins furẽt occis & puis furent enuoyez quarente contre quarante: & tantost furent vaincus & puis mirent cent Sarrazins contre cent chrestiens. Et à celle heure les Sarrazins ne furent mis à mort: mais se mirent à fuir. Aygolant pensa mieux faire, & enuoya deux cens contre deux cens, & tantost furent occis. Cestuy Geant fut mal content de la destruction de ses gens, & pour faire grande desconfiture de l'vne des parties ou de l'autre, il transmit mille Sarrazins, contre mille Chrestiens, & sans faire grand rebellion, les Sarrazins furent occis. Adonc Aygolant par experience faite deuant tous afferma la Foy des Chrestiens estre meilleure & plus seure que celle des payẽs Et lors fut encliné à la Foy chrestienne, & se disposa à receuoir le Baptesme le lendemain sans faintise. Il demanda treues & seureté pour aller & venir à Charles, & on luy octroya de bon cueur, Et à l'heure de tierce, que Charles estoit au disner, Aygolant eut intention de veoir Charles au manger, pour cognoistre son estat: s'il estoit si valeureux & si grand comme il estoit en armes & en bataille: & aussi il vint pour soy baptiser, & vit Charles qui estoit assis à table bien magnifiquement: & puis regarda l'ordre de ses gens, & vit que les aucuns estoient à table en habit de Cheualiers & grans Princes les autres en habit de chanoines, & les autres habit de Moines, puis demãda tant qu'il fut biẽ instruit de chacune ordre, & de la cause de leur estat: & apres il vit aupres de la terre treize pauures, qui disnoient cõme les autres. Charles de sa coustume ne prenoit point de repas, qu'il n'y eust lesdits treize pauures en l'hõneur des treize Apostres de nostre Seigneur. Et vit que ces pauures estoient pres de terre, sans nappe & en pauures habit, demãda quelles gens c'estoient Charles respondit ils sont gens de Dieu messagers de nostre Seigneur lesquels ie soustiẽs en l'hõneur des treize Apostres qu'il menoit auec luy en leur donnant refection corporelle. Aygolant, dit Et comment est il vray que celuy sert mal son Seigneur qui reçoit ses messagers pauurement. Ie regarde que ceux qui sõt assis pres de toy sont bien vestus & biẽ pensez, & les seruiteurs de ton Dieu viuẽt pauuremẽt, & mal vestus, & sont loing de toy. Grande vergongne fait à son Seigneur celuy qui reçoit ainsi ses messagers, ie voy la loy que tu m'as dite bonne & par tes œuures, tu la mõstre de nulle valeur. De cecy fut Aygolãt tout troublé, & mis hors de son propos, & print congé du Roy, & retourna à ses gens, & renonça soy faire baptiser, & demanda à Charles bataille plus forte que iamais à commencer le lendemain.

De la mort d'Aygoland & de ses gens. Et comme plusieurs Chrestiens furent morts par concupiscence d'argent, & des Chrestiens morts miraculeusement.

CHAP. X.

QVand Charles vit Aygolant pour se vouloir baptiser il fut ioyeux mais quāt il s'en retourna scandalisé fut mal content & print aduis à ses parolles sur les pauures qu'ils sont messagers de Dieu : car selon la pauureté d'iceux & selon qu'ils estoient tenus, ce n'estoit pas honneur à leur maistre : & pensa bien Charles que les gens de Dieu deuoient estre receus & plus honorablement tenus, parquoy les pauures qu'il trouua en l'exercite, il les fit vestir honnestement, & largement menger, & print celle coustume qu'il vouloit que les pauures de nostre Seigneur fussēt receus à honneur en sa compagnie. Le iour ensuyuant les Chrestiens se mirent à batailler contre les payens. Et la fut faite si grande destruction des Sarrazins que les François estoient empeschez du sang qui couroit comme s'il eust pleu plusieurs iours eau & sang, parquoy Aygolant voyant la destruction de son peuple, cōme celuy qui ne doutoit rien, & à qui il ne chaloit de sa vie, s'auança tellement sur les Chrestiens qu'il fut mis à mort : puis entrerent à Pampelune, & tous les Sarrazins qui y estoient furēt mis à mort, Adonc se sauuerent le Roy de Cibile & le Roy de Cordouble, & aucuns de leurs gens. Apres les Chrestiēs pleins de concupiscence, pour auoir l'or & l'argent des Sarrazins morts retournerent : & quand ilz furent chargez d'or & d'argent & autres richesses, lesdits Roys s'en prindrent garde, & auec leurs gens vindrent secrettemēt frapper sur les Chrestiens, & les mirent à mort. Auarice est desplaisante à Dieu. Le lendemain les nouuelles sceuës que tant de Sarrazins estoient morts & Aygolant aussi vint le Prince de Nauarre bien puissant homme nommé Surre, & demanda à Charles bataille ordinaire. Charles estoit si puissant & tant cōfiant à l'aide de Dieu que quand il batailloit pour la foy Chrestienne, la voulant maintenir estre telle que par elle on peut gaigner Paradis, qu'il ne refusa à batailler contre ce Prince, & apres que le iour de batailler fut assigné d'vne partie & d'autre, Charles se mit en oraison, & pria Dieu deuotement qu'il luy pleust monstrer les Chrestiens qui deuoient mourir en ceste bataille Le iour ensuyuant que chacun fut armé pour batailler, par la volonté de Dieu Charles vit sur tous ceux qui deuoient mourir ce iour le signe de la Croix toute rouge derriere leurs espaules sur leurs harnois. Quand Charles vit ce il remercia nostre Seigneur & luy print compassion de leur mort à cause de leurs personnes. Adonc il demanda tous ceux qui portoient ce signe, & les fit venir à son oratoire puis les enferma leans à fin qu'ils ne prinsent mort celuy iour, & puis auec l'autre ost se mit à chemin cōtre l'ost du Prince. Surre ne tarda gueres que luy & ses gens furēt morts & destruits. Quand cela fut fait, l'Empereur vint en son oratoire victorieux de ses ennemis, & trouua morts ceux qu'il auoit enfermez leans, adonc cogneut bien la volonté de Dieu estre telle que ceux à qui il dõna le signe de la croix estoient assignez celuy iour en son Paradis receuoir gloire & couronne de martyr, & qu'il ne luy appartenoit point de prolonger leur salut parquoy cestuy est simple qui veut mettre peine d'obuier le passage dont il n'est point le maistre.

De Ferragus le Geant merueilleux comme il emportoit les Barons de France sans danger. Et comme Roland batailla contre luy.

CHAP. XI.

Apres que Aygolant fut occis, & aussi plusieurs Roys Sarrazins comme deuant est dit, les nouuelles vindrent à l'Admiral de Babilone: lequel estoit vn Geant terrible & estoit de la generation de Goleas & se fit accompagner de vingt mille Turcs puis se transmist pour batailler contre Charles: car sa puissance estoit redoutee par tout le monde, & se nommoit Ferragus, & vint iusques en la cité de Vegere, pres sainct Iacques, entre, Chrestienté, Sarrazinesme, & manda a Charles qu'il vint à luy batailler. Moult estoit merueilleux ce Geant: car il ne doutoit lance saiette ne autre traicts, & auoit la force de quarante hommes fors & puissans. Et quand Charles sceut les nouuelles de sa venue, il alla vers luy Lors le geant sortit de la ville, & demanda bataille de personne à personne. Charles, qui iamais ne l'auoit refusé à nully, il y enuoya Oger le Dannois. Quand le Geant le vit tout seul au champ sans faire nul semblãt de guerre, il vint à luy & le print en vne main & le mit sous son bras sans luy faire mal, l'emporta en son logis, & le fit mettre en prison, & ne faisoit non plus de conte de l'emporter, que fait le loup d'emporter vne brebis, ou vn chat vne souris. La hauteur de ce Geãt estoit de dix coudees, la face auoit large d'vne coudee, le nez auoit lõg d'vne paume, les bras & les cuisses auoit de huit coudees, les doigts de la main auoit de trois paumes de long. Apres qu'Oger fut emporté, Charles y enuoya Regnaut d'Aubespin. Quand Ferragus le tint, il le chargea, & l'emporta auec l'autre. Charles fut esbahy & enuoya deux autres c'est à sçauoir Constãtin de Rome & le conte Hoel. Le Geant print l'vn à la main dextre, & l'autre à la senestre, & les emporta tous deux en prison en son logis. Derechef deux autres y furent enuoyez & semblablement sans contre dire furent emportez. Quand Charles vit le faict de cest homme, il fut esbahy & n'y osa plus enuoyer personne: car nul ne pouuoit faire resistãce contre luy: Roland qui estoit Prince de Charles, estoit victorieux, & se vint presenter à Charles son oncle, pour y aller, mais il ne luy voulut octroyer toutesfois force fut qu'il luy donnast congé. Et se mit Roland deuant Ferragus: mais bien tost fut prins & tenu de la main dextre, & ainsi comme les autres, il le mit deuant luy ſur ſon cheual. Quand Roland vit qu'on le portoit, il print courage en luy, & innoqua le non de Ieſus à ſon aide puis retourna contre Ferragus, & le print par le menton, & le fit verſer de ſon cheual, & cheut à terre, & Roland auſſi : puis ſe releuerent, & monterent chacun ſur ſon Cheual, le conte Roland qui eſtoit fort courageux, tira ſon eſpee Durandal, & vint contre le Geant, & donna tel coup au cheual du Payen qu'il le trencha par le milieu, & le Geant tomba à terre. Et luy eſtant mal content de ſon cheual qui eſtoit mort tint ſon eſpee pour frapper Roland, & l'euſt occis s'il l'euſt attaint: mais ainſi qu'il leua le bras pour le frapper, Roland fut habille, & s'auança, & donna au Geant ſur le bras dequoy il tenoit ſon eſpee, tel coup qu'il la fit tomber à terre : dont Ferragus le cuida frapper du poing & attaignit le cheual du conte Roland, tellement qu'il le tua & par ainſi tous deux furent à pied, leſquels ſans glaiues commencerent à batailler auec les poings continuellement, iuſques à l'heure de nonne: parquoy tous deux furent laſſez, & prindrent treues iuſques au lendemain qu'ils deuoient batailler tout à pied ſans cheual & lance s'en allerent,

Comme le lendemain Roland & Ferragus batailleret & diſputerent de la Loy, & par quel moyen Ferragus fut occis par Roland.

CHAP XI.

LE iour enſuyuant, au matin, Roland & Ferragus vindrent au champ de bataille. Le Geant porta ſon eſpee moult groſſe: mais elle ne luy valut rien, car Roland fit prouiſion d'vn baſton tortu eſmaillé bien long duquel il ne fit que frapper le Geant: mais il ne le peut naurer, & le frappoit auſſi de cailloux, & de pierres, & ne le pouuoit entamer: & en celle maniere ne ceſſerent de batailler. Le Geant fut laſſé & demanda treues à Roland pour vn peu dormir. Roland fut content. Et quand le Geant fut couché, il alla querir vne pierre, & luy mit deſſous la teſte, à fin qu'il peuſt mieux dormir à ſon aiſe, & apres qu'il eut vn peu dormy ſe dreſſa, & Roland ſe vint ſeoir pres de luy, & dit, Ie ſuis eſbahy de ton faict, comme tu es tant fort qu'on ne te peut naurer au corps ne pour eſpee ne pour baſtō, ne pour pierres ne autrement. Le Geant qui parloit Eſpagnol dit, Ie ne puis eſtre occis ſion par le nombril. Quand Roland l'ouyt, il ne fit pas ſemblant de l'entendre. Adonc luy demanda Ferragus comme il auoit nom & de quel lignage il eſtoit: Roland luy dit, i'ay nom Roland neueu de Charles l'Empereur. Et Ferragus luy demanda quelle foy il tenoit. Roland reſpondit Ie tiens la foy Chreſtienne, & ſuis Chreſtien, par le vouloir de Dieu. Ferragus dit, qu'elle eſt celle foy, & qui l'a donnee? Roland reſpondit : Il eſt vray qu'apres que le Dieu tout puiſſant eut fait le ciel & la terre & qu'il fit noſtre premier pere Adam, qui fut desobeissant à ses saints Commandemens, le monde estoit iugé en terre, sans auoir beatitude en felicité, & apres long temps le Fils de Dieu, la seconde personne de la Trinité se recorda de la valeur de l'ame laquelle estoit dõnee à toute personne & descendit du Ciel, & print humanité, & souffrit tresgriefue passion & amere douleur, & luy regnant en ce mortel monde a donné enseignemẽs & estably cõstitutions pour nous sauuer: & qui soit baptisé apres ceste mortelle vie sera sauué, & voicy la foy que ie tiens, en laquelle ie veux mourir. Et apres que Ferragus luy eut faict plusieurs questions, & que Roland eut respondu. Ferragus dit encores, Tu es Chrestien, & veux maintenir la foy dont tu m'as parlé, & ie suis Payen: ie tiens mon Dieu mahom, celuy qui sera vaincu, sa foy soit tenue pour nulle: la loy du victorieux soit bonne, & qu'elle soit tenue & obseruee. Rolãd accepta son langage. Adonc chacun fut apresté pour batailler. Adõc Roland vint à luy, & Fierabras leua le bras pour frapper Rolond, mais Roland veit venir le coup sur luy: & pour l'euiter il ietta son baston contre l'espee du Payen: & du coup fuit l'espee du Payen, & du coup fut le baston trẽché: & vint le Geant à Roland, & le mit sous luy. Roland cõsiderant qu'il ne pouuoit fuir n'eschapper, en son cueur il inuocqua le nom de Iesus: & se rendit à Dieu & à la Vierge Marie, & se resolut en force, tellement qu'il se leua & repugna le Geant, en telle maniere qu'il le mit sous luy, & puis il meit la main à son espee Durandal, & il poignit vn petit le Payẽ au nombril, puis se leua incontinent & se mit à fuir contre l'ost de Charles. Et quãd Ferragus se sentit blessé en ce lieu, il cria si hautemẽt que ceux qui estoiẽt illec furent esbahis de son cry, & dit: O Mahõmet mon Dieu à qui ie suis donné viens moy secourir, car tu vois bien que ie meurs, ne tarde plus. A celle voix si hideuse les Sarrazins vindrent & l'emporterent à leurs bras le mieux qu'ils peurent en son logis, & Roland desia tout sain estoit venu à Charles, & puis les Chrestiens vindrent si impetueusement sur les Sarrazins qui portoient Ferragus, qu'ils entrerent en la cité, & firent tant que le Geant fut du tout mort, & vindrent en la prison & mirent dehors Oger, Regnaut, Constantin, Hoel & les autres.

Comme Charles alla à Corsuble, où le Roy du lieu, & le Roy de Cible l'attendoient & de leur destruction.

CHAP. XII.

APres cecy faict, le Roy de Cible & le Roy de Cordulble mãderent au Roy Charles s'il vouloit venir à Cordu ble pour batailler. Et quand Charles le sçeut, auec sa puissãce vint celle part. Et quand ils furẽt pres pour batailler, les Sarrazins firent vne chose mout estrange, car deuant les hõmes d'armes qui estoient tous à cheual, ils mirent & ordonnerent beaucoup de gens de pied qui portoient des visageres contrefaictes toutes noires & rouges, cornues, & estoient aussi barbues comme diables: car ils ne pouuoient autrement en bonne maniere faire contraire aux Chrestiens: mais s'aduiserent de faire ceste dissimulation. Et chacun des pietons Sarrazins desguisez portoit en sa main vne clochette ou campane. Et à l'entree de ceste bataille ils cõmencerent à sonner & faire bruire, tellemẽt que quãd les cheuaux des Chrestiens les virent ainsi contrefaits: & sonner impetueusement, ils commencerent à fuyr & desranger, & s'espouuenterent en telle maniere que nul ne les pouuoit tenir: mais force fut d'eux enfuyr. Charles s'aduisa de remede, il fit le lendemain bouscher les yeux & estoupper les oreilles des cheuaux à fin qu'ils ne peussent voir ne escouter les Sarrazins desguisez & contrefaits. Quand en telle maniere ils vindrẽt pour dõner en bataille, ils ne firent sinon que les mettre à mort, iusqu'à midy: mais non pas qu'ils fussent du tout desconfits, car ils auoient vn char gros & fait pour faire grand empeschement à resister à leurs ennemis, & si fort conduisoiẽt cét engin à huict bœufs qu'il le menoiẽt en guerre: & dessus estoit leur estandart, & auoient coustume que sur peine de mort personne ne reculast pour rien tãdis que l'estendart seroit droit. De cecy fut informé Charles: parquoy il se mit parmy les Sarrazins: & vint à l'estendart, & le couppa. Ce voyant les Sarrazins s'enfuyrent, & en furent plusieurs occis, & lẽdemain la ville fut remise. Apres Charles fut content de luy laisser la ville s'il se vouloit baptiser: Mais qu'il la tinst de luy. Et adonc Charles ordonna en Espaigne de ses Barons, tellement que nul ne l'osa assaillir, car tousiours se trouua victorieux de ses ennemis par la discretiõ de sa personne, par la grace de Dieu, lequel ne faut pas à subuenir à ses amis.

Comme l'Eglise sainct Iaques fut sacree par l'Archeuesque Turpin, & les Eglises d'Espaigne subiectes à elle & des Eglises principalles.

CHAP. XIII.

Et quand l'Empereur eut mis en bon estat & bonnes gardes les Espaignes, il alla à saint Iaques à peu de gẽs: Et quand il y fut, les Chrestiens qu'il y trouua les remunera: puis leur fit beaucoup de biens, & mit en obediẽce apostats & autres gens qu'il trouua desobeissans à saincte Eglise: il fit mourir, ou les transmit en France ou bannir. Adonc par les citez d'Espaigne il ordonna Euesques & religieux & autres gens d'Eglise. Et fit constitutions sinodalles, & en l'honneur de S. Iaques il fit cõstitutions & institua qu'Euesques, Princes & Roys habitans en Espaigne fussent subiects à l'Euesque de S. Iaques, & luy deussẽt fidelité auec les gens de la terre de Galice: & ie Turpin Archeuesque de Reims fus en ce lieu où lesdictes ordonnances furent faictes, & moy accompagné de neuf Euesques honorables & de saincte vie: à la requeste de Charles, au mois de Iuillet l'Eglise S. Iaques, & l'autel d'icelle dediay, benis & cõsacray. Adõc le Roy Charles donna toute la terre d'Espaigne & de Galice à celle Eglise, & puis ordõna que chacũ hostel d'Espaigne & de Galice dõnast à l'Eglise S. Iaques quatre deniers, de la monnoye courant, d'annuel tribut, & moyennant ce, ils estoient francs & libres de seruitude, & pour l'honneur de S. Iaques, il fut estably que l'Eglise dudict lieu fust dicte Apostolique, par l'exaltatiõ du lieu. Et outre que les Euesques & dignitez speciales de toute l'Espaigne, & de Galice : aussi les couronnes des Roys de celle contree fussent dõnees pour l'honneur à l'Euesque de sainct Iaques : ainsi cõme deuant auoit esté faict en Asie, au lieu dict Epheson, pour l'honneur de S. Iean, & fils de Zebedee : & sainct Iean fut logé en la partie dextre, & S. Iaques en la partie dextre, & S. Iaques en la partie senestre, qui estoit son frere Et adonc fut accomplie la petition de la mere, de ces deux enfans glorieux, & amis de Dieu, quand elle disoit à nostre Seigneur Iesus Christ, quand il preschoit à son Royaume que l'vn fust assis à sa dextre, & l'autre à sa senestre. Et pour ce sont au mõde sieges & Eglises principalles, & les Chrestiens par droict les deuroient exalter, deffendre & maintenir de toute leur puissãce : c'est à sçauoir l'Eglise S. Iean l'Euãgeliste, & l'Eglise S. Iaques en Galice. Et si on demandoit la cause de ces trois lieux & sieges principaux de toute Chrestienté, la cause est assez apparente. Ces trois lieux sont bien grandement exaltez, & honorez de Dieu & des bons Chrestiens : ausquels les pecheurs principallemẽt doiuent auoir recours, pour effacer leurs pechez, & obtenir pardon en ce. Premierement ces trois Apostres, comme S. Pierre, S. Iean, & S. Iaques, ont precedé tous les Apostres en la compagnie de Iesus Christ, quand il estoit au monde. Et si ont esté appellez à ses secrets, & qui ont mieux continué auec luy. Ainsi à bon droict les lieux ausquels ils ont conuersé & continué leurs vies, & leurs corps reposent, doiuẽt estre honorez. Principallement sainct Pierre fut le premier qui prescha à Rome, & y fut martyré & enseuely : & aussi l'Eglise Romaine est exaltee sur toutes autres Eglises. Et apres sainct Ieã, qui veit le secret de Dieu en la Cene, est en Epheson, où fit, *In principio erat Verbum, &c.* Et par son preschemẽt a cõuerty les infideles à la Chrestienté. Et puis S. Iaques qui print tant de peine en Espagne & en Galice, pour l'honneur de Dieu, pourquoy tant pour sa saincte vie comme pour ses miracles & pour ses martyres. De la sepulture de luy en est memoire par tout le monde.

LA SECONDE PARTIE du tiers Liure contient huict Chapitres, & parle de la trahison faicte par Ganelõ, & de la mort des Pairs.

Comme la trahison fut comprinse par Ganelon, & de la mort des Chrestiens. Et comme Ganelon est reprins par l'Acteur.

CHAP. I

EN Cesaree auoit deux roys forts & puissants, nommez Marsurius & Bellegandus, freres, qui furent enuoyez par l'Admiral de Babylone, en Espaigne, lesquels estoient ſous le Roy Charles, & luy faiſoient ſigne d'amour,& alloient à ſon commandement. Charles voyant qu'ils n'eſtoient pas Chreſtiens, pour tenir ſeigneurie ſous luy, leur manda par Ganelon(auquel il auoit fiancé)qu'ils ſe fiſſent baptiſer, ou qu'ils luy enuoyaſſent tribut, en ſigne de fidelité de leur pays. Ganelon y alla, & feit le meſſage. Et apres qu'il eut beaucoup de parolles deceptoires auec eux, ils enuoyerent au Roy Charles trente cheuaux chargez d'or & d'argent, & autres richeſſes: & quatre cens cheuaux chargez de vin doux,pour donner à boire aux gẽs de guerre: & auſſi mille femmes Sarrazines en point & en aage, & tout ce en ſigne d'amour & obeiſſance. Et donnerẽt à Ganelon vingt cheuaux chargez d'or & draps de ſoye & autres choſes precieuſes, moyennant qu'il deuoit trahir Charles & ſa compagnie ſ'il le pouuoit faire. Adonc Ganelon eſprins d'auarice, qui conſomme toute la douceur de Charité qui eſt és perſonnes, & pour auoir or & argent & autres richeſſes, il fit paſche auec les Sarrazins de trahir ſon Seigneur, & les Chreſtiens, & iura de ne faillir à leur entreprinſe. Mais ie ſuis esbahy de Ganelon qui fit trahiſon ſans auoir cauſe coloree ne iuſte. O mauuais traiſtre Ganelõ, tu as faict œuure vilaine: tu eſtois riche & grand ſeigneur, & pour argent tu as trahy ton maiſtre, entre les autres tu fuz eſleu pour aller aux Sarrazins, & pour la fidelité qu'on auoit en toy tu as conſenty trahiſon,& ſeulet commis ton infidelité. Dont vient ton iniquité, ſinon d'vne fauſſe volõté plongee en abiſme d'auarice? Ton Seigneur droicturier, Roland, Oliuier, & les autres, que t'auoient ils faict? Si tu auois iniquité à vne perſonne, pourquoy conſentois tu aux innocens? n'y auoit il perſonne que tu euſſes en amour, quand à tous les Chreſtiẽs as eſté traiſtre? raiſon eſtoit elle en toy, quand capitaine as eſté contre la foy? Que vaut toute la proueſſe que tu as faict le temps paſſé quand ta fin ne mõſtre que mal amaſſé? O fauſſe auarice & ardeur de concupiſcence: celuy n'eſt pas le premier qui par toy eſt venu à meſchef, parquoy Adam fut à Dieu deſobeiſſant. Et la cité de Troye la grand en fut miſe en ſubiectiõ. O le bon regard que fait la perſonne de laiſſer la choſe qui eſt ſans raiſon pour complaire à raiſon qui ne veut choſe contraire à nature. Toutesfois ainſi Ganelon emmena l'or & l'argẽt,le vin & les femmes & les autres richeſſes: comme deuãt il fut entreprins. Quand Charles les veit, il penſoit que tout fut fait à bonne equité, & ſans barat. Les grands Seigneurs batailleurs prindrent le vin pour eux tant ſeulement. Charles eut l'or & l'argẽt, & les menues gens prindrent les femmes Sarrazines. L'Empereur donna conſentement aux parolles de Ganelon, car il parloit haſtiuement. Et tellement beſongna que Charles & tout ſon oſt paſſerẽt les ports de Ceſaree, car Ganelon luy fit entendre que les Roys deſſuſdits ſe vouloiẽt faire Chreſtiẽs, & iurer fidelité à l'Empereur. Et lors Charles trãſmit ſes gens, & fit la derniere cõpagnie, & auoit mis Roland,

Oliuier,

Oliuier, & les plus speciaux de ses subiects, auec dix mille combattans, & furent à Ronceuaux. Alors Marfurieus & Bellegandus, selon le mauuais conseil de Ganelon, auec cinquãte mille Sarrazins furent cachez en vn grand bois, attendant les Frãçois, & demourerent bien deux iours & deux nuicts, & diuiserent leurs gens en deux parties. Et en la premiere meirent vingt mille Sarrazins. Et à l'auantgarde de Charles estoient dix mil Chrestiens, qui furent assaillis de vingt mille Sarrazins, & firent tellement qu'ils furent contraints de reculer, car depuis le matin iusques à tierce, ils ne cesserent de frapper dessus: parquoy les Chrestiens furent lassez, & eurent bon besoing de reposer. Toutesfois ils beurẽt de ce bon vin doux des Sarrazins, & apres que plusieurs furent yures, ils habiterent auec les femmes Sarrazines, & plusieurs autres qu'ils auoient amenees de France: parquoy la volõté de Dieu fut qu'ils deussent mourir, à fin que le martyre & passion leur fut cause de salut & effacement de ce peché, car tantost apres les trẽte mille Sarrazins vindrent qui faisoient la seconde bataille sur les François, si impetueusement qu'ils furent tous morts & occis, excepté Roland, Baudouin & Thierry: les aucuns furent occis & tuez de lances, les autres escorchez tous vifs, les autres bruslez, les autres rostis, les autres escartelez, & en plusieurs autres tourmens submis: & quand ceste desconfiture fut faicte, Ganelon estoit auec Charles & l'Archeuesque Turpin, qui ne sçauoient rien de l'affaire tãt doulouréuse, sinõ le traistre qui les entretenoit tant que tout fut mort. De l'ãgoisse que Charles attendit, ne faut pas parler, de soy mesmes elle se peut entendre.

De la mort du Roy Marfurius: & cõme Rolãd fut martiré de quatre lãces mortelles apres que tous ses gens furent morts.

CHAP. II.

Apres la bataille, cõme i'ay dit deuant, estre faite fort aspre, Rolãd, qui estoit lassé, retournoit: si rencontra en son chemin vn Sarrazin fier & orgueilleux, & le print à l'entree d'vn bois, & l'attacha à quatre cordes bien estroictement sans luy faire autre mal puis mõta sur vn arbre pour voir l'ost des Sarrazins, & aussi les Chrestiens qui s'en estoient fuys, & vint grand quãtité de Payés, parquoy sonna hautement son cor d'yuoire. Alors vindrent à luy cent Chrestiés bien habillez: & quand ils furẽt venuz il retournoit au Sarrazin qu'il auoit lié à vn arbre, & tenoit Rolãd son espee traite deuãt luy en disãt qu'il le feroit mourir s'il ne luy mõstroit le Roy Marfurius, & s'il luy mõstroit qu'il ne mourroit point: le Sarrazin fut contrainct, & iura qu'il le feroit pour sauuer sa vie, & ainsi le mena auec luy iusques à tant qu'ils veirent les Payens, & luy monstra le Roy qui estoit sur vn cheual roux & autres enseignes certaines & en ce poinct Rolãd reconformé en force, soy cõfiant de la vertu de Dieu, & au nom de Iesus, cõme vn lyon entra en la bataille. Et entre les autres rencontra vn Sarrazin qui estoit plus grand que les autres, & luy donna si grand coup de Durandal sur la teste, qu'il le fendit luy & son cheual, tellement que l'vne des parties cheut à dextre & l'autre à senestre, parquoy les Sarrazins furẽt si esbahis de la force de Rolãd, que tous se mirent à fuir. Et lors demoura le Roy Marfurius auec peu de gens. Adonc Roland le veit, si vint à luy & le meit à mort incontinẽt. Et les cent cheualiers Chrestiens qui estoient auec Rolãd en celle rencontre, douloureusement furẽt occis, excepté Baudoin & Thierry, qui de peur s'enfuirent au bois, mais apres que Roland eut occis le Roy Marfurius, il fut tellement oppressé, que de quatre lãces il fut nauré mortellemẽt, & frappé de pierres, cassé & blessé de faux, dards, & de traits mortels, nonobstant ces tormens, outre la volõté des Sarrazins il saillit hors de la bataille puis se sauua le mieux qu'il peut. Bellegãdus, frere de Marfurius, fort redoutant qu'aucun adiutoire ne luy vint de par les Chrestiẽs, s'en retourna en autre pays auec ses gẽs hastiuement. Et l'Empereur Charles auoit ia passé la montaigne de Ronceuaux, & ignorant la matiere deuant dicte, & qu'on auoit faict.

Comme Roland mourut sainctement apres plusieurs martyres & oraisons faictes à Dieu mout deuotes. Et de la complaincte faicte sur son espee Durandal.

CHAP. III.

ROland le valeureux & chãpion de la foy Chrestienne, mout fut dolent de la mort des Chrestiẽs, qui n'auoiẽt eu nul secours, & en fut fort affoibly de sa personne, car il auoit tant perdu de son sang qu'il estoit blessé de quatre playes mortelles, desquelles la moindre assez suffisoit. Et pource qu'il se mouroit, il print grand peine de se mettre dehors des Sarrazins, pour auoir vn peu de commemoration de Dieu, deuant qu'il rendist l'ame: tant s'efforça qu'il vint au bout d'vne montaigne, pres du port de Cesaree, & se mit pres d'vne roche droit en Ronceuaux, sous vn arbre en vn beau pré, & quand il fut à terre, il regarda son espee, la meilleure qui iamais fut, nõmee Durandal, qui vaut autant à dire cõme du coup donnant, laquelle estoit belle & richement faicte. Le manche auoit de berible fin, reluisant à merueilles, & en haut y auoit vne croix d'or, en laquelle le nom du doux Iesus estoit escrit: si bõne & fine estoit, que plustost faudroit le bras qui la tiendroit que non pas l'espee. Et puis la mit hors de son fourreau, & la voyant mout reluisante & claire, & pourtant qu'il conuenoit qu'elle chãgeast de maistre, lors grãd douleur luy en fit au cueur, & plorãt bien piteusemẽt il dit en ceste maniere: O espee de bonne valeur, la plus belle qui iamais fut que tu ne fusses belle, iamais ne te trouuay que bõne. Or estois tu tant honoree, que tousiours tu portois auec toy le nom du benoist Iesus, le sauueur du monde, qui est enuiron de la grande vertu de Dieu, qui pourroit bien comprendre ta valeur? helas qui te doit auoir apres moy? qui te tiendra, ne sera vaincu, & tousiours aura bõne fortune. Helas que pourray-ie dire plus outre? par toy, belle espee, sont plusieurs Sarrazins destruits, par toy sont occis beaucoup d'infeaux & mescreans, par toy est fait sentir de mon sauuement. O quantesfois i'ay par toy vengé l'iniure faicte à Dieu. O quãtes gens faussez & detrãchez par le milieu. O bõne espee, qui as esté mon confort & ma ioye, qui iamais ne naura personne qui en sçeut eschapper de mourir. O mon espee, si quelque personne de neant te tenoit, & ie le sçauois, quand ie n'aurois autre mal, si mourrois ie de douleur. Apres que Roland eut bien ploré, il eut grãd peur qu'aucũs Payẽs ne la trouuassent apres sa mort. Puis il la voulut rompre & la print & en dõna sur la roche de toute sa puissance par trois fois, sans pouuoir la greuer: mais de ces coups il fendit la roche iusques à terre, & ne la peut greuer aucunement. Quand il vit la façõ qu'il ne pouuoit faire autre chose, il print son cor, qui estoit d'yuoire, richement faict: puis sonna fort, à fin que s'il y auoit aucuns des Chrestiens mussez au bois, ou en chemin, qu'ils vinssent à luy, deuant qu'il fust plus outre, & deuant qu'il rendist l'ame. Voyant que personne ne venoit, il sonna encores de rechef, par si grande force que son cor se froissa par le milieu tout outre, & les veines de son col se rompirent & les nerfs de son corps furent estẽdus, & cela vint par la grace de Dieu iusques aux oreilles du Roy Charlemaigne, qui estoit biẽ loing de luy à huict lieuës. L'Empereur oyãt celle voix, sçeut biẽ que s'estoit Roland, & voulut retourner tout arriere: mais Ganelon le traistre, qui sçauoit bien le faict, le destourna, disant que Roland auoit corné pour quelque beste sauuage, en soy esbatãt, car il prenoit plaisir à corner souuentesfois pour peu de faict, & qu'il ne se doutast de rien. Tellement il suborna le Roy, qu'il le creut, & n'en fit autre semblant: toutesfois Roland estãt en ceste mortelle douleur, il pacifia à ses playes tout le mieux qu'il peut, & s'estendit sur l'herbe en la fraischeur, pour oublier la soif qu'il auoit si grãde. Sur cela vint Baudouin son frere, dolent de le veoir en ceste necessité. Lors Roland luy dit, Mon amy & mon frere, i'ay si extreme soif, que ie meurs si ie n'ay à boire. Baudouin print grand peine, & alla çà & là, & ne peut trouuer vne goutte d'eau, & reuint à luy en plorant, & en luy disant qu'il n'ẽ trouuoit point. En grãd angoisse il monta sur le cheual de Rolãd & courut deuers Charles: car il cogneut bien que Roland estoit pres de la mort. Apres vint à luy Thierry d'Ardaine qui plouroit sur Roland si tendremẽt qu'il ne luy sçeut dire vn seul mot, sinon à grand peine, qu'il se cõfessast, & disposast de sa cõscience: Toutesfois à celuy iour Rolãd auoit receu le corps de nostre Seigneur Iesus Christ: car la coustume estoit que les subiects de Charles le iour qu'ils deuoient cõbattre, ils se confessoient aux gens d'Eglise qu'ils menoient auec eux. Roland qui cogneust la fin, par contẽplation entiere les yeux au ciel esleuez & les mains iointes, tout estendu, va dire. Beau Sire Dieu mon createur & redẽpteur, fils de la Vierge Marie, mere de confort, tu sçais toute mon intention, tu sçais que i'ay fait: & pour la bonté qui du tout en toy abõde par le merite de ta passiõ sainte & amere, de bõ cueur ie te supplie & requiers que deuãt toy auiourd'huy mes fautes ignorantes me soient pardonnees: & ne prendras aduis si ie t'ay meffait, mais regarde que ie meurs pour toy en la foy que tu as ordõnee: ie regarde que tu pẽdis en la croix pour les pecheurs, & aussi comme racheté que ie ne sois pas du tout perdu. Helas mon createur tout puissant Dieu omnipotẽt de bon vouloir ie me suis parti de mon païs pour defendre ton saint nom, & pour maintenir la Chrestienté: tu sçais bien que i'ay souffert plusieurs angoisses, de faim, soif, de froid, chaud, de playes mortelles de iour & de nuict. A toy mon Dieu mon pere createur, ie me rends du tout coulpable, ie ne me defie pas de ta misericorde, tu es piteux. Tu es venu pour les pecheurs, tu as pardonné à Marie Magdaleine, & au bon Larrõ en l'arbre de la croix, pour ce qu'ils se retournẽt à toy. Ils estoiẽt pecheurs cõme ie suis, ie te crie mercy, aussi bien comme eux, & mieux si ie le sçauois dire. Et tu regardas cõme Abraham te fut obeissant de son fils Isaac, pourquoy il vaut beaucoup mieux regarder cõme i'ay esté obeissant aux commandemens de l'Eglise. Ie croy en toy, ie t'aime sur tous, i'aime mon prochain comme moy mesmes: mon Createur pardonne à tous ceux qui sont auioud'huy morts en ma compagnie, & qu'ils soient sauuez. Ie te requiers apres mon Createur, comme tu regardas la patience du bon Iob qu'il eut, & laquelle vaut mieux, mon Dieu ie meurs de soif, ie suis nauré à mort, ie ne me puis aider, & ie prens tout en patience ma douleur, & puis qu'il te plaist ainsi, comme tout cecy est vray pardonne moy, cõforte mon esprit, reçoy mon ame, & la remets en repos perdurable. Quand le noble Rolãd eut prié Dieu, il mit la main sur sa forcelle, tenant sa chair, & puis dit par trois fois, *Et in carne mea videbo Deum saluatorẽ meum*, Et puis meit les mains sur ses yeux, & dit, *Oculi isti specturi sunt*. Et en ceste chair que ie tiens, vray Dieu qui m'as sauué, lequel les yeux doiuent regarder. Et puis dit qu'il voyoit ia choses celestielles, que les humains ne pouuoient regarder, ne les oreilles escouter, ne le cueur penser à la gloire que Dieu appreste à ceux qui l'aiment, en disant, *In manus tuas domine commando spiritum meum*. Il meit ses bras sur sa forcelle, en maniere de croix, & rendit son esprit à Dieu, le seiziesme des Kalendes de Iuillet.

De la vision de la mort de Roland, & de la douleur de Charles. Et comme il fut de luy complaint piteusement, & autres matieres.

CHAP. IIII.

LE iour que Rolãd le martir rendit son ame à Dieu: Ie Turpin, Archeuesque de Reims, estois en la vallee de Ronceuaux, deuant le Roy Charlemaigne, & ie disois la Messe pour les trespassez, ainsi que i'estois au sacremẽt de la Messe, ie fus rauy, & ouy les

Anges de Paradis chanter & faisoient grande melodie, & ne sçauois pourquoy. Ainsi que les Anges montoient en haut ie vy venir vne grande legion de Cheualiers tous noirs contre moy lesquels portoient force proye, dont ils faisoient grand bruit. Et quand ils furent deuant moy, en passant ie leur demãday qu'ils portoient. Et l'vn des diables respondit nous portõs le Roy Marsurius en enfer: car long temps à qu'il la deseruy, & Roland vostre trõpette par Michel l'Ange & plusieurs autres est accompagné, & mené en la ioye perdurable au cieux. Et quand la Messe fut dicte, ie racontay à Charles la vision que iauois veu comme les Anges de Paradis emportoient l'ame de Roland en Paradis & les diables l'ame d'vn Sarrazin en enfer. Ainsi que ie disois ces paroles Baudouyn, qui estoit sur le cheual de Roland vint erramment & dit à Charles cõme les Chrestiens estoient morts & trahis, & en quel estat il auoit laissé Roland Aussi tost qu'il eut ce dit, le cry se leua par l'ost & chacun se mist en chemin pour retourner arriere : mais Charles auquel il toucha au cueur plus qu'a nul des autres, s'auança d'y aller, & trouua Roland expiré les mains en croix sur sa forcelle tout estendu: si se laissa cheoir sur luy & cõmença à plourer & frapper son visage à desrompre ses habits, & tourmẽter son corps, puis ne sceut parler d'vne grande piece quãd il fut reuenu à luy par ardeur & dilection, & exercice de douleur, il dit ainsi, O confort de mõ corps honneur des François espee de iustice, lance qui ne pouuoit ployer, haubert qu'on ne sçauoit faucer, heaume de salut ressemblant à Iudas Macabeus de prouësse, ressemblant à Sanson de force, à Absalon de beauté. O neueu trescher bel amy & sage en bataille loyal. O destruiseur des Sarrazins, defenseur des Chrestiens mur de clergé, bastõ de femmes veufues, & des pauures orphelins, subleuateur des Eglises, lãgue droituriere, bouche sans mentir, prince de bataille conduisseur des amis de Dieu, augmenteur de la foy Chrestienne, aimé de chacun. Helas pourquoy t'ay-ie amené en estrange cõtree pourquoy ne suis-ie mort comme toy? O Rolãd pourquoy me laisses tu triste & dolẽt? Helas chetif que feray-ie? Helas dolẽt ou iray-ie? Ie prie à Dieu qu'il te conserue, i'en requiers les martyrs, desquelz tu es du nombre, qu'ils te vueillent receuoir en ioye perdurable, sois tu logé tousiours en moy : tu es en pleurs, tousiours ie sentiray ta departie, comme Dauid fit de Natam & Absalon: Helas Roland, tu t'en vas en vie & ioye perdurable, & tu me laisses en ce mõde dolent: tu es aux cieux en grand consolation, & ie suis en pleurs & tristesse, tout le monde est mal content de ta mort, & les Anges en meinent confort. Ainsi Charles & les autres ploroient son neueu. Si fit estendre ses pauillons & la demoura celle nuict, & fit faire grands feux & luminaires pour veiller le corps de Roland, & le fit arrouser de myrre, & autres choses aromatiques pour consoler le corps sans en issir mauuaise odeur & furẽt faites obsceques offrãdes & aumosnes en grãd cõtẽplation.

Comme on trouua Oliuier tout escorché & de la mort du traistre Ganelon fort hideuse.

CHAP. V.

LE lendemain au matin Charles & les autres vindrent la où auoit esté faicte la bataille, & trouuerent Oliuier mort estandu en façon de croix qui estoit faussé de quatre pieux en terre estaché: de quatre cordes asprement lié & ausi depuis le col iusques oux ongles des pieds & des mains, il estoit faussé tout outre de faux dards quarrez & agus, & de saiettes decouppé, & de bastons estoit nauré, cassé & derompu, dont les cris de plusieurs commencer à renouueller pour l'hideuse mort d'Oliuier, & de plusieurs autres: parquoy Charles iura que iamais ne cesseroit tant qu'il eust trouué les sarrazins. Lors luy & sa noblesse mirent à chemin, & pource que les payens estoient loing d'eux, Dieu mõstra vn beau miracle: car celuy iour fut prolongé de de trois heures, sans que le Soleil se remuast: & les trouuerent pres d'vn fleuue nommé Ebra qui prenoiẽt leur refection à leur ayse sans se defier de rien, & vint sur eux Charles & toute sa noblesse si impetueusement, qu'en peu d'heure ils furent trente mille de morts, & les autres se sauuerent: lors l'Empereur voyant qu'il ne pouuoit aller plus outre retourna à Ronceuaux: & enquit qui auoit faict la trahison, & desia estoit informé que Ganelon l'auoit faicte: & estoit la commune opinion de tous: & entre autres Thierry l'accusa de trahison, & qu'il le vouloit cõbatre: car Thierry l'auoit sceu par le Sarrazin, que Roland auoit attaché aux riotes en vn bois. Le Roy Charles ordonna vn cheualier pour Ganelon, nommé Pinabel, contre Thierry, & quand les deux Cheualiers furent aux lices Pinabel fut occis par Thierry: tant par cecy comme autrement que Ganelon les auoit trahis: parquoy Charles fit prendre quatre cheuaux gros & fors & sur chacun vn homme fort & robuste, & fit attacher Ganelon aux deux cheuaux par les deux mains, & aux deux autres, les deux pieds, & fit tirer l'vn contre Orient: l'autre contre Occident: l'autre contre Septentrion: & l'autre contre midy. Et ainsi chacun des Cheuaux emporta son quartier du corps de la partie ou ils estoient tournez.

Comme apres ce faict, Charles rendit graces à Dieu & à Sainct Denis. Et des constitutions qu'il fit en France.

CHAP. VI.

QVand l'execution de Ganelon fut faite, Charles & ses gens vindrent ou estoient les François, & vont recognoistre leurs parens & amis pour les porter en terre benoiste: aucuns les emportoient sur leurs cheuaux, & les autres les salloient de sel pour les emporter en leurs pays, & les autres les enterroient audit lieu, les autres les emportoient sur leur col de leurs cheuaux: les autres ognoient d'huile &

myrrhe, les autres de baume le mieux qu'ils pouuoient: toutesfois il y auoit Cimetieres bien deuots & sanctifiez & sacrez de sept Euesques, desquelz cimetieres en auoient vn en Arles, & l'autre en Bourdegal, & les auoient sacrez Sainct Maximien d'Aix, sainct Turpin de Arles, Paule de Narbonne, sainct Saturnin de Toloze, S. Fantin de Poitiers, sainct Marcel de Limoges, sainct Eutrope de Xainte, ausquelz lieux furent enterrez la plus part des François morts à Ronceuaux. L'Empereur fit porter Rolãd sur deux mullets couuerts de drap de soye iusques à Blaye en l'Eglise Sainct Romain: laquelle auoit edifiee & fondee de chanoines reguliers. Richement le fit ensepulturer, & au haut de sa sepulture fit mettre son espee, & pres de ses pieds fit mettre son cornet d'yuoire, nonobstant que incontinent apres il fut emporté en l'Eglise Sainct Seuerin en Bourdegal à Bordeaux, à Besaynes furent enseuelis: Oliuier & Godefroy de Frise, Oger Roy de Darie, & Cristain Roy de Bretaigne, & Guerin Duc de Loraine, Caserus Roy de Bordeaux, Eugelarius roy d'Aquitaine, Lambert Roy de Bourges, Galeas Regnaut auec cinq mille, pour lesquelz Charles donna pour la saluation de leurs ames douze onces d'argent selon le temps courant, & autant de tallents d'or, & plusieurs robbes & viãdes pour les pauures de Dieu & toute la terre à l'entour de l'Eglise Sainct Romain iusques à sept mille, & la fit subiette à celle religion & tout Blayues & ses appartenances & la mer en cest endroict & tout le territoire. Semblablement pour celle Eglise par charité & amour de Roland il ordonna & constitua qu'au iour de la Passion & mort dudit Roland fussent en ce lieu tous les ans perpetuellement trente pauures repus, vestus & substantez assez competemment, & que les Chanoynes dudit lieu deussent dire trente Psaultiers & trente messes pour ceux qui estoient morts en Espaigne pour la foy Chrestienne. En Arles fut enseuely le conte de Langres, Sanson duc de Bourgongne, & Naymes duc de Bauieres, Arnoul de Bellandes, & Aubert Bourguignon, & autres cinq cens Cheualiers, auec dix mille autres menues gens, Constantin preuost de Rome fut porté à Rome auec plusieurs autres Romains & pour le remede de leurs ames, l'Empereur Charles donna en Arles pour aumosne douze onces d'argent, & douze talens d'or, qui valoient grand somme d'or, & d'argent, courãt pour le temps present.

Comme Charles alla en Allemaigne, ou il mourut sainctement, & de sa mort denocee à Turpin, & fut enseuely imperiallement.

CHAP. VII.

APres les choses dessusdites l'Empereur Charlemaigne l'Archeuesque Turpin & les autres s'en vindrent, & passerent par la ville de. Vienne, & l'Archeuesque Turpin y demoura, pour ce qu'il estoit lassé de la peine qu'il auoit eue pour la foy qu'il auoit mise en Espaigne : Charlemaignes'en alla à Paris, & assembla sa noblesse & les plus grands de son pays pour faire bonnes ordonnances & rendre graces à Sainct Denis de la victoire qu'il auoit obtenue sur les Sarrazins. Et apres qu'il eut loué dieu & sainct Denis à son Eglise pres Paris, comme Sainct Paul l'Apostre & sainct Clement auoient fait le temps passé, il fit constitution que tous les roys de France presens & aduenir obeyroient au pasteur qui pour lors estoit de celle Eglise, & que iamais le Roy ne fut couronné sans le Pasteur de celle Eglise ou son conseil donné de l'Euesque de Paris, receu à Rome sans son consentement, & donna plusieurs richesses en celle Eglise, & en signe que France estoit voüee à icelle Eglise il ordonna que chacun possesseur de la nation donnast à ladicte Eglise pour l'augmẽtation & pour l'edifier quatre deniers de monnoye courant annuellement & perpetuellement, ceux qui les donneroient volontiers s'ils estoient de serue condition, il les fit francs & apres toutes gens il alla deuant le corps sainct Denis, & deuotement pria qu'il voulsist interceder à nostre seigneur Iesus-Christ, que tous ceux qui estoient morts pour la foy Chrestienne, au temps qu'il auoit Regné, qu'ils fussent sauuez, & que la peine qu'ils auoient prinse leur fut couronne de martyre en gloire perdurable. Et aussi pria pour ceux qui payent volontiers les deniers dessusdits à son Eglise, & par la volonté de Dieu ceste nuict S. Denis s'apparut à luy & dit, Roy entens à moy. Saches que mon createur a octroyé par mes prieres, que tous ceux qui ont esté contre les Sarrazins auec toy, ont pardon de leurs meffaits Et ceux qui volontiers payeront les deniers pour l'edification de mon Eglise, & augmenteront le seruice de Dieu, ils auront amendement de vie, pardon, & remission de leurs pechez Ceste vision le matin Charles raconta à ses gens, comme il auoit ouy, afin qu'il payassent volontiers ces deniers ordonnez : celuy qui les payoit estoit nommé franc & quitte de tout seruage, par le vouloir du Roy. Et lors ce qui s'appelloit Gaulle, fut appellé France, comme vous voyez auiourd'huy. France vaut autant à dire comme franche de toute seruage enuers toutes gẽs: pource les Seigneurs de France doiuent estre honorez & prisez sur tous autres.

La recapitulation de l'œuure.

CHAP. VIII.

Lors le Roy Charlemaigne continua sa bonne vie en operations vertueuses : & quand il sentit le declin de sa vie, il s'en alla à Aix, ou il auoit faict beaucoup de biens, & anoblit vne Eglise de nostre Dame de la Ron de laquelle il fit faire, & y mit grand thresor d'or & d'argent, de draps de soye, & de sainctes reliques, & autres preciositez. Et y mourut en l'aage de septante deux ans : pour la magnificence de ses œuures fut dit Charles le grand, & eut trois fils pour lors viuans, dont l'vn auoit nom Charles, le

second

www.ingramcontent.com/pod-product-compliance
Lightning Source LLC
LaVergne TN
LVHW012013220826
846092LV00001B/338

* 9 7 8 2 3 2 9 7 7 6 8 6 6 *